台灣新詩評論

評論

歷史與轉型

楊宗翰——著

目　次

第一章
緒論

第一節　新詩研究作為一種志業

　　新詩創作與新詩研究在台灣彷彿一直命運有別、處境迥異。從事創作者雖代不乏人，也累積相當可觀之成績；但若從讀者數、銷售量、媒體關注度逐一檢視，詩在各文類間無疑皆敬陪末座。新詩研究卻十分不同：在早期現當代文學或台灣文學還不得進入學院體制時，關於新詩的研究就已有百本以上的專書面世；到後來兩者漸成學界「顯學」之刻，更出現了許多篇處理台灣新詩相關議題的碩、博士論文（數量高於散文並緊迫小

說）。[1]自一九九〇年代起，民間文化團體及各大學術機構幾乎每年都會舉辦以台灣新詩為主題的研討會。光是彰化師範大學國文系就辦了六屆「現代詩學會議」，[2]從不間斷，更持續將論文集正式出版發行（聯合文學版《台灣現代詩經緯》、萬卷樓版《台灣前行代詩家論》等多部），影響力與傳播效益不可小覷。從文士學者的個人專著到研討會的集體發表，本地之台灣新詩研究雖然稱不上熱門，但從來就不曾冷僻枯槁，遑論「瀕臨死亡」。[3]

　　新詩研究向來以詩史、詩評和詩論為三大支柱。關於系統性的台灣新詩史研究，濫觴於1989年中國學者古繼堂之《台灣新詩發展史》。不過此書在資料掌握、分類處理及史觀上都頗有問題，1997年修訂再版時也未見太大更動，自然引來許多批評與質疑。[4]《台灣新詩發展史》出版後雖毀多於譽、罵聲不絕，卻遲遲未見本地學人獨撰或合寫（哪怕只是一部）詩史撰述取而代之。惟詩人批評家向陽（林淇瀁）曾嘗試從「風潮」的角度切入，自一九五〇年代起用十年一期來「斷代」，寫出了一系列的「現代詩風潮試論」。這一系列的書寫偏重文學外緣研究（當然

1　相關資料可參見張默（1996b）、方美芬（2001）、徐杏宜（2002）。張默書中所列「詩論評集」一類，在本書脈絡下需扣除中國大陸作者（如李元洛）或台灣學者對大陸新詩的研究專書。

2　彰師大國文系自創系以來就以「詩學」為發展特色，故每年皆會舉辦大型的全國性詩學會議，分別以「中國詩學」和「現代詩學」為題隔年交叉進行。稍加觀察即可發現，其「現代詩學會議」宣讀之論文大多數還是在處理與研究台灣新詩。

3　「瀕臨死亡」一語，見孟樊〈後現代之後：瀕臨死亡的現代詩壇〉（1988）。這個用語極可能是「逼近世紀末」氛圍下的產物，亦跟「意識型態的終結」說一樣是種終結修辭學（the rhetoric of ending）。

4　相關批判文章請參見游喚（1992）、林燿德（1995）、張默（1996a）、孟樊（1992；2005）、楊宗翰（2002a）。

與作者切入角度有關）且盡為單篇論文，體例不類文學史著作，殊為可惜。另有兩場學術研討會必須一提：一為文訊雜誌社於1995年舉辦的「台灣現代詩史研討會」、一為世新大學英語系於2001年舉辦的「台灣現／當代詩史書寫研討會」。兩者在設計上都有希冀結合眾學者之力，集體撰述台灣新詩史之意圖；不過就會議論文集的成果來看，其實踐與目標間恐怕還有很大一段落差，故此構史共圖不幸只能草草落幕、不了了之。筆者則因已繳出一部關於詩史的後設批評[5]著作《台灣現代詩史：批判的閱讀》，又對台灣學界長期的「詩史不孕症」感到不耐，遂決定自2004年起與孟樊合作撰寫一部《台灣新詩史》。

　　這部《台灣新詩史》所持觀點有破亦有立。在「破」的方面，兩位作者認為新詩史要達到「真正的可能」，必須率先破除歷來相關的四個「迷思」（起源說、進化觀、國族論、作者論），它們分別涉及意識形態的抉擇、歷史進程的看法、變遷動力的主張、詩人與作品的定位、詩作的詮釋及評價等問題。在「立」的方面，此書一反前衛理論的主張，轉而認為新詩史的主角既是新詩文本本身，就應該把歷史還原為文學，如此至少可以免去著重社會脈絡（context）所帶來的意識形態的轇轕。換言之，《台灣新詩史》所持之史觀不妨可稱為文本主義（textualism）史觀。所謂「文本主義」指的是對於詩文本的詮釋、評價乃至於歷史（連同文本的作者）的定位，都要回到詩文本本身，與一般所說的文本批評（textual criticism）不同——文本批評係

---

[5]　所謂的後設批評（meta-criticism），其任務「不在發表詮釋性或評估性的陳述，而是退一步研究此類陳述的邏輯，分析我們的目的何在，我們應用的是什麼法則與模式，我們何時發出陳述」（Eagleton, 1993: 155）。

指對一部作品的各種版本進行研究與分析，它的方法是盡可能確切地考證作者的原意，並解釋現存版本之間的各種差異，因而有時亦被稱為「文本校勘批評」。筆者對這部《台灣新詩史》的撰寫架構作出如下規劃（楊宗翰，2004b）：

第一章　緒論
（文本主義的歷史──把歷史還原為文學本身；兼及接受的歷史；歷史也有罅漏處；入史的準則──1、創新2、典型　3、影響）

第二章　萌芽期
（第一期：1924年～追風發表日文詩作〈詩的模仿〉、隔年　張我軍出版中文詩集《亂都之戀》）

第三章　承襲期
（第二期：1933年～《風車》創刊，鹽分地帶詩人逐漸崛起）

第四章　鍛接期
（第三期：1953年～《現代詩》創刊）

第五章　發展期
（第四期：1959年～《創世紀》改版，積極發展超現實主義）

第六章　回歸期

（第五期：1972年～「關、唐事件」，同年羅青出版後現代先驅之作《吃西瓜的方法》）

第七章　開拓期

（第六期：1984年～後現代詩集《備忘錄》出版，眾多「新世代詩人」首部詩集亦陸續面世）

第八章　跨越期

（第七期：1996年～出現大量超文本創作〔或稱數位文學〕，正式邁向網路詩時代）

　　這樣的章節安排與設計，是在實踐筆者於〈台灣新詩史：一個未完成的計畫〉中提出的觀點：第一，不循「傳統」台灣文學史慣採政治事件或社會變遷作為分期點的惡習，改以重要詩集、詩論集、刊物的出版與文學事件（如文學運動、思潮）的發生為斷代及論述之「點」。這是欲重新確認以詩為中心、堅持文學依然保有一定自律性（autonomy）的必要策略。第二，分期時不特意標示主、支流之別，且只設定大約、可前可後的起始年份，亦不明確指出每一期迄於何時。這種適度的「模糊」不是逃避檢驗，而是因為台灣詩／文學界往往眾聲爭鳴、群雄競逐，確實少見「單音」與「一統」之刻（楊宗翰，2004a）。兩位作者原盼這部《台灣新詩史》的問世，可以稍微解除本地「詩史不孕症」魔咒；但在期刊上公開發表其中四章（佔全書近半）後，任教於政治大學的張雙英便於2006年推出《二十世紀台灣新詩

史》。以時序為經、詩社為緯的《二十世紀台灣新詩史》，分期、架構、觀點皆無新意且性質近乎大專教科書，但必須肯定它確實是「台灣第一部」——不幸也是迄今（2012年）唯一一部「我們的」新詩史。[6]

　　與詩史相較，新詩研究的另外兩大支柱——詩評與詩論——在台灣累積的成果顯然更為豐碩。惟「評」與「論」兩者常遭誤解或混用，有必要詳加界定說明。筆者認為前者應指批評（criticism，特別是practical criticism），著重於評價與分析；後者則屬理論（theory）層面的研究及探討。兩者固然關係密切卻不可輕易等同。古籍如劉勰《文心雕龍‧論說》中便出現過「評」、「論」二字：「評者，平理」，即裁判評價；「論者，倫也」，指闡發道理。而在《文心》中分列的「評」與「論」，到了范曄〈獄中與諸甥姪書〉與顏之推《顏氏家訓‧文章》更直接連結為「評論」一詞：「詳觀古今著述及評論，殆少可意者」、「學為文章，先謀親友，得其評裁，知可施行，然後出手」。歷代詩文評作品中便有以「評論」為名者，如許增輯《白石道人詩詞評論》一卷。清末王國維亦著有《紅樓夢評論》，為運用西方美學思想來分析中國文學的開創之作。由上可知，「評論」一詞乃源於悠久中文傳統。

　　學界常以「文學批評」替代「文學評論」，卻忽略了「批評」一詞很晚才在中文語境中出現的事實。古籍中幾乎未見「批評」一詞，連清康熙年間《皋鶴堂批評第一奇書金瓶梅》（即張

6　中國大陸學者古遠清於2008年推出35萬字、厚達500頁的《台灣當代新詩史》。此書特別強調論戰、詩社、政治傾向，面世後筆者曾發表〈殊途不必同歸——與古遠清談台灣新詩史的書寫問題〉與之商榷（楊宗翰，2008）。

竹坡評本）裡「批評」兩字也是後人刊刻上的。就語義而論，所謂「批評」乃批注評釋的簡稱，「文學批評」即旨在評介文學作家、作品，然而誠如楊松年（1988：2-4）所述：它們如何能籠括古代「話」、「說」、「談」、「記」、「論」、「錄」、「評」等內容豐富、範圍廣闊且表達方式多樣的各類詩文評？要知道這些詩文評不僅旨在評介文學作家、作品，也很重視「以漫談漫論的手法，來討論有關文學的原理問題，敘述有關的詩文作品，以及詩文作者的種種事蹟」。詩文評的作者則「有時以片言隻語，有時以長篇巨製，有時以札記的方式，有時引前人的評語，有時通過詩文的編選評釋，有時根據詩賦傳記墓銘之著作，來敘述、討論與評騭作家、作品及其他文學之問題」，這些顯然都不是「文學批評」一詞所能全數囊括。明乎此，便不難想像為何有些學者會建議應以「文學評論」一詞來替代「文學批評」了（羅根澤，1957：8-10）。

　　由上可知，「新詩評論」顯然比「新詩批評」範疇更廣闊、內蘊更豐富，也較適合作為「詩評」與「詩論」的統稱。本書即依此觀點，行文間統一使用「台灣新詩評論」一詞。

　　筆者認為：詩史、詩評、詩論猶如鼎之三足，缺一不可。換個角度想，願以新詩研究為志業（vocation，而非職業〔occupation〕）的學者，怎麼可能滿足於三者擇一來「專精」？——雖然誰都知道，擇其一而能臻於專精已非易事。選擇以新詩研究作為畢生志業者，除了得期許自己能在詩史、詩評、詩論上各取得一定成績，更應該要有貫通三者、悠遊其間的本事。至於最終目標，當然還是指向建立起一套經得起多方考驗的「新詩學」。

　　而這些，毫無疑問正是驅使我持續思索，乃至嘗試進行寫作《台灣新詩評論：歷史與轉型》的動力。關於詩史研究，筆者日前已繳出一部後設批評（《台灣現代詩史：批判的閱讀》）及進行中的半部詩史（合著《台灣新詩史》），自忖應尚有聊備一說的價值；惟在詩評及詩論研究部分，我雖常表關懷卻顯然努力不足，更始終未能提出任一可供參考之歷史框架。事實上，台灣新詩評論累積的豐碩成果一直乏人整理，遑論如何在本地發現「新詩評論史」之類著作。中國大陸學界在這方面倒頗有建樹，上個世紀九〇年代已有探討台灣文學評論史的專書面世：分別為古繼堂《台灣新文學理論批評史》（1993）與古遠清《台灣當代文學理論批評史》（1994）。兩書理所當然皆包含了新詩評論史，但畢竟是距今約二十年的舊作，在資料掌握、研究取徑、探討深度各方面都有很大進步空間。

　　既然台灣新詩評論無論在質或量上皆有可觀之處，就應該更沒有理由苟安於這類「寄居」或「附屬」模式。所幸本地尚有一部《台灣當代新詩理論》，精研現代詩學的作者孟樊在書中逐章介紹與檢視印象式批評、新批評、現代主義、寫實主義、後現代主義、女性主義詩學……等，並嘗試運用新的批評方式來解讀詩作。本書應為國內首部以西方當代文學批評理論考察台灣新詩的系統性專著，字裡行間處處可見作者欲為詩壇樹立新的批評典範之雄心。《台灣當代新詩理論》書名或章名雖未見一「史」字，但確實已經為日後的新詩評論史寫作打下堅實地基。此書對詩學研究之發展固然卓有貢獻，不過在書寫體例上與常見之文學／評論史頗見差距，倒是比較像是作者八年抗戰、逐章寫就的精彩論文集。就全書體系與考察對象而論，除了得添加一九九〇年

代中期迄今詩學界的諸多變化，尚且還有不少值得我輩二度乃至三度探勘之處。換句話說，誰都（哪怕是作者孟樊也一樣）不該也不會就此滿足——畢竟還是缺少一部真正的台灣新詩評論史。

　　但文獻的堆砌累加並不成「史」，最多只能算是魯迅所說的「資料長編」。[7]其情況往往不出下述兩類：

　　　　（一）以文獻的蒐集整理為能事，誤以為將眾多史料放在一起、不需「拷打」它們便會自動說話。
　　　　（二）崇尚客觀中立、不帶偏見或感情的歷史考察，其結果乃呈現為流水帳般的「忠實記錄」。

這正反映了當前文學史研究的兩大問題：缺少詮釋、分析甚至歪讀、翻轉材料的能力，以及完全忽略研究者自身的歷史性。[8]若要從事新詩評論史的研究，豈可重蹈此覆轍？另外，坊間以「流變」為名之長書短論甚多，可惜往往未能建立一個足供參考的歷史框架或模子（frame or mold），這也是筆者呦欲在本書中補強的。

　　本書之研究範圍設定在已印行面世之台灣新詩評論，但討論的詩評家則不限為「台灣人」或「出生於台灣」，就算其詩學著作撰寫於域外亦無妨。部分評論家幾可確定將於其母國的現代

---

[7] 魯迅在1932年8月15日寫給臺靜農的信中指出：「鄭君（引按：指鄭振鐸）作《中國文學史》，頃已在上海豫約出版，我曾於《小說月報》上見其關於小說者數章，誠哉滔滔不已，然此乃文學史資料長編，非『史』也。但倘有具史識者，資以為史，亦可用耳。」（魯迅，1976：319）。
[8] 所謂「歪讀」在此不宜等同於「酷讀」（queer reading，譬如嘗試在主流正統論述中分析可能存在的同志文化符碼），但兩者間確實有部分精神相通之處。

文學史上佔有保留席，但這不該成為被排拒於台灣新詩評論門外的藉口。相反地，筆者主張本地學界更該積極「收編」——因為他們對台灣新詩的研究一經發表，便已是台灣文學「不可（也不該）分割」的一部份。或許有論者會主張要入台灣文學史，至少得有本地生活經驗（張愛玲的問題之一在此？）；殊不知文學作品或評論往往是人未至而文已達，且有時保持距離、隔海觀察反而更見清醒。香港作家李英豪就是一個例子。1966年他在台北的文星書店出版《批評的視覺》，書中評論對象涉及港台兩地作家（但以台灣詩人為主），銳利新穎的觀點一時頗受本地文壇矚目，也是讓新批評（New Criticism）在台順利奠基的關鍵人物——可惜李英豪後來跑去研究古玉珍郵及草木蟲魚，不復彈此調久矣。

　　必須一提的是，本書並不打算追隨學界常見之「戰前／戰後」、「解嚴前／後」、「殖民／再殖民／後殖民」這類區隔進行論述或分期。筆者認為這些都屬於政治事件而非文學事件之劃分，也忽略了文學依然具有一定的自律性（autonomy）。「具有一定的自律性」並非表示文學不受政治、社會、經濟等條件之多重限制及影響[9]，筆者也一向不贊成將文學孤立起來進行去脈絡化閱讀。但既然本書要面對的是詩學／文學（評論）史，誰說非得全盤接受政治史的標準呢？

9　法國社會學家布迪厄就指出：文學場域（field）雖貌似遵循自身的運作邏輯，實際上卻未能真正擺脫經濟資本的約束。譬如波特萊爾等人主張「為藝術而藝術」並排斥大眾化寫作，表面上好像超越了經濟利潤的考量，其實菁英寫作將帶給他們比商業寫作更為可觀的符號利益（Bourdieu, 1993: 192-211）。

第二節　起點、轉型、變貌、分衍

根據修訂再版之張默《台灣現代詩編目》（1996）所載，自1958年《紀弦詩論》面世至1995年為止，已印行之台灣新詩評論（集）共有257種（冊）。[10]1996年迄今的新詩評論集，隨著新詩研究逐步學術化與體制化，數量顯然有增無減。這些書籍都是我們必須認真面對、逐一檢視的基礎資料（data）或素材（material），皆需經過研究者的反覆耙梳、叩問、捶打。筆者從事研究工作時，一向特別關注「起點」與「變貌」——而兩者的中介與接點，正是本書的關鍵詞「轉型」。關於起點、轉型、變貌三者，試釋如下：

台灣新詩評論的起點，當屬新詩話的誕生與詩人批評家的出現。詩話之體，古已有之。中國「五四」新文學運動以降，這類短小斷想、經驗札記與詩論隨筆，可以戴望舒《詩論零札》及艾青《詩論》為代表。本書將之統一命名為「新詩話」，並將台灣新詩話溯源至日治時期的楊熾昌（水蔭萍）。隨國民政府東渡來台的紀弦與覃子豪，跟前述的台籍作家楊熾昌一樣，都是典型的「詩人批評家」（poet-critic）[11]，兩人著作亦成為戰後台灣新詩評論的濫觴。日治迄一九五〇年代建構出的詩人批評家樣貌，到了六〇年代面臨李英豪、顏元叔等人引進之英美「新批評」強

---

[10] 據該書統計，1954至1991年共有204種（含補遺20種）、1991至1995則有53種。

[11] T. S. Eliot曾以「具有詩意的」（poetic）一詞加諸「批評家」（critic）前，杜國清遂將之譯為「詩人批評家」，亦即 "poet-critic"（Eliot, 1987: 58；杜國清，1969：152）。

力挑戰，台灣新詩評論遂正式「轉型」。這點連帶提升、凸顯了
「詩評家」的位置與獨立性——畢竟李、顏皆非詩人，在後者看
來確實非我族類。在新詩評論確立「轉型」後，女性詩學／後現
代詩學則是當代詩學性別／性質上最重要的兩大「變貌」，日後
乃有各式詩評論之延伸分衍。

　　在評論專書出版之外，相關學位論文與報刊文章亦是本書
必須回顧探討的文獻。[12]坊間新詩類的碩博士學位論文，大抵不
出以下幾類（舉例並依畢業年份順序排列）：

　　(一)詩風潮／詩論戰研究：林于弘〈解嚴後臺灣新詩現象析
　　　　論（1987～2000）〉（國立臺灣師範大學／國文研究所
　　　　／89／博士）、羅任玲〈台灣現代詩自然美學：以楊
　　　　牧、鄭愁予、周夢蝶為中心〉（國立臺灣師範大學／國
　　　　文系在職進修碩士學位班／93／碩士）、陳政彥〈戰後
　　　　臺灣現代詩論戰史研究〉（國立中央大學／中國文學研
　　　　究所／95／博士）、林立強〈臺灣八〇年代政治詩研
　　　　究〉（國立臺北教育大學／台灣文化研究所／96／碩
　　　　士）、王嘉鈴〈現代詩的魔幻寫實技巧：以台灣現代詩
　　　　為例〉（國立臺北教育大學／台灣文化研究所／96／碩
　　　　士）、顏秀芳〈戰後臺灣情色詩研究（1950-2010）〉
　　　　（國立彰化師範大學／台灣文學研究所／99／碩士）

　　(二)詩社／詩刊研究：陳全得〈台灣《現代詩》研究〉（國
　　　　立政治大學／中國文學系／87／博士）、林貞吟〈現代
　　　　詩的街頭運動：《陽光小集》研究〉（玄奘人文社會學

院／中國語文研究所／92／碩士）、解昆樺〈論臺灣現代詩典律的建構與推移：以創世紀、笠詩社為觀察核心〉（國立中正大學／中國文學系／92／碩士）、干麗雯〈笠詩社戰後世代八家研究〉（國立中山大學／中國文學系研究所／95／碩士）、解昆樺〈傳統、國族、公眾領域：臺灣一九七〇年代新興詩社研究〉（國立臺灣師範大學／國文學系／96／博士）、劉正偉〈早期藍星詩社（1954-1971）研究〉（佛光大學／文學系／100／博士）

(三)詩人詩作研究：李癸雲〈朦朧、清明與流動：論台灣現代女詩人作品中的女性主體〉（國立臺灣師範大學／國文研究所／89／博士）、劉正忠〈軍旅詩人的異端性格：以五、六十年代的洛夫、商禽、瘂弦為主〉（國立臺灣大學／中國文學研究所／89／博士）、劉志宏〈一九五〇、六〇台灣軍旅詩歌的空間書寫：以洛夫、瘂弦、商禽為考察對象〉（佛光大學／文學系／98／博士）

(四)詩人及其詩評論研究：蔡哲仁〈白萩的詩與詩論〉（國立成功大學／台灣文學研究所／92／碩士）、王國安〈李魁賢現代詩及詩論研究〉（國立高雄師範大學／國文學系／92／碩士）、陳怡瑾〈李魁賢的詩與詩論〉（靜宜大學／中國文學研究所／94／碩士）、蔡欣純〈論杜國清現代詩創作、翻譯與詩論〉（國立臺灣師範大學／台灣文化及語言文學研究所／97／碩士）

(五)詩論／詩學研究：王文仁〈光與火：林燿德詩論〉（南華大學／文學研究所／90／碩士）、陳政彥〈蕭蕭詩學研究〉（國立中央大學／中國文學研究所／90／碩士）、陳義芝〈台灣現代主義詩學流變析論〉（國立高雄師範大學／國文學系／93／博士）、曾琮琇〈嬉遊記：八〇年代以降台灣「遊戲」詩論〉（國立成功大學／中國文學系碩博士班／95／碩士）、王正良〈戰後台灣現代詩論研究〉（中興大學／中國文學系所／95／博士）、朱天〈詩與美感的交輝：葉維廉、杜國清詩學理論研究〉（臺灣大學／台灣文學研究所／98／碩士）

(六)詩的次文類研究：陳巍仁〈台灣現代散文詩研究〉（國立臺灣師範大學／國文研究所／87／碩士）、徐錦成〈台灣兒童詩理論與批評發展之研究（1945～2000）〉（臺東師範學院／兒童文學研究所／89／碩士）、陳思嫻〈台灣現代圖象詩研究〉（南華大學／文學研究所／92／碩士）

(七)詩選研究：盧苪伶〈爾雅版年度詩選研究〉（國立臺北教育大學／語文與創作學系碩士班／99／碩士）

以上皆為筆者重要參考資料，且以（四）（五）兩項跟本書關聯性最強。但同樣是探討新詩評論，本書之切入取徑與各家迥然不同──不同於分析一人之詩論／論詩（如王文仁〈光與火：林燿德詩論〉）；不同於一人詩作及其詩論的連結（如蔡哲仁〈白萩的詩與詩論〉）；不同於兩位詩論家之比較（如朱天〈詩與美感的交輝：葉維廉、杜國清詩學理論研究〉）；不同於某一詩學在台之流變（如陳義芝〈台灣現代主義詩學流變析

論〉）；也不同於多位詩評家觀點之整理（如王正良〈戰後台灣現代詩論研究〉）……。本書所探求的，非「一人」之成就而是「集體」之趨勢；本書欲追索的，不是某一派別或各家觀點的整理，而是朝向框架或模子（frame or mold）之建立。

在回顧既有文獻時，本書多次受到以下論文、專書之啟發，並嘗試與其作出鮮明區隔，盼能另有所成：

(一) 孟樊《當代台灣新詩理論》（1995）、《台灣後現代詩的理論與實際》（2003）：《當代台灣新詩理論》為國內第一本以西方當代文學批評理論，考察台灣新詩及其評論的系統性專著。作者耗費八年完成本書，共分為十二章，依序列論新詩的語言與概念、新詩評論現況考察、印象式批評詩學、新批評詩學、現代主義詩學、寫實主義詩學、政治詩學、大眾詩學、後現代主義詩學、女性主義詩學、地緣詩學、世紀末詩學。本書擬為當代詩壇樹立一新的批評典範與方向，且誠如林燿德所言，作者「企圖將二十世紀西方發展出來的重要批評流派（如「新批評」）與重要文學思潮、創作理念（如「現代主義」）引為借鑑和台灣地區具有同性質的理論、創作進行比較研究」（楊宗翰，2001：81）。

《台灣後現代詩的理論與實際》共分為三章，第一章為總論／歷史篇（台灣後現代詩史），第二、三章則為分論／理論與實際篇（台灣後現代詩的論述、台灣後現代語言詩）。本書從歷史變革的角度，重新檢視後現代詩崛起、發展的歷史脈絡，剖析後現代詩人及其詩作，並歸納出後現代詩的類型特徵。在為這一斷代史定

位之同時，亦探討後現代詩的相關論述，特別是將最困難的「語言詩」類型，從文學理論與作品表現角度雙管齊下，予以詳細討論。

筆者衷心肯定這兩本專書皆能開風氣之先，分頭梳理「台灣新詩理論」與「台灣後現代詩理論」中錯綜複雜的文本與脈絡問題，並以系統化、學術化的方式清晰呈現。但我也要指出，《當代台灣新詩理論》書名雖然並未包括「詩學」一詞，但章名一律採用「〇〇詩學」（如印象式批評「詩學」、新批評「詩學」、地緣「詩學」、世紀末「詩學」……），其中不少本來就是某一派系或論述（discourse），強行加上「詩學」一詞有何意義？台灣詩壇與評論界對「詩學」的濫用與誤用，至此又添一例。或許是受到亞里斯多德《詩學》或巴什拉（Gaston Bachelard）《空間詩學》（*La Poétique de L'espace*）、《夢想的詩學》（*La Poétique de la Rêverie*）書名影響，新詩評論者酷嗜將「新詩研究或評論」輕易套稱為「詩學」——這可是把「詩學」（poetics或法文poétique）看得太過簡單了。在西洋文化脈絡中，"poetics"意指一套完整且系統化的文學理論，抑或一套嚴謹之模式，而非僅僅用來指稱「詩之研究」。[13]誠如論者所言，「在歐洲，從古希臘一直到文藝復興，一般研究文學理論的著作都叫做詩學。『文學批評』這個名詞出來很晚，它的範圍較廣，但詩學仍是一個主要部門。」（朱光潛，2002：2）望文生義後誤用或濫用

---

[13] Aristotle《詩學》便是最好的例子，可參閱姚一葦所譯註之《詩學箋註》。

「詩學」，應是孟樊《當代台灣新詩理論》一大問題；
台灣學界與詩評界迄今仍偶見此類惡習，東一句○○詩
學、西一句ＸＸ詩學……。細察其中既乏系統、亦缺架
構，以艱深文飾淺漏，莫過與此。

　　2003年孟樊《台灣後現代詩的理論與實際》問世，
分章耙梳後現代詩之歷史、理論與實際，無疑是本地學
界第一本完整的後現代詩作與詩論研究。2004年簡政珍
推出《臺灣現代詩美學》，全書以近半篇幅嚴格檢視臺
灣後現代主義詩作與評論。該書主張應以「雙重視野」
來把握後現代的「精神」──一個充滿批判性及自我反
省的雙向辯證。作者在書中直接展開西方後現代主義詩
學的討論，並力圖糾正台灣詩評家的（台式）後現代論
述。前修未密，後出轉精，此書可視為與羅青、孟樊等
詩評家對話之作。本書將逐一檢視各種評述台灣後現代
詩的觀點與交鋒，並在孟、簡兩人專書的基礎上，對相
關議題作進　步的探索。

(二)陳義芝《聲納：台灣現代主義詩學流變》（2006）：
本書改寫自作者2004年高雄師範大學國文系博士論文
〈台灣現代主義詩學流變析論〉。書中指出，台灣新詩
各發展階段都與現代主義詩學相辯證，自1930至1990年
代，超現實主義、象徵主義、意象主義、立體主義、未
來主義、後現代主義、達達主義……，以不同於西方
起源的順序，交錯地引進台灣。經過多次論戰激盪、創
作修正，遂能鎔鑄成新的風貌。循此線索，此書以西方
原初的各種詩學主張對照台灣所接受的、所表現的、所

誤用的，試為二十世紀台灣詩學流變勾勒出較為清晰的脈絡。

　　書中所謂「現代主義詩學主要脈絡」，在筆者看來，依舊不脫竹節式、十年一期的切割：

1、　一九三〇年代水蔭萍及《風車》

2、　紀弦、覃子豪接受中國大陸由戴望舒、施蟄存所領導的現代啟蒙後，一九五〇年代兩位來到台灣，或以「新現代主義」推動新詩的再革命，或以一種醒覺的象徵主義姿態，開發台灣新詩的創作美學

3、　「現代派」運動之後，一九六〇年代有林亨泰的符號詩、余光中主張擴大現代主義內涵、《創世紀》轉而提倡超現實主義、《笠》在現代主義的寫作方法中強調現實主義精神

4、　一九七〇年代年輕詩人群現身，台灣詩壇在吸收現代的同時展開回歸傳統的四個面向

5、　一九八〇年代進一步呈現繁茂的新生狀態，包括語言符號與精神思維，為緊接而來的「後現代詩」風潮預留了溫床。

6、　一九九〇年代中期開始，回歸抒情素樸、尋找中心意義的呼聲遂日亟。此時，夏宇以達達的觀念推出詩集《摩擦‧無以名狀》，為二十世紀早期的一個西方主義，做了一次迴光返照式的實驗，懷著「以暴制暴」的心態，終結了詩壇花哨至極的創作遊戲。

　　這類竹節式分期與敘述方法，埋藏的其實是大有問題的線性進化史觀。筆者肯定陳義芝此書舉例適當、品

評中肯；但本書並非專注於「現代主義詩學」一項，而是另闢蹊徑，嘗試建立起全然不同的台灣新詩評論研究框架或解釋模型。

(三) 王正良〈戰後台灣現代詩論研究〉（2006）：作者中興大學中文系博士論文，將具有理論性思維的詩論家列入優先考量，並以詩語言與現實二軸為辯證的輔翼。作者最後選擇了羅門、葉維廉、楊牧、吳潛誠、簡政珍、古添洪六位詩論家。他們反映了台灣現代詩論的發展，多受西方文學理論影響；但幸未因此完全困陷在「西方」大纛的陰影中。六位的詩論要旨如下：羅門的「第三自然詩觀」，賦予現代詩形上層次的存在位階，化解心靈與文明的衝突；葉維廉點明創作歷程「以物觀物」的重要性，揭示詩語言與一般語言指義行為的差異；楊牧「詩的真實」與「有機格律」的書寫策略，在詩的完成追求美，也追求道德典型的實現；吳潛誠的「介入詩學」，以愛爾蘭獨立運動隱喻台灣現實，對於藝術形式的鍛鍊未曾割捨；簡政珍的「意象思維」，指出詩盤踞意象，實是敞開語言的表現，以語言反應現實與存有；古添洪「記號詩學」強調批評主體的建構，記號從語音層次擴及到文化層次，現實是記號的「符徵」，充滿多重符旨的辯證空間。

　　上述六位詩論家對詩的本質、書寫策略與詩的位置，見解各異。王正良勤於挖掘六人之個別特色，用力頗深也卓有成績；不過對「以詩史的視野衡量六位詩論家的位置」這項自我期許，作者顯然力有未逮。筆者以為問題還是出在缺乏一個更有效力的

解釋模型，以致王正良的研究企圖心雖大，最終還是變型成「閱讀六位優秀詩論家」的六篇論文。羅門、葉維廉、楊牧、吳潛誠、簡政珍、古添洪……在台灣新詩評論領域的貢獻，確實值得進行專章甚至專書探討。筆者十分尊敬也經常閱讀六位詩論家的文章，但本書不會把主要焦點放在這六位詩論家上——更進一步說，本書不會把主要焦點放在「任何一位」詩論家上。此乃因本書一開始便確立，以追索「起點」、「變貌」及（兩者間的中介接點）「轉型」為要務。唯有確切掌握這三者，才有可能真正建立起一個研究框架或解釋模型。

筆者認為：每一位詩論家的論述或評析，最終皆須置入「起點」、「轉型」、「變貌」此一框架或模子裡檢驗，對本書才有實質意義。明乎此，當可理解本書對個別詩論家（如李英豪、顏元叔）的探索，目的皆非彰顯其一人之事功，而是朝向構築並完善此一解釋模型。

第三節　從新詩評論轉型到歷史解釋模型

本書試圖追索台灣新詩評論之「起點」、「變貌」及（兩者間的中介接點）「轉型」（transformation）。「新詩評論轉型」指的是新詩評論型態的轉變，即從一種評論型態轉變成另一種評論型態。任何一種成熟的評論型態，皆需具備一定的評論觀念、方法、實踐與典範，後起研究者並可從中尋找其理論體系與批評模式。當原有的評論型態不足以有效解釋或說明某些文學現象時，轉變的時機就已到來。但「轉型」並不表示新的評論型態

將完全或立刻取代舊的評論型態，且新、舊評論型態間的衝突亦時有可觀之處。

為確切掌握「起點」、「變貌」及「轉型」三者之面貌，並依此建立起一個解釋模型，本書訂定了以下架構：

第一章　緒論

首章為本書緒論，共分三節，細說寫作旨趣與探索目標。

第二章　台灣新詩評論的起點

筆者將「新詩話」的誕生與「詩人批評家」的出現，視為台灣新詩評論的起點。詩話之體，古已有之。自梁朝鍾嶸《詩品》以降，沿至唐代詩格之創制，迄宋代歐陽修《六一詩話》正式以「詩話」為名。這些詩話雖不如劉勰《文心雕龍》體大思精、結構嚴謹，但同樣為探尋創作及欣賞的奧秘，發揮了一定貢獻。中國「五四」新文學運動以降，這類短小斷想、經驗札記與詩論隨筆，可以戴望舒《詩論零札》及艾青《詩論》為代表。本書將之統一命名為「新詩話」，並將台灣新詩話溯源至日治時期的楊熾昌（水蔭萍）。楊熾昌與隨國民政府東渡來台的紀弦與覃子豪一樣，都是典型的「詩人批評家」（poet-critic）。紀弦、覃子豪的詩評論集一九五〇年代出版後廣受歡迎[14]，成為戰後台灣新詩評論的濫觴。值得注意的是，「新詩話」與「詩人批評家」並未因後續的新詩評論「轉型」而立刻終止或全面改變。我們還是可以在二十一世紀讀到瘂弦、張默、向明等人的同類型詩評論著作。

---

[14] 除了紀弦《紀弦詩論》（1954）、《新詩論集》（1956）與覃子豪《詩的解剖》（1958）、《論現代詩》（1960），兩人後來又分別出版《紀弦論現代詩》（1970）及《詩的表現方法》（1967）。

第三章　李英豪與台灣新詩評論轉型

　　五〇年代建構出的詩人批評家樣貌，到了六〇年代面臨李英豪、顏元叔引進之英美「新批評」（New Criticism）強力挑戰，台灣新詩評論遂正式「轉型」。這點連帶提升並凸顯了「詩評家」的獨立位置——畢竟李、顏兩位只評詩、不作詩，在台灣詩人看來確實有點「非我族類」的味道。英美新批評是一種關注文本主體的形式主義批評，認為文學研究應該以作品為中心，以精品細讀的方法，對其中的語言、構成、意象等進行分析。1966年李英豪於文星書店出版《批評的視覺》（書中各篇分別寫於1962至64年間），是台灣第一部全力介紹、推廣與援用新批評手法的新詩評論集。人在香港、文章在台港兩地發表、著作選在台灣出版的李英豪，實為台灣新詩評論界引入英美新批評的第一人。經他撰文提倡及清楚解說，張力（tension）之有無在台灣評論界，迅速成為最重要的文學評價標準。

第四章　顏元叔與台灣新詩評論轉型

　　有兩股力量驅動著台灣新詩評論的轉型，一是來自「民間社會」，代表人物為李英豪；一是來自「學院建制」，代表人物是顏元叔。從美國取得英美文學博士學位歸國的顏元叔，在淡江與台大外文系擔任起重要的「擺渡人」工作。他授課時大量採用原文教科書與作品，並促使西洋文學理論成為外文系教學主流。[15]新批評健將Cleanth Brooks與Robert Penn Warren合編之《理解詩歌》（*Understanding Poetry*, 1938）與《理解小說》（*Understanding Fiction*, 1943），在二戰後的美國被廣泛採用為

---

[15] 關於當時外文系的授課狀況與選用教科書，可參考齊邦媛（2004：31）的回憶文章。

大學教科書；顏元叔在台灣也如法炮製，並叮嚀學生（與讀者）高度重視作品本身之結構與字質（structure and texture）。這對過往偏重印象式批評或歷史傳記批評的台灣校園內／外都是一大衝擊。

　　顏元叔在實用批評（practical criticism，或譯為「實際批評」）上累積的發表量相當驚人，其所論範圍並橫跨了古典詩與現代詩。可惜礙於某些偏見與誤解，這些實用批評文章並不是全無問題。本章將逐步分析顏元叔對台灣詩評論界留下的貢獻（與遺毒）、「新批評」在詩作分析上的功效（及限制）、「新批評」手法的運用（和濫用）等重要議題。

第五章　評論轉型視野下的當代女性詩學

　　台灣新詩評論確立「轉型」趨勢後，各式新興文學理論逐一登陸，評論界對結構主義、符號學、現象學等不再感到陌生。在開發與利用它們作為「在地化」分析工具的同時，批評手法之擴充及新變蔚為大觀：荒野中的女性詩批評，主體性批評的追求、後現代詩學的引介、中國傳統與台灣當代的匯通……。若再加上偶爾出現的精神分析或馬克思主義文學批評，在流派上雖不能說已粲然大備，惟就涵蓋面之廣闊及多樣而論，確實堪稱空前。本書主張，女性詩學／後現代詩學乃是當代台灣新詩評論性別／性質上最重要的兩大「變貌」，宜各設一專章深入探討。

　　台灣女性詩學之所以成為可能，與早期的婦女運動有絕對關係。可惜的是，這層關係已被遺忘殆盡。西方女性詩學裡在在強調的顛覆與反抗，到了台灣卻變成展示意味十足的一種姿態——還是非政治化的姿態。於是本地的女性詩學研究，不知不覺

間好像又走回了形式批評及新批評的老路。[16]揭示性別壓迫的歷史現實、抵抗性別政治的既有秩序、顛覆語言世界中的尊卑位階——不管是英美學派還是法國學派的女性主義批評家，都會認同這是有力量、具政治意味與實踐性格的批評策略。過去台灣評論界對女性詩學的「認證」太過輕易，遂淪為只要有生理性別差異（即male／female之別，譬如：討論女性詩人）就可納入，導致偽女性詩學氾濫於報刊。這樣當然無助於解放被壓制的女詩人創作力與視野，遑論如何重審父系社會下男性所主導建立的文學成規？

本書將重新檢視女性詩學之所以能夠成立的歷史條件，並確認賦予其合法性的來源為何。女性詩學之根源就是婦女運動，其本質為一種以文學為媒介的政治行為。本章將梳理與分辨台灣當代女性詩學中的真與偽，並檢討坊間女性詩評論中，「性別觀的單向僵化」與「主體性之討論猶待深化」兩大問題。

第六章　評論轉型視野下的後現代詩學

倘若女性詩學是當代台灣新詩評論在「性別」上的重大變貌，後現代詩學就是新詩評論在「性質」上的重大變貌。況且在西方，後現代思潮一向與婦女解放運動關係密切；反觀台灣，「詩評家在談後現代時很少考慮到女性主義對後現代詩觀的影響和啟發」（奚密，1998：218）。評論界的「後現代想像」起源有二，恰巧一內、一外：「內」指的是1986年羅青發表〈七〇年

---

[16] Kate Millet《性政治》（*Sexual Politics*,1970）是西方第二波婦女運動的經典之作。作為女性主義文學理論走向獨立、成熟的重要標誌，本書尤為強調對「新批評」閱讀方式的反叛。西方女性主義文學批評家對所謂非政治的「文學性」（literariness）一向十分感冒，但台灣當代的女性詩評論卻不時可見向新批評靠攏或乞靈之怪象。

代新詩與後現代主義的關係〉和〈詩與後工業社會：「後現代狀況」出現了〉，吹起臺灣文學進入後現代的號角；「外」指的是1987年6月起《當代》開始連載Frederic Jameson《後現代主義與文化理論》，加上該年Ihab Hassan和Frederic Jameson先後來台講學，遂引起傳播效應強大的後現代風潮／瘋潮。本章將探索台灣新詩評論界「後現代想像」之起源，回顧後現代詩在台灣的理論與實際，以及說明何謂後現代的雙重視野。

第七章　當代台灣新詩評論的四方分衍

考察過當代台灣新詩評論在女性詩學／後現代詩學這性別／性質上的兩大「變貌」後，本書將繼續探索評論變貌下的晚近最新分衍。本章就「十大詩人」、「青春結社」、「詩集出版」與「數位時代」這四方分衍，各闢一節篇幅，嘗試剖析典範的變與不變、作為新手農場的校園詩人／詩社／詩刊、詩出版弔詭的盛世風景，以及數位時代新詩評論所面對的全新挑戰。對本書而言，以上四者各有其重要象徵位置（經典評價、校園新聲、紙本詩集、數位創作）。筆者小主張：所謂「典範」、「新聲」、「紙書」、「電書」，當是台灣新詩評論界日後必須持續追蹤的四大區塊。

第八章　結論

最末章為本書結論，說明這次研究所獲得的成果，並分析台灣新詩評論的未來發展與可能新局。台灣新詩評論的變革發展，在某種意義上正可以「評論轉型」的觀察角度來呈現。本書希望能從這個角度出發，尋求建立一個可供參考的歷史解釋框架。期待本書所提出的解釋框架可以刺激討論，讓學界加速催生另一部更理想的研究著作。

在研究方法上，筆者首重原始評論資料（data）或素材
（material）的耙梳細讀（close reading），希冀先充分汲取／批
判／超克前人研究成果，繼而尋找新的詮釋可能。其次，完全捨
棄坊間文學系所論文流行的「訪談研究法」，因為這種研究法太
過相信受訪者的「應答誠信」與「回憶真確」，卻忘了世上有很
多「大說謊家」及「選擇性記憶」。除了不採信「訪談」的效
力，本書亦不求假性的面面俱到、徒耗篇幅（譬如花太多力氣描
述眾人皆知的文學或歷史背景），而是改以直面核心、問題導向
的研究態度。

第三，本書將藉助阿圖塞（Louis Althusser）所提出的「徵
候閱讀法」（symptomatic reading）[17]，亦即一種雙重閱讀的技
巧：首先要閱讀顯而易見（已說出）的文本，然後再透過文本中
的失誤、扭曲、沉默及空白，去生產和閱讀出隱而不顯（未說
出）的文本。所謂文本（text）其實是由多重意義所構成，它同
時受到已出現及未出現因素的影響。而文本的真實意義一般說來
並不會以直接面貌呈現，反倒常存在於文本內在的缺席元素中。
因此當我們進行解讀時，面對文本中已說出／未說出（the spo-
ken／the unspoken）部分，勢必得超越前者之表面意涵而直探後
者，以便瞭解它真正想說什麼（或被迫說了什麼）。對有心重探
台灣新詩評論文本的人來說，這種「徵候閱讀法」當然是必備的
實用工具。

---

[17] 「徵候閱讀法」（symptomatic reading）起自Althusser對《資本論》的重新解
讀。其最重要的認識論本質即「認識作為『生產』」，把所讀的文章中被掩
蓋的東西揭示出來，並使之與另一篇文章產生聯繫。可參閱Althusser & Balibar
（2000）、張一兵（2003）。

最後，由於本書多處內容與比較文學關係密切，筆者會力求兼顧「影響研究」與「平行研究」的雙向視角。比較文學研究對共同規律（common poetics）或共同美學基礎（common aesthetic grounds）的尋求，以及其努力分辨不同文化系統間的歧異處及可能會通，對從事台灣新詩評論的研究者當有所啟發。事實上，以外文系為主導的比較文學研究，一定程度上影響了台灣新詩評論的發展樣貌。1970年台灣大學外文所創設比較文學博士班，同年四月淡江文理學院（今淡江大學）西洋文學研究室出版比較文學半年刊*Tamkang Review*。1971年淡江文理學院舉辦遠東區首屆「國際比較文學會議」；1972年6月由顏元叔、朱立民、胡耀恆等創辦《中外文學》月刊譯介西方文學理論與批評；1973年「中華民國比較文學學會」宣告成立；1975年舉辦第二屆「國際比較文學會議」……。有賴以上連串努力，比較文學在台灣終於能夠落地生根。台大外文系《中外文學》與淡江英文系*Tamkang Review*持續出刊，迄今竟已屆滿四十年。由外文系主導的比較文學研究，對各類型文學評論乃至晚近之文化研究（Cultural Studies），扮演重要的「譯介推手」乃至「本土操演」的角色，台灣新詩評論界自當肯定及回應其歷史貢獻。

本書將剖析台灣新詩評論接受外來影響的事實，也不忘尋找這些評論文本與當代西方理論間的「可比性」及「變形處」。研究者或文學史家若欲檢討台灣新詩評論之功過得失，實不宜囿限於一時一地。理由在於：既然台灣新詩評論是本地與外來文化激烈碰撞下的產物，研究者就該嘗試跨越國家疆域、學科界線、同質／異質文化之別，透過反覆比較與對照，讓台灣新詩評論的價值與定位，在全球視野下得到更為清晰的裁判。

第二章
台灣新詩評論的起點

　　新詩研究是文學研究的一門分支。關於文學研究之範疇與分類，以下列四種說法最具代表性：

(一) René Wellek與Austin Warren在《文學論》（*Theory of Literature*，1976：60-61）中，將文學研究劃分為文學理論、文學批評、文學史三個類別。其中文學理論又下轄「文學批評的理論」及「文學歷史的理論」。

(二) 沈謙（1979：10）在《期待批評時代的來臨》裡將文學研究區分為四個部門：一為文學理論（包括文學原理、文學類型、創作理論）；二為文學批評（包括批評原理、批評方法、實際批評）；三為文學史（包括文學史

觀、文學通史、文學專史）；四為文學考證（包括作品
考證、作者考證、背景考證）。

(三)劉若愚（James J. Y. Liu）《中國文學理論》（*Chinese
Theories of Literature*，1981：1-2）將文學研究區分為
兩個主要部分，一為文學批評，一為文學史。文學批評
又可分為「理論批評」與「實際批評」，其中「理論批
評」包括「文學本論」與「文學分論」。兩者之別在
於，「文學本論」討論關於文學的基本性質與功用，屬
於文學的本體論；「文學分論」探索文學的不同方向
（如形式、類別、風格、技巧），屬於文學的現象論或
方法論。而「實際批評」主要負責詮釋（包括分析、描
述）與評價。

(四)李正治（1992：5）在〈四十年來文學研究理論之探
討〉一文裡，將文學研究中理論的層域分為三類。第一
類是狹義的「文學理論」，其以「文學創作」為研究對
象；第二類是「批評理論」，其以「實際批評」為研究
對象；最後一類是「文學史的理論」，其以「文學史的
撰述」為研究對象。

　　進一步說，新詩研究向來以詩史、詩評、詩論作為三大支
柱。如本書緒論所述，「新詩評論」顯然比「新詩批評」範疇更
廣闊、內蘊更豐富，也比較適合作為「詩評」與「詩論」的統
稱。本書即依此觀點，在行文間統一使用「台灣新詩評論」一
詞。台灣新詩評論的起點，當屬「新詩話」的誕生與「詩人批評
家」的出現。詩話之體，古已有之。自梁朝鍾嶸《詩品》以降，
沿至唐代詩格之創制，迄宋代歐陽修《六一詩話》正式以「詩

話」為名。這些詩話雖不如劉勰《文心雕龍》體大思精、結構嚴謹，但同樣為探尋創作及欣賞的奧秘，發揮了一定貢獻。中國「五四」新文學運動以降，這類短小斷想、經驗札記與詩論隨筆，可以戴望舒《詩論零札》及艾青《詩論》為代表。本書將之統一命名為「新詩話」，並將台灣新詩話溯源至日治時期的楊熾昌（水蔭萍）。

　　至於「詩人批評家」（poet-critic），試釋如下：T. S. Eliot 曾以「具有詩意的」（poetic）一詞加諸「批評家」（critic）前，杜國清遂將之譯為「詩人批評家」，亦即 "poet-critic"（Eliot, 1987: 58；杜國清，1969：152）。隨國民政府東渡來台的紀弦與覃子豪，跟前述的台籍作家楊熾昌一樣，都是典型的「詩人批評家」。不同之處為：楊氏評論集《洋燈的思維》及其他發表於一九三〇年代日文報刊的隨筆短札，在無情戰火與時代動盪下，多已不傳；兩位評論家紀弦與覃子豪五〇年代的詩評論集——紀弦《紀弦詩論》（1954）、《新詩論集》（1956）與覃子豪《詩的解剖》（1958）、《論現代詩》（1960）——出版後廣受歡迎，成為戰後台灣新詩評論的濫觴。值得注意的是，「新詩話」與「詩人批評家」並未因後續的新詩評論「轉型」而立刻終止或全面改變。我們還是可以在二十一世紀讀到瘂弦、張默、向明等人的同類型詩評論著作。

第一節　新詩話與詩人批評家

一、

　　欲討論「新詩話」前，自當先對古典文學中「詩話」之定義、淵源及基本要素作一說明。詩話的定義，一般說來有廣義、狹義之別。採廣義定義者，主張應以鍾嶸《詩品》為第一。清人何文煥編《歷代詩話》時，即將《詩品》列於首篇，羅根澤、郭紹虞亦採此說。取狹義定義者，則主張詩話起於宋代歐陽修《六一詩話》。至於詩話之淵源，蔡鎮楚《中國詩話史》（1988）曾整理成四種說法：

（一）詩話昉於三代說。何文煥《歷代詩話・序》云：「詩話於何昉乎？賡歌紀於《虞書》，六義詳于古序，孔、孟論言，別申遠旨，《春秋》賦答，都屬斷章。三代尚已。」

（二）詩話本於鍾嶸《詩品》說。章學誠《文史通義・詩話》云：「詩話之源，本於鍾嶸《詩品》。然考之經傳，如云：『為此詩者，其知道乎？』又云：『未之思也，何遠之有？』此論詩而及事也。又如『吉甫作誦，穆如清風，其詩孔碩，其風肆好』，此論詩而及辭也。事有是非，辭有工拙，觸類旁通，啟發實多。江河始於濫觴。後世詩話家言，雖曰本於鍾嶸，要其流別滋繁，不可一端盡矣。」章學誠既區分了「論詩及事」與「論詩

及辭」，復主張雖始自《詩品》，但源頭多端，非囿
一處。

(三)詩話出於本事詩之說。羅根澤《中國文學批評史》云：
「本事詩是詩話的前身。」

(四)詩話出於詩律之「細」說。清人吳琇《龍性堂詩話・
序》云：「『晚節漸於詩律細』，『細』之為，詩話
所從來也。」此指詩話之源，始自詩歌格律之內部規律
要求。

　　然而蔡鎮楚對上述四說都不夠滿意，另外總結出一種說
法：詩話的名稱取法於唐宋民間詩話之名，詩話之體制源於六朝
筆記小說。至於詩話之內容，「論詩及事」的《本事詩》出於六
朝的筆記小說；「論詩及辭」則始於鍾嶸《詩品》。[1]關於詩話
的基本要素，蔡鎮楚（1988：31）認為主要有三：（一）必須是
詩的專論，（二）必須以論詩條目連綴而成，非自成一體的單篇
詩論，（三）必須是詩之「話」與「論」的有機結合，是詩歌本
事與詩論的統一。[2]劉德重、張寅彭《詩話概說》（1990）則提
出，詩話主要有兩條發展線索：一為有關論詩之著作、一為有關
詩人言談軼事之記述，詩話乃兩者結合的產物。進一步說，詩
話的結構方式可分為四種：並列式、承遞式、複合交叉式、總分
式。並列式是指詩話之內容，由一條條不相干詩論連綴而成；承
遞式則以時間先後為序，將詩論對象作關連性的時間縱向組合；

---

[1] 「論詩及事」是指以記事為主，以明詩歌本事；「論詩及辭」則以論述為
主，揭示詩歌理論或藝術價值。

[2] 這三點間不是沒有矛盾之處。林淑貞（1999：15）就指出：「『非成一體的
單篇詩論』與『關於詩的專論』互有抵觸，因為葉燮《原詩》即是單篇詩
論，亦收錄於清詩話中」。

複合交叉式指將詩論從時間、空間作交叉縱橫的組合；總分式是指詩論具有論詩的主旨，能多方面展開思維，藉以表現作者的詩學理論（蔡鎮楚，1990：115）。

中國古典詩話包括的內容十分廣泛，譬如詩人軼事、考證故實、評價作者、淵源流變、講究聲律，皆有其精巧深妙之處；但缺乏分析性、精確度與理論架構，也成為古典詩話被今人詬病的主要理由。究其原因，當與詩話採取的批評手法最有關係。無論是古典詩話或本書所謂「新詩話」，其實際批評（practical criticism）手法，皆為典型的「印象式批評」（impressionistic criticism）。印象式批評作為一種實際批評手法，「實際上」卻飽受晚近評論界的詬病，直斥其過於模糊籠統、缺乏系統性或經不起分析。就台灣新詩評論而言，在「新批評」浪潮襲台以前，「印象式批評」一直援用者最多且影響最深、最廣，直到今日都還是部分批評家偏愛的利器。樂於享受Anatole France所言「靈魂在傑作中的冒險」者雖眾，惟印象式批評畢竟跟科學及理性精神——兩者皆為現代性（modernity）之核心——相違背，遂成為所有新興批評流派亟欲擺脫之龐大陰影，或被視為一種未經現當代文學理論洗禮的「前批評」。這個不夠「摩登」（modern）的標籤讓不少論者對印象式批評嗤之以鼻，在一片否定聲中，連帶也放棄了再仔細探勘其優劣長短的可能。換句話說，評論家或評論史研究者在面對印象式批評時，所採取的手法往往也相當「印象」。印象式批評果真如此不值一哂？或該說它不過是台灣評論界賤古貴今傾向下的另一個犧牲品？欲瞭解新詩評論中的「新詩話」，顯然必須對印象式批評作更進一步探索。

　　西方的印象式批評指十九世紀末以Walter Pater、Oscar Wild等為代表，側重個人主觀印象、饒富創造性的批評手法。印象式批評一語，源於一八七〇年代興起於法國畫壇的印象主義。其特色是主自然感悟、排理性思考，即感即興，當下即成。筆觸放曠而速疾，顏色鮮明。驟然觀之，技巧粗疏，予人畫來漫不經心、尚未完成之感，所用畫布亦較細小（黃維樑，1996：132）。[3]

　　印象式批評的根據，來自懷疑哲學與直覺主義。這類批評家認為，一切推理的言論與方法只會使人更加迷惑，徬徨不知所措；唯有「感覺」比較真確，因為每個人所有的「印象」皆由自身所攝取、所感知，是不可捏造的。這類批評家的評論，因此「竟成為他們誠實的懺悔錄、親密的日記、懇切的自傳」（傅東華編，1985：315）。這類評論既是「靈魂在傑作中的冒險」，也是一種創作／敘述行為。誠如論者所言，批評家「在閱讀作品時所獲得的印象與感受性，就是敘述的張本。他的批評目的與其是對批評對象予以本質分析，毋寧是傳達他對該作品的一些看法和論斷」。批評家在置評時，採取印象式的批評方法，以便告訴眾人藝術作品如何被創作完成，其意義和價值究竟何在。這種印象式批評「少不了受批評家的才情、氣質、學養與興趣所影響，個人的主觀的偏執究屬難免，它雖置評快速，但深度和精確度不夠，也是無可如何之事」（趙滋蕃，1988：341）。綜言之，印象式批評顯然不是對某一作家或作品的「研究論文」，而

---

[3]　以上採黃維樑（1996：160）譯述自耶魯大學藝術史教授George H. Hamilton的文章。該文收錄於1965年版《大美百科全書》（*Encyclopedia Americana*）中"impressionism"一條。

是一種含有解釋作品意趣的「敘述文」或表現讀者同情的「描寫文」，它：

> 既無規律與否，更無所謂標準，一切見解皆由感覺得來，所有言論當然是主觀的，所以不得不運用幽默的口吻、靈活的手腕，委婉曲折以表現其印象。總而言之，印象批評乃是讀者帶著欣賞的意趣，訴說他對於某種作品所感受的見解之紀錄，其本身仍不失為一種創作藝術品，決非枯燥拙劣的研究論文。（傅東華編，1985：316）

將以上說法證諸古典詩話及新詩話，本書歸納出印象式批評的五項特徵：

(一) 否認文學評論有科學的、理智的、道德的客觀標準與絕對真理。

(二) 文學評論不是一種科學而是一種藝術，故排斥理性，改採主觀而直覺的自然感悟。

(三) 獨尊「個性」，主張以「活的尺度」來評估作品。

(四) 重視評論者的氣質，要求評論者需有高度藝術氣質與文學素養。[4]

(五) 批評變成了創作——評論家的樂趣（Walter Pater所謂 "pleasure"）即在此。

---

[4] 評論者的「氣質」被視為印象式批評家的第一要件。這種氣質即Walter Pater 所謂「被美麗的事物深深感動的反應能力」，或Oscar Wild所言「一種敏於感受美的氣質」（趙滋蕃，1988：345）。

二、

　　印象式批評作為古典詩話及新詩話的主要手法／方法，基本上是反方法學的。抵抗理性、反對方法、不重策略……既給人這樣的「印象」，當然會引起新派評論家非議與討伐。顏元叔（1976c）便直斥印象式批評不過是「胎死腹中的文學批評」；孟樊（1995：62-63）則認為這樣的詩評只是「不作分析（即不告訴我們HOW）的『讀後感文章』」，易淪為「主觀的猜想」與「內容的解釋或翻寫」。所謂主觀的猜想，是指評論者難免也對自己的想法起疑（或承認自己的看法只是一種猜測），而以疑問句法表達個人的觀感。內容的解釋或翻寫是指用散文來解釋或翻寫（翻譯），亦即評論者在替詩人告訴讀者：「這首詩到底在寫什麼？」。[5]

　　今人對印象式批評的惡劣「印象」，也連帶影響著對詩話的觀感。譬如明人謝榛《四溟詩話》卷一云：「江總『平海若無流』，馬周『潮平似不流』，杜甫『江平若不流』，三公造語相類，馬句穩而佳。」這是詩話中常見的「摘句為評」手法。[6]

---

[5]　孟樊替「主觀的猜想」與「內容的解釋或翻寫」各自舉例，以作說明。前者如李瑞騰在爾雅版《七十九年詩選》中評析辛鬱〈在全然的黑中〉，因該詩題旨不甚明確，李瑞騰只好在〈編者按語〉寫下這種疑問式的猜想：「辛鬱意在言外，其所批判會是我們這樣一個社會嗎？」；後者如蕭蕭在《現代詩導讀》中所做的「導讀」多數便是「詩的翻寫」，譬如他對林宗源〈田鼠〉一詩所做的評論（向明編，1991；張漢良、蕭蕭，1979b）。

[6]　謝榛《四溟詩話》見丁福保編《歷代詩話續編》（1988：1133-1230），此書為補清代何文煥《歷代詩話》的掛漏未備而編。關於詩話中「摘句為評」的手法，黃維樑（1988：241-259）曾撰文詳細說明。此文改寫自他在Ohio State University的博士論文 "Chinese Impressionistic Criticism: A Study of the Poetry-talk Tradition." 其中一章。

至於如何穩？為何佳？評論者似乎作了比較，但沒有深入說明理由。同樣是《四溟詩話》：「子美『星垂平野闊，月湧大江流』，句法森嚴，『湧』字尤奇。」讀者若追問「奇」於何處？謝榛既無延伸解釋，也認為不必交代。摘句為評，化約至此，難怪惹得當代評論家抱怨連連。

本書無意替印象式批評與詩話傳統作全盤翻案，但筆者認為：詩話通常文字簡約、好用比喻，作者喜以寥寥數語代替長篇大論，本身更像是一篇「評論家的創作」——這也是為什麼詩話多半皆出於詩人批評家（poet-critic）之手。古典詩話如此，本書所謂「新詩話」亦然。

台灣的新詩話，始於日治時期的楊熾昌（水蔭萍）。身處殖民地台灣，楊熾昌既以日文從事詩創作，亦以日文撰寫新詩評論——這是殖民地的語文現實，無須遺憾，更無須抱歉。[7]一生跨過兩個威權統治年代的楊熾昌，1980年應《聯合報》之邀撰寫〈回溯〉，文中還得費力為自己辯駁：「由於當時環境的限制，非日文不足以為功……也許有人大不以為然，其實文字只是一種表達思想的工具而已」（林淇瀁編，2011：75）。語文這項工具，居然會成為一個作家的「原罪」，不難想見殖民地作家的長期處境與深層悲哀。他在同一篇文章中指出，在日本帝國主義統治下，治安維持法、新聞紙法、不穩文書、言論、出版、集會、

---

[7]　比較遺憾的是，過往殖民地的語文現實，被當代評論者錯誤理解。譬如《台灣現代文選‧小說卷》這段：「就以收錄在許多版本的文學教科書中的〈一桿「秤仔」〉而言，由於本文是由日文翻譯過來，一些文句並不流暢，甚至有些拗口，如『始能度那近似於人的生活』」（林黛嫚編，2005：11）。事實上，賴和堅持用中文創作這點已是文學史常識，跟文句是否「流暢」無關。這篇小說的現存手稿及1926年2月《台灣民報》發表的版本，自然同樣是以中文呈現。

結社等臨時取締法對作家拘束甚深，斷不可與之硬碰硬對抗。解決之道，唯有「以隱蔽意識的側面烘托，推敲文學的表現技巧」，並「將殖民地文學以一種『隱喻』的方式寫出」。楊熾昌在文學傾向上之所以選擇棄寫實主義、取超現實主義，顯然是一種不得不的「選擇」。

　　在台灣新文學史上，楊熾昌已被定位為提倡超現實主義的先驅。[8]他在台南完成高中學業後，1930年赴日留學，並結識一批新感覺派作家。次年他的第一本詩集《熱帶魚》由日本ボン書局出版，評論集《洋燈的思維》則遲至1937年方由台南的金魚書房出版（今日兩書皆已不傳）。出版《熱帶魚》後，楊熾昌因父親生病輟學返台，並開始在台灣報刊發表詩作與評論。也因為曾代理《台南新報》「學藝欄」（即今之副刊）編務，埋下日後籌組文學社團、編印同仁刊物的契機。留日期間，日本現代詩正風行兩種詩潮，一是「詩與詩論」派對超現實主義的實驗，一是「四季」派在日本傳統詩精神中融合歐洲象徵詩之嘗試（陳明台，1997：43）。為了閱讀心儀的前衛作家如Jean Cocteau[9]，楊熾昌還自修法文，並在結束留學生涯後，將這股歐洲文藝新風吹送到台灣——這就是1933年他與李張瑞、林永修、張良典及三位

---

[8] 　超現實主義在東亞的傳播，多與各國留日知識分子有關。以繪畫為例，來自東亞各國的畫家群聚日本，共同接受前衛美術觀念洗禮後，再返回母國掀起新風潮。韓國的金煥基、中國的李仲生……莫不如此。李仲生後來更隨國民政府東渡，在台灣持續引介現代繪畫及藝術思潮。

[9] 　Jean Cocteau（1889-1963）一般譯為「考克多」、「科克多」或「高克多」。在二十世紀的現代主義和先鋒藝術中，詩歌、繪畫、舞蹈、戲劇、音樂、電影、評論……幾乎每個領域都無法繞開這位法國人。楊熾昌曾撰寫〈孤獨的詩人——吉安・科克多〉表達對他的喜愛，紀弦、覃子豪等人亦多次在《現代詩》與《藍星》譯介、援引其詩作及繪畫。

日人合力創設《風車》（*Le Moulin*）的由來。[10]之所以會取名為
《風車》，究其原因有四（水蔭萍，1995：275，383-384）：

(一) 嚮往荷蘭的風光

(二) 受法國名劇場「風車」之影響

(三) 故鄉台南七股、北門一帶常見到一架架風車

(四) 認為台灣詩壇已走投無路，需要像風車一樣吹送新的
風氣

　　《風車》發行宗旨標明「主張主知的『現代詩』的敘情，
以及詩必須超越時間、空間，思想是大地的飛躍」，並以法國
超現實主義的宣言奉為創作的圭臬（羊子喬，1983：44）。
這類前衛、逆俗的主張馬上成為眾矢之的，出版後便受到惡意
攻訐。但楊熾昌絲毫不為所動，開始在《風車》發表〈燃燒
的頭髮——為了詩的祭典〉、〈西脇順三郎的世界：關於詩集
《AMBARVALIA》〉，同時在《台南新報》發表〈檳榔子的音
樂——吃鉈豆的詩〉等一連串詩評論。1933到37年間，他在《風
車》、《台南新報》、《台灣新聞》、《台灣日日新報》上，以
評論挑戰現實主義美學，藉書寫鼓動超現實主義風潮。詩創作與
詩評論雙管齊下，詩人批評家楊熾昌的評論文章超越了「筆戰」
格局[11]，以新詩話體例佐以印象式批評手法，堪稱台灣新詩評論

---

[10] 《風車》（*Le Moulin*）從1933年10月到1934年9月間，一共出版了四期。今僅
存第三期孤本，餘皆不傳。

[11] 台灣新詩創作始於一九二〇年代，最早的「第一人」究竟是追風抑或施文
杞，猶有爭議（向陽，2004）。其後又有賴和、楊華、張我軍、楊雲萍、楊
守愚等從事新詩創作，但殊少新詩評論文章；若有，亦始終圍在「筆戰」格
局。張我軍勉強算是一個例外，至少〈詩體的解放〉駁舊詩、倡新詩，甚至
約略提及象徵派與意象派的存在。但誠如文末所列「本文參考書」，全篇不
脫胡適《胡適文存》、章太炎《國學概論》與Bliss Penny的 *A Study of Poetry*

的真正起點。收錄11篇詩評的《洋燈的思維》雖燬於戰火，所幸這些三〇年代的日文報刊多有留存，讓研究者有機會一睹彼時新詩評論面貌。

這篇經葉笛中譯後約五百字的〈西脇順三郎的世界：關於詩集《AMBARVALIA》〉（發表於《風車》第三期），很可以說明楊熾昌的詩評手法：

> 據說路德一吹笛子，惡魔就會跳舞，但我的頭不過是牧人的笛子而已。而叫思考的惡魔會跳舞罷了。我的思考是牧人的音樂……。
>
> 在論文《有圈的世界》裡，西脇在序裡如此寫著。我在那裡看出他避免把思考的構成變成理論性，而從繪畫性來看，我認為很美。同時那詩的響簧似的風格中笑著的〈牧人之笑〉是極為人性的。這次新出版的詩集《穀物的祭禮》也是那樣的，但這些是來自西脇教授純粹詩人的天資透徹的感性就像虹一般鮮新多彩。《希臘的抒情詩》中幾首真是發現了新的詩世界。這些就是拂去感傷主義的覆蓋物，明朗地浮出來的透明，永恆的希臘的藍天。在這本詩集裡，他嘲笑著合理、理性的祭禮，高揚了如寶石般燦然的新古典精神。
>
> 詩集《AMBARVALIA》是依靠作為對古希臘和羅馬的世界擁有興趣的土人世界、又可愛又透徹的感性所構築的詩世界在笑著。更進一步，它也在處理了近代世界文學的片斷的意義上，這本詩集帶有人類學的角度。總的說

等書撮要。關於張我軍的評論文字，可見張光直編，1989。

來，西脇的文學是差不多對外國文學的批評和評論開拓了
獨創一格的新局面的。《歐洲文學》即其偉大的身姿的全
貌。我們讀著他的論文的心情總是因其高度的純粹和波西
米亞式的滿足和諷刺而覺得快樂的。他為我們介紹的文學
總是像煙斗一樣煙霧繚繞，像寶石一樣閃爍著。現在這本
詩集也是充滿著美妙的形象的。

狂妄之言罪該萬死。（楊熾昌，1995：185-186）

先談西脇順三郎。這本被評論的詩集《Ambarvalia》1933年
由椎の木社出版，在那之前，他的第一、二部評論集《超現実主
義詩論》（厚生閣書店，1929）與《シュルレアリスム文学論》
（天人社，1930）皆已問世。西脇是Surréalisme（超現實主義）
進入日本詩壇的關鍵人物。1925年上田敏雄等人辦的雜誌《文藝
耽美》介紹了Louis Aragon 、André Breton、Paul Éluard等詩人詩
作，可視為超現實主義在日本初次萌芽；1927年西脇順三郎、三
浦孝之助等人出版《馥郁的火夫啊》（馥郁タル火夫ヨ），這本
超現實主義詩集便成為日本此類詩作的先聲。1928年西脇順三郎
結合上田敏雄、春山行夫、北川冬彥、北原克衛、村也四郎編輯
《詩與詩論》，每一期都精心規劃專題，並保留一定篇幅刊登超
現實主義相關的詩作、譯介及評論。《詩與詩論》共十四冊，每
冊頁數都超過三百頁，內容相當紮實豐富。詩論欄便是由西脇順
三郎主導，貫徹他主張的主知精神與超現實美學。

西脇詩集《Ambarvalia》1933年面世後，楊熾昌便在同年年
底寫出這篇評論，不難想像後者欲急切地「像風車一樣吹送新的
風氣」。楊熾昌當然不是島上唯一關切超現實主義詩風的評論

者。日人島田謹二便著有〈詩集《媽祖祭》讀後〉（原刊於1936年4月20日《愛書》第6期），文中指出這本詩集與超現實主義的關連，某些篇章還流貫著前期「椎の木」派的手法。《媽祖祭》作者西川滿也發表過〈何謂藝術〉（1938年10月1日《台灣警察時報》第275期），表現出他對超現實主義等前衛藝術的掌握（黃英哲編，2006a：485；2006b：333）。不過從時間前後觀之，楊熾昌確實比日人更早關注與提倡詩的超現實主義美學。

　　在這篇中譯後約五百字的「新詩話」裡，楊熾昌運用了如下手法：他往往是先抄錄（摘錄）以表認同，繼而用詩的語言，作主觀的猜想。其間的聯想，通常是跳躍的；甚至同一篇評論文章，也可能在不同的被評論對象（作品）間跳躍。譬如首段先摘錄西脇的一段話（表示認同），接下來便說「從繪畫性來看，我認為很美」、「〈牧人之笑〉是極為人性的」至於如何「美」？什麼才算「極為人性」？沒有解釋，評論者似乎也無意解釋。「那詩的響簧似的風格」又是什麼？「《希臘的抒情詩》……拂去感傷主義的覆蓋物，明朗地浮出來的透明，永恆的希臘的藍天」近乎用散文來解釋或翻寫（翻譯），而「他為我們介紹的文學總是像煙斗一樣煙霧繚繞，像寶石一樣閃爍著」是用隱喻來談文學，要求讀者自行思索、想像「煙霧繚繞的煙斗」及「寶石閃爍」的模樣。這樣的印象式批評，頗類似孟樊（1995：62）所謂「不作分析（即不告訴我們HOW）的『讀後感文章』」。

　　全篇真正評論到詩集《Ambarvalia》的，只有兩處。第一處說這本詩集裡「詩世界在笑著」、「帶有人類學的角度」，而總結是西脇的文學「對外國文學的批評和評論開拓了獨創一格的新局面」。第二處承前述煙霧繚繞的煙斗及閃爍的寶石，接著說

「現在這本詩集也是充滿著美妙的形象的」、「狂妄之言罪該萬死」。至於這本詩集「何處」充滿著美妙的形象？「詩世界」是怎麼個「笑」法？顯然評論者認為讀者應已心領神會，無庸費辭多作解釋。有趣的是全篇最末句「狂妄之言罪該萬死」，評論者彷彿承認自己以上所言皆為主觀猜想，甚至懷疑起自己的想法是否會成為褻瀆或誤判。至此，新詩評論成為詩人批評家向另一位（往往是前輩或外國）詩人，表達仰慕或推崇，乃至對道統傳承的渴望。楊熾昌對詩的「新精神」（esprit nouveau）之理解討論，亦源於西脇的啟發。後者之〈詩學〉提出相反元素在詩中結合而產生「新的關係」。楊熾昌躬行實踐此一「新的關係」，以不相關聯的意象之非理性並置，追求西脇所謂「腦髓中合理的中樞遭到掠奪」的興奮（杜國清，1980：7；劉紀蕙，2000：209）。

對誕生未久、羽翼不豐的台灣新詩評論來說，吸收學習、表達仰慕或渴望傳承並不足怪，亦不可恥。就有研究者發現，楊熾昌在其他篇新詩評論中，部分用語其實沿襲自《詩與詩論》：

> 春山行夫的〈關於荻原朔太郎的「詩論」〉長文中，以〈詩人的就坐——荻原朔太郎的「詩論」的再批判〉作為章節標題。楊熾昌在〈意大利花飾彩陶的花瓶——給佐藤君的信〉中也以「詩人的就坐」為標題，呼籲佐藤君的發言應與行為一致，才能像個詩人般地就坐詩人的位置上。上田保以〈詩人的火災〉為題創作組詩五篇，楊熾昌也在〈燃燒的頭髮——為了詩的祭典〉中寫下「詩人總是在這種火災中讓優秀的詩產生」的類似句子。（林婉筠，2011：39）

　　進一步說，楊熾昌在作品印象（或評價）的表達上，也跟古典詩話一樣可分為兩個層次：一為初步印象，一為繼起印象。初步印象是直覺式的價值判斷，如古典詩話中佳、妙、工、警、三昧、本色等用語。繼起印象又可分為抽象的和具象的兩種。雄渾、飄盪、婉麗、沉鬱屬於抽象的繼起印象；「李杜數公如金翅擘海，香象渡河」、「謝詩如芙蓉出水，顏如錯彩鏤金」則歸具象的繼起印象。無論初步印象抑或繼起印象，都是鮮明奪目，訴諸五官六感、活色生香的語言。而且因為評論者認為詩作貴有言外之意，故吝於解說或細論，要求讀者自己去玩味（黃維樑，1996：75-81）。雖時代有別、空間殊異、文體不同，但由楊熾昌首開其端的台灣新詩批評之「新詩話」，在評價表達方法上，與古典詩話實頗為接近。

三、

　　說楊熾昌在部分用語上沿襲日本《詩與詩論》，在評價表達上追隨中國古典詩話，似乎除了開創者的角色外，僅把他視為二流的模仿者。實情當然不是如此。本書看重的，還有楊熾昌新詩評論中的台灣特色。〈檳榔子的音樂——吃鉈豆的詩〉指出：「詩是人生的假設體的美的表現。殖民地的天空因詩而陰沉著。在蕃山，野人呼喚著熊。熊把半月型的白色頸圈鮮明地襯托出來，向蒼穹呼嘯著……這些世界都與詩的台灣離得那麼遠嗎？」該篇亦提到：「台灣的蜥蜴是薔薇色的，它們總想讓薔薇色的手指游泳著讓它們做白晝的遊戲……。」半月型的白色頸圈無疑是台灣黑熊的特徵，在殖民地天空下，詩人評論家楊熾昌「聽見檳榔子之中有音樂」，從「燃燒的頭髮」裡亦聽見了詩的

音樂。他籲求「詩在思考性上常願保持土人的世界」，意象美則應「以感覺的手法和明徹的知性（或感性）為儀式所構成」。〈檳榔子的音樂〉是一篇讀詩筆記，呈現出評論者面對土人之原始世界時，不忘追求「理智的散步」，以想像力來動手挖掘隱藏於那個世界裡的理智。用西脇順三郎的話說，這是一種新的放縱主義，是「理智的波西米亞人式的放浪」。楊熾昌的詩評論遂成為在台灣這塊原始／殖民雙重性夢土上，「理智的戰慄及其光澤」。

　　〈燃燒的頭髮──為了詩的祭典〉旨在討論超現實主義，楊熾昌認為它能「捕捉比現實還要現實的東西」。此文指出優秀的詩產生於「吹著甜美的風，黃色的梅檀果實喀啦喀啦響著，野地發生瞑思的火災」。這是新鮮的，年輕的，一場詩人的火災。這是嶄新的「詩的思考」，一種「精神的波希米亞式的放浪」。楊熾昌認為：「我們居住的台灣尤其得天獨厚於這種詩的思考。我們產生的文學是香蕉的色彩、水牛的音樂，也是蕃女的戀歌」，而被香蕉、水牛、蕃女圍繞的台灣正是「文學的溫床」。這篇詩評論近結尾處，楊熾昌（1995：131）開始發揮詩人本色，以一連串反邏輯、非理性的字句表達「詩的現實」：

　　　太陽完全使島嶼明亮，香蕉的聲響和水牛之歌和海風和濤聲從窗戶進來，夢見仙人掌之夢，映照於銀砂之星在西瓜背上私語著光輪的囁嚅，福爾摩沙的乞丐們彈月琴唱著人間的黃昏，渴望銀幣和銅幣。當這一切透明的笑一來，我就把書本投向天花板。我以為這些美麗的天使就是詩的使者。絲瓜將枯的日子，眼球成為紫色，手套和咖啡發生

了聲音，貝殼之歌和青豆的音樂迴響於天空，詩人醒來又睡去。

　　值得注意的是，上述這些意象都非常「台灣」。劉紀蕙（2000：197）曾指出，「楊熾昌雖以日文創作，但他的文字中充滿台灣的風土色彩與自覺」，詩作中不時可見椰子國、台南古城、古老的森林、「划獨木舟的島民嚼著檳榔」等景貌。他的新詩評論，其實同樣可以發現這類南方色彩與台灣風情。對楊熾昌而言，台灣新詩誕生於吾鄉吾土，源自「土器的音響和土人的嘴唇」。他在《風車》上寫著達達主義的筆記，發表超現實主義的片斷，並提醒自己與友人「在新的詩論的奔流中，我們要清楚地定好目標前進。模稜兩可的態度將會發生自身的毀滅和精神的火焰」（楊熾昌，1995：138、46-148）。這種新精神和詩精神，專注追求「新的自由詩的想像」，想從自己內部喚醒美的標準（「新的詩精神的審美觀」）。就算再怎麼形而上、有多麼不可解都無妨——楊熾昌（1995：170）自是認同春山行夫所言：詩人就是追求某種自己都不明白的東西的人，聽到不明白的東西這件事，決非詩人的恥辱。

　　1936年他在《台南新報》先後發表〈青色的風和蟲〉、〈兩本詩集的備忘〉，表達閱讀中村千尾《薔薇夫人》、畚野聖三《假寐》與Jean Cocteau《歌劇》這三部詩集的感想。兩篇文章後來合而為一，易名為〈洋燈的思維〉，恰與其唯一一部評論集的書名相同。楊熾昌（1995：162-165）在此所採取的，依然是印象式批評手法：「對僅只滿足於少女的感傷的嗟嘆和告白的單彩，或文字的布景的追隨者來說，這位詩人擁有的韻味是永

遠不可解的吧」（評《薔薇夫人》）、「在詩集《假寐》裡，他持有的可說是嶄新的感傷造就的美麗的風格，而失意的飛翔將渡過奇異的花苑、廢蕪的園地、有波紋之海」（評《假寐》）、「科克多的詩，就是那麼配以朗誦伴奏時，完全變成美妙的音樂響在我們的耳膜科克多的職業的秘密是無限深邃的」（評《歌劇》）。評論集《洋燈的思維》雖燬於戰火，但作為第一位詩人批評家、本地超現實主義的首倡者、台灣新詩評論的真正起點，楊熾昌所盼望的，應當是「春天的明晨、福爾摩沙島上的詩人，會在詩的祭典裡飄揚著燃燒的頭髮站起來」吧。

第二節　詩評論的播種者覃子豪

一、

　　前一節稱楊熾昌是本地超現實主義的「首倡者」而非「系統引介者」，乃因筆者認同陳明台對楊熾昌的評價：「楊熾昌的詩論導入了前衛的、追求新的詩精神的觀點，殆無疑義。可惜的是，多數偏向於新興藝術、文學的一般論點，看不到他有系統深入的超現實主義詩論」。但陳明台也不忘指出，其在當時台灣的詩壇「應已屬難能可貴，且不免被視為異端，引起批判和爭論」（楊熾昌，1995：323）。唯若採本書所謂「新詩話」的角度來思考，「系統深入的」詩評論顯然並非其長，亦不為其所重。關於新詩評論之系統深入介紹，實有待1949年東渡來台的外省籍作家來完成。覃子豪就是其中用力最深、既寫且譯，乃至開班授徒的一位重要批評家。

　　中國大陸東渡來台的詩人中，幾與民國同庚的鍾鼎文、紀弦、覃子豪被尊稱為「詩壇三老」。鍾鼎文位居黨政要津，生活優渥，詩作多歌頌而少感慨，論質量其成績顯然不及覃、紀二人。紀弦創刊《現代詩》、組織「現代派」、高舉現代主義大纛，其「橫的移植」說雖恐流於矯枉過正，但確實使文壇氣象為之一新。相較於紀弦的激進求變，一九五〇年代另一位領袖人物覃子豪卻往往被視為保守持重。尤其〈新詩向何處去？〉等文對紀弦六大「現代派的信條」及其「釋義」多所抨擊，讓覃氏在歷時兩年多的「現代派論戰」中彷彿成為「反現代」或「抗拒現代」的要角，連帶影響了後人對他的評價。[12]譬如史家陳芳明（2011：336-338）在《台灣新文學史》中指紀弦在五〇年代「創作與理論的同時並進，果然豐富了現代主義運動的內涵」；覃子豪則「強調古典傳統與民族立場的重要性」，「對現代主義的認識，也許有很大的錯誤」。本書將說明，這是對覃子豪的誤解定位，並忽視了一個事實：覃氏對現代主義的用心之深、閱讀之廣、譯介之勤，比紀弦有過之而無不及。覃子豪在新詩之實際批評與理論探索上，其份量與深度亦超過紀弦。既然要討論戰後台灣新詩評論的「起點」，本書有充足的理由將他放在紀弦之前。

　　在台灣文學史上，覃子豪普遍被定位為「詩的播種者」——這當然與其同名詩作有關：

---

[12] 〈現代派的信條〉、〈現代派信條釋義〉皆見於1956年2月之《現代詩》第13期。覃子豪〈新詩向何處去？〉則刊登在1957年8月的《藍星詩選》創刊號。該期又名「獅子星座號」，第二期「天鵝星座號」亦收錄黃用撻伐紀弦之評論〈從現代主義到新現代主義〉。《藍星詩選》壽命甚短，「獅子星座號」、「天鵝星座號」面世後便不再出刊。

意志囚自己在一間小屋裡
屋裡有一個蒼茫的天地

耳邊飄響著一首世紀的歌
胸中燃著一把熊熊的烈火

把理想投影於白色的紙上
在方塊的格子裡播著火的種子

火的種子是滿天的星斗
全部殞落在黑暗的大地

當火的種子燃亮人類的心頭
他將微笑而去，與世長辭

〈詩的播種者〉是典型的述志詩，頗能彰顯覃子豪東渡後忙於寫詩、譯詩、編詩、評詩、論詩、教詩，以詩貫穿一生之志業與身影。「詩的播種者」另一層解釋，是指覃子豪對後輩的照顧提攜與培植愛護。筆者並不認同把他視為「現代詩之父」這種說法[13]，但他確實是彼時罕見的新詩教育家。1953年10月起覃子豪擔任中華文藝函授學校詩歌班主任，1954年更向《公論報》商借每周五的副刊版面創辦《藍星週刊》，至57年8月方交由余光中

13　將覃子豪視為「現代詩之父」，與把賴和視為「台灣新文學之父」一樣，都是傳統家父長思維的延伸變型——誰說從事文學史建構時，非得「以父之名」不可？

接手編務。這期間他親自批改詩歌班作業並介紹發表機會，甚至大開自己刊物園地，鼓勵青年作者寫作投稿。由於中華文藝函授學校詩歌班的成績卓著、廣受歡迎，軍中的文藝函授學校、文藝協會新詩研究社亦紛紛邀他擔任詩歌課程教師。1962年4月，僑務委員會甚至請他赴菲律賓擔任新詩講座。[14]覃子豪函授所用講義教材皆自撰而成，其中已能看出他的審美偏好及日後詩評論體系的雛形。他雖於1963年因膽道癌病逝，但留下的教材或著述依舊影響深遠，至七〇年代中期仍被重新印製出版。這批講義教材誠如洛夫（1979：174）所言：「今天有成就的詩人中有許多都受過他的教誨與指點，而《詩的解剖》一書（即由函授講義編印而成），更是一般青年讀者奉為初學新詩之唯一良好讀物」。在新詩知識匱乏的五〇年代，這個「初學新詩之唯一良好讀物」彌足珍貴，堪稱是替那一代人的文學教育與新詩觀念「播種」。

　　本書進一步認為，相較於習見之「詩的播種者」，覃子豪更應被當作台灣「新詩評論的播種者」。以1968年詩人節出版的《覃子豪全集》第二冊為例：全書厚達650頁，分為「詩創作論」、「詩的解剖」、「論現代詩」、「未名集」四個部分。這本書盡可能地蒐集覃子豪生前的新詩評論文章，共得一百二十餘篇，總字數約七十萬字。[15]這些驚人的數字，足以證明覃子豪是

---

[14]　僑務委員會於1961、62、63連續三年，邀請余光中、覃子豪、紀弦分別赴菲律賓馬尼拉開設「文藝講習班」。菲華作家和權與畫家王禮溥就指出，覃子豪「準備了六萬字的講義，詳細的詮釋詩的藝術，詩的發展和種種表現技巧。而且將學生的習作抄在黑板上，請同學們提出看法……用這種方式來解剖一首詩的得失，令人受益匪淺」（王禮溥，2012）。

[15]　《覃子豪全集》由作者的生前好友及學生整理，分為三輯（三冊）出版。第一輯是新詩創作，從《生命的弦》到《瓶片》共七個部分；第二輯收錄詩論相關文章，從《詩創作論》到《未名集》共四個部分；第三輯以譯詩、書

彼時台灣最多產的新詩評論家。唯其雖多產，卻非量產或濫產。評論亦非雜篇散論，因下筆時胸中已有定見：談抒情詩的認識、詩人的修養、寫詩的原則、表現的方法、如何創造形象和意境、欣賞與技巧的研究、單純美與繁複美、詩的深度廣度密度……乍看下貌似盡屬「基礎」議題，實則朝向一個「整體架構」的建立。台灣早期新詩評論缺乏系統思維，更無整體概念，覃子豪首開先例，其格局與企圖不可小覷。

新詩評論的播種者覃子豪，在台灣同步進行著三項工作：一是實際批評，從立意、內容、結構、句法、節奏、形象、意境切入，對象多為函授學校學生創作；二是翻譯引介，尤重法國詩跟象徵主義以降的新興現代詩潮；三是理論探索，成果集中於《論現代詩》一書。此書先以二十篇「詩的藝術」對詩「作超時空的全面的透視，廓清現代詩給予人的困惑跟迷惘，強調創造的價值」（覃子豪，1976c，3），繼而以「詩的演變」彰顯作者之歷史視野及對古典詩寶庫的珍視，第三部分則是「創作評介」，採印象式批評手法品評楊喚、蓉子、鄭愁予等人新詩作品。

二、

未東渡前，覃子豪便已開始文學之路。1939年、45年先後出版詩集《自由的旗》與《永安劫後》，譯詩集《裴多菲詩》與散文集《東京回憶錄》更受到當時青年的喜愛。他主編了三年《詩時代》雙週刊，並且為了新詩問題，曾與曹聚仁展開持續三個月之久的論戰（洛夫，1979：173）。從他第發表第一首詩的

簡、遊記為主，共六個部分並附上年表。三輯分別於1965、1968、1974年陸續問世。

1933年推算，覃氏的卅年詩齡，一半是在大陸，一半是在台灣
（向明，1988：11）。但大陸時期的資料蒐集難全，迄今仍有不
少散佚篇章。《覃子豪全集》中雖增加收錄1933 至1936 年間的
詩作《生命的絃》，但也缺了《自由的旗》及詩人赴東京時期的
詩作、主編《詩時代》時與讀者的回信，與曹聚仁之間的論戰文
章亦不完整。[16]《覃子豪全集》共收錄了七篇東渡前的詩論，分
別是〈論詩與音樂〉、〈建立詩歌的據點〉、〈論詩的韻律〉、
〈詩與標點〉、〈與象徵主義有關〉、〈怎樣寫詩〉、〈加強詩
底批評〉。「節奏」問題是覃子豪大陸時期詩論的主要關注焦
點，研究者指出：

> 覃子豪對於節奏的論述、作品的實踐，來台前和來台後有
> 部分的承續和轉變。最早期的作品有格律詩的風格，節奏
> 的表現兼具視覺的勻整和聽覺的和諧；抗戰期間的作品則
> 傾向實用，強調詩必須講求節奏而非韻律，如此才能夠
> 朗誦，以服務於政治；來台後雖然依舊貶斥韻律、肯定節
> 奏，但已不再強調詩的朗誦功能，轉而探尋節奏產生的內
> 在情緒、呼吸脈動。（林秋芳，2006：348）

　　他來台後的詩評論仍不時提及節奏問題，《詩的表現方
法》中有一篇「節奏的創造」，先批評余光中少作〈老牛〉嚴格
說來「不是詩，是把散文句子，裝上腳韻，是山歌」；痛責腳韻
之流弊後，再以自己〈夢的海港〉為例，說明這首詩沒有腳韻，

---

[16]　與曹聚仁長達三個月的論戰，僅兩篇有幸留存。《覃子豪全集Ⅲ》譯詩遺漏
　　甚多，可參考莫渝（1981：325-331）的整理與補充。

只有無形而和諧的節奏。這首詩的每一行包括了三個「音組」，
這三個音組支撐起節奏的貫穿。詩中的旋律和韻味，產生於節
奏。許多節奏的集合，即成「音群」。音組在句子中，發生節奏
的作用；音群則在段落中，發揮旋律的作用。短詩只能講求韻
味，長詩則韻味和旋律兼而有之（覃子豪，1976a：68-74）。如
此重視節奏與旋律，目的即在以新詩活潑、富生命力的「內在的
音樂性」，來對抗僵硬的「外形的音樂性」（譬如格律[17]）。

　　層層推演、逐句剖析、比較分辨，這類評論方式雖出自
「詩人批評家」覃子豪筆下，但它們顯然不宜歸入「新詩話」
中，也還未及新批評的細讀（close reading）要求。覃子豪生前
無緣接觸日治時期的楊熾昌「新詩話」，惟對印象式批評手法絕
不陌生——因為中國重要的詩評家李健吾（劉西渭）就是以印象
式批評聞名。《咀華集》（1936）、《咀華二集》（1942）皆以
印象和比喻為核心，強調評論者本身的整體直觀、印象鑑賞、審
美創造，以及與創作主體間的交流融會。《咀華集・跋》說明了
他的評論之道：

　　　　一個批評家是學者和藝術家的化合，有顆創造的心靈運用
　　　　死的知識。他的野心在擴大他的人格，增深他的認識，提

---

[17] 覃氏對新月派格律詩理論無甚好感，東渡前即發表〈論詩的韻律〉，斥韻
　　律、崇節奏：「節奏和韻律不同，節奏是句子和句子的抑揚頓挫。又叫節
　　拍；韻律是句子末尾的押韻，又叫諧音。目前的詩，我以為節奏比韻律重
　　要，押韻是次要的東西，因為節奏是自然的，活潑的，而韻律是外形的；
　　節奏是有助於內容的完整、明快，韻律是容易傷害內容的真實；節奏變化
　　多，韻律變化少；節奏容易使詩的形式新奇，韻律極易使詩的形式陳腐」、
　　「詩和散文的區別，不在韻律之有無，而在節奏之有無」（覃子豪，1968：
　　436）。

高他的鑑賞，完成他的理論。創作家根據生料和他的存
在，提煉出他的藝術；批評家根據前者的藝術和自我的存
在，不僅說出見解，進而企圖完成批評的使命，因為它本
身也正是一種藝術。……我不得不降心以從，努力來接近
對方——一個陌生人——的靈魂和它的結晶。我也許誤入
歧途，我也許廢話連篇，我也許不免隔靴搔癢。但是，我
用我全份的力量來看一個人潛在的活動，和聚在這深處的
蚌珠。（李健吾，2005：93）

　　從引文可知，他的詩評論堅持用「全份的力量來看一個人
潛在的活動」，讓評論本身就達到一種藝術（品）的高度。書
中印象式批評手法信手拈來，隨處可見，譬如評朱大枬〈寄醒
者〉：「這首詩我承認我不全明瞭。然而我每一讀過，它就兜起
我一種渾輪的悲傷的感覺。我不得不羨賞他表現的力量——一種
奇異的緊縮的力量，壓止在我的心上。於是我問自己：大枬何以
這樣疲倦，這樣悲觀呢？」；評何其芳〈花環〉：「我愛他那首
〈花環〉，除去『珠淚』那一行未能免俗之外，彷彿前清朝帽上
亮晶晶的一顆大紅寶石，比起項下一圈細碎的珍珠（我是說《畫
夢錄》裡的那篇〈墓〉）還要奪目……他缺乏卞之琳先生的現代
性，缺乏李廣田先生的樸實，而在氣質上，卻更其純粹，更是詩
的，更其近於十九世紀初葉」（頁97、89）。李健吾曾留學法
國，熟悉Anatole France這類「靈魂在傑作中的冒險」之印象式
批評。後者強調批評者的感受、體驗與對作家的理解，正與中國
古典文學重視「妙悟」、「知人論世」之傳統相契合——李健吾
新詩評論的地位與價值，亦在於此。

　　另一個觀察重點，與象徵主義有關。從1936年李健吾對卞之琳《魚目集》的系列評論中，最能看出他對象徵主義的掌握。在象徵主義新詩理論建構上，穆木天〈譚詩〉或梁宗岱〈象徵主義〉可能都比李健吾說明透徹，但後兩篇卻缺乏李氏文字裡「全份的力量」的熱情、靈活與感受。在與作者卞之琳往來辯難時，李健吾先說明何謂純詩（pure poetry）[18]，繼而頻頻援引Paul Valéry與象徵主義觀念，並在回應卞氏自白後，重申詩無達詁之理：

> 如今詩人自白了，我也答覆了，這首詩就沒有其他「小徑通幽」嗎？我的解釋如若不和詩人的解釋吻合，我的經驗就算白了嗎？詩人的解釋可以撐掉我的或者任何其他的解釋嗎？不！一千個不！幸福的人是我，因為我有雙重的經驗，而經驗的交錯，做成我生活的深厚。詩人擋不住讀者。這正是這首詩美麗的地方，也正是象徵主義高妙的地方。……一首詩，當你用盡了心力，即使徒然，你最後得到的不是一個名目，而是人生，宇宙，一切加上一切的無從說起的經驗——詩的經驗。（頁78）

　　李健吾曾引述詩人Walter de la Mare所言「分析一首詩好像把一朵花揉成片片」。但潛心理解與體會品味後當可發覺，「實

18　純詩（pure poetry）即「只是詩」的詩，既超越了形式與內容的二分，也不願在「國事危殆的今日……要內容有所宣傳」（李健吾，2005：61）。收錄於《咀華集》中的〈魚目集——卞之琳先生作〉本分為兩部分：第一部分發表於1935年7月20日《大公報》副刊，原題為〈新詩的演變〉（此時《魚目集》還未出版）；第二部分寫於1936年2月，從這一部分作者才開始涉及《魚目集》。有趣的是，全篇僅最後的四分之一篇幅具體談到卞之琳詩作，餘皆在抒發自己對新詩歷史與當下發展之看法。

際得到補益的是我，而受到損失的，已然就是被我咀嚼的作品」
（頁94）。評論者「我」享受到了雙重的經驗交錯，並藉詩評書
寫來肯定詩人的成就。這種肯定並非僅針對一人，而是欲肯定中
國新一代的象徵主義詩人們。從一九二○年代中期李金髮的大膽
嘗試，經戴望舒等人的努力開拓，象徵主義詩作與詩學至三○年
代後期已逐步成熟。前行代如李金髮長於意象創造，拙於語言錘
鍊；戴望舒則力求形式與內容間的平衡，並刻意汲取古典養分。
李健吾顯然對卞之琳（及《咀華集》評論到的何其芳與李廣田這
批「漢園詩人」）期望更深，幾乎就要達到他自己所說「一個批
評者應當誠實於自己的恭維」（頁94）。李健吾毫不掩飾對象徵
主義詩作的偏好，主張從胡適《嘗試集》到卞氏《魚目集》，
後者正好象徵「一個轉變的肇始」。象徵主義從巴爾納斯詩派
（按：譯自Parnassians，即今譯之「高蹈派」[19]）衍出，但與後
者不同，它「不甘願直接指出事物的名目」，而將詩看作「靈魂
神秘作用的徵象」。於是字形、字義、字音「合起來給讀者一種
新穎的感覺；少一部份，經驗便有支離破碎之虞」。他將古典主
義、浪漫主義、象徵主義三者的藝術手法作了比較。：古典主義
是「平衍」，浪漫主義是「呼喊」，象徵主義則是收攏感情，運
用清醒的理智「烘托」出人生和真理的廬山面貌（頁76）。此處
明顯可辨三者之高下，亦可見李健吾之取捨。

　　文學史家司馬長風（1991：284）曾指出，一九三○年代的
中國，有五大文藝批評家，即周作人、朱光潛、朱自清、李長之

---

[19] Parnasse是希臘神話中阿波羅和繆斯諸神居住的山名。高蹈派反對浪漫主義的
主觀，抑制自我的情緒，以冷靜客觀的態度來表示事物，標榜「無感不覺」
（impassibilité）的藝術。

和劉西渭（李健吾），其中以劉西渭的成就最高。他認為：「嚴格的說，到了劉西渭，中國才有從文學尺度出發的，認真鑑賞同代作家和作品的批評家」、「沒有劉西渭，三十年代的文學批評幾乎等於空白」（頁249、251）。本書則進一步主張，李健吾已然成為中國新詩評論史上「印象式批評」典範。其運用之批評手法與對象徵主義詩學之偏愛，下啟兩脈，各自傳承：一為中國四〇年代「漢園詩人」李廣田與「九葉詩人」唐湜，一為台灣五〇年代「藍星詩人」覃子豪。

三、

　　民國元年出生的覃子豪，在五十二年的生命旅程中，以1947年毅然決定來台最為關鍵。他對法國象徵主義以降新興詩學之引介、對中國古典詩學傳統之尊重、對台灣新詩實際批評之示範，透過彼時新詩教育的講義教材，層層深入且確實滲入五〇年代台灣新詩作者與讀者群之中。早在1954年他在《幼獅》上便宣稱：「我極端的承認，自由中國的詩壇沒有理論，更談不上批評」。詩壇若要走上正確的道路，第一就要「充實理論，使初學者有路可循」，第二要「樹立批評風氣，替讀者鑑別作品的好壞」（覃子豪，1976：109）。作為一名批評家，他敏銳而堅定地指出：「現在台灣詩壇的主流，既不是李金髮戴望舒的殘餘勢力；更不是法蘭西象徵派新的殖民。台灣的新詩接受外來的影響甚為複雜，無法歸入某一主義某一流派，是一個接受了無數新影響而兼容並蓄的綜合的創造」（頁162）。此一說法十分中肯，與紀弦之狂妄自負恰成對比。

　　覃子豪也挺身為台灣逐漸風行的「難懂」、「晦澀」、「曖昧」詩作辯護。他指出，中國古典詩學之「比興」與西洋文藝中的「象徵」，兩者「名稱不同，其本質則一」。他舉T. S. Eliot、Jean Cocteau與廚川白村為例，說明「象徵」是文學藝術共有的本質（頁237-239）。至於十九世紀末的法國象徵主義，乃是把「象徵」的本義在技巧上予以特殊化，譬如：打破形式束縛、強調節奏和旋律、音與色的感覺交錯、以暗示作為表現的根本方法。象徵主義詩作用含糊不定的文字默啟印象、以暗示方法表現夢境，故幽玄朦朧即成為其表現技巧上的特徵。它要擺脫的是「分明的意境，露骨的題旨，口技式的抒情」，轉而追求詩的「純粹的抒情」。自十九世紀末的法國象徵主義以降，「現代主義」大纛下的立體主義、未來主義、表現主義、達達主義、超現實主義……，都深刻影響著台灣新詩的發展與面貌。部分詩作可能受到現代主義風潮的啟示，超越了邏輯和文法常規，以致顯得奇異或難以理解——這是實驗期難免的現象。台灣新詩之趨於現代化，是一種不可避免亦無須避免的新情勢（頁241-252）。為了跟紀弦、「現代派」和《現代詩》作出區隔，他還不忘強調：

　　　　台灣目前詩壇不僅沒有象徵派，也不可能產生以現代主義
　　　　為教條的現代派。所謂「現代詩」者，是代表現階段與傳
　　　　統有別的新詩之一個普通的名稱。中國的現代詩，不是屬
　　　　於歐美現代主義或現代派之現代詩，強調了派別的涵義；
　　　　它的主要意義是代表了一個時代，一個階段。（頁252）

既然只是為了「與傳統有別」（並非囿於某一流派），故覃子豪重申《藍星》上的作品毫無象徵派傾向，「藍星」詩社亦從未標榜任何派別。[20]派別名稱或可不論，實驗期的新詩不被多數讀者所欣賞，恐怕才是這位新詩教育家最迫切的問題。覃子豪不拿朦朧難懂或晦澀曖昧作理由，1959年在《文學雜誌》發表〈現代中國新詩的特質〉一文，要求詩人反省「對現代主義的接受不免過於狂熱，對現實生活的體驗不免過於薄弱」之流弊。新詩之所以不被多數讀者欣賞，理由有二：一為很少傳統的感情，改以「冷靜、明澈」取代頹廢浪漫的感傷，或慷慨悲歌的熱情；二為表現方式既非觀念的連續，亦非浪漫的鋪陳，而是「極度凝練」，遂產生讀者難以消化的「強固」性質。

　　本書主張，這篇文章凸顯了覃子豪詩評論中念茲在茲的「苦」與「冷」的詩學。苦，是因為覃子豪提及新詩的進步乃「基於現實生活的感受，而表現其深層的苦悶」。這種苦悶，來自既是物質的、又是精神的兩種可怕壓力——「一種幻滅感糾纏在生活的核心」，成為詩人心中苦悶的泉源。筆者以為：對再也無法返回故鄉四川的覃子豪而言，此一「幻滅感」當與1949年後兩岸分治、有家難歸關係最為密切。所以他才會說：「中國人的苦悶，既不是艾略特筆下所表現的虛度光陰的貴族式的苦悶；也不是密萊筆下所表現的有不得不浪費生命的苦惱」（頁203）。那些輕易將戰後東渡來台的詩人斥為「逃避現實」者，顯然沒想到「現實」之壓力及苦悶，豈容詩人可以真正「逃避」？

20　「藍星」詩社或許從未標榜任何派別，但覃子豪生命後期的詩學信仰無疑還是象徵主義一脈。1962年出版的《畫廊》是覃子豪生前最後一部詩集，徹底而集中地展示了他對象徵主義美學的實踐。

冷，是因為「冷靜、明澈」才能發覺生活中的真實，與隱藏在事物中的奧秘。冷，也是因為感情的熱力達於極度，復趨「冷凝」，成為力的表現。冷，更是因為這種力是對冷酷的時代與現實的一種抗拒（同上頁）。本書認為，這種苦與冷的詩學，在內容上導向對抽象的探索與對神秘的追求；在形式上，則間接構成覃子豪詩評論中「論詩詩」的出現。

　　「論詩詩」古已有之，如杜甫〈戲為六絕句〉就是最早的論詩絕句。也有學者將「詩話」依語言形式分為散文及韻文兩類，將「論詩詩」作為韻文類詩話的代表（蔡鎮楚，1990：80）。在此將「論詩詩」作個定義：用詩來評論詩作、詩人、詩之本質或建立詩學理論。覃子豪詩評論中的「論詩詩」，以收錄於詩集《畫廊》的〈域外〉最具代表性[21]：

　　　域外的風景展示於
　　　城市之外，陸地之外，海洋之外
　　　虹之外，雲之外，青空之外
　　　人們的視覺之外

---

[21]　《畫廊》另收有一首〈瓶之存在〉，亦可視為論詩詩之作，其中「瓶」即「詩之本體」的象徵。而「自在自如的／挺圓圓的腹／宇宙包容你／你腹中卻孕育著一個宇宙／宇宙因你而存在」，很容易讓人聯想到1923年美國詩人Wallace Stevens作品〈瓶的軼事〉（"Anecdote of the Jar"）：「我放一隻瓶子，在田納西，／渾然而圓，在一座山上。／瓶遂促使好零亂的荒野／圍拱那座山崗。／／於是荒野全向瓶湧起，／偃在四周，不再荒涼。／而瓶，滾圓地立在地面，／巍巍乎有一種氣象。／／它君臨於四方的疆土，／瓶是灰色且空無。／它所付出的，非鳥，非林，／不同於一切，在田納西。」此處譯文引自余光中（1986：164），原詩可參考Baym et al., 1994: 1151。

> 超 Vision 的 Vision
>
> 域外人的 Vision
>
> 域外的人是一款步者
>
> 他來自域內
>
> 卻常款步於地平線上
>
> 雖然那裡無一棵樹，一匹草
>
> 而他總愛欣賞域外的風景

「域外的人」可解釋成在指涉詩人，他來自域內（現實世界），卻總愛欣賞「域外的風景」——那是人們肉眼的視覺之外，唯有依憑心眼或靈視方得一窺的風景（詩的原始奧秘）。域外「無一株樹，一匹草」，亦即沒有現實的景象，純粹是詩人意識的投射。「地平線」是域內及域外的交界，詩人緩步行走於其上，成為溝通現實世界與詩歌幻境間的橋樑。〈域外〉呈現了詩人地位之重要性，亦傳達出詩的神秘、非實體、超越經驗之本質，確為早期台灣新詩難得的「論詩詩」力作。

　　最後必須一提的是：「新詩話」與「詩人批評家」並未因後續的新詩評論「轉型」，而立刻終止或全面改變。瘂弦（2010：103-135）1960年在《創世紀》第14、15期發表〈詩人手札〉，1984年在《詩人季刊》發表〈夜讀雜抄〉，兩者都是「新詩話」與「詩人批評家」的結合，也是印象式批評與摘句為評手法的運用。詩人兼新詩史料專家張默，也是以同樣模式寫出首部詩評集《現代詩的投影》（1967）。面對其他人對此書二十六篇評論的批評（如引述西洋詩人的見解太多，且引述未註明出處），張默

不但再接再厲完成第二部詩評集《飛騰的象徵》（1976），並以
《六十年代詩選》中的小傳為自己辯護：

> 我國文壇對於文學批評所使用的語言文體實在太陳腐了，
> 我是企圖以另一種語言，純粹抒情性的語言來寫作我的批
> 評文字。記得當年《六十年代詩選》一出版，由於我們在
> 小傳中那種打破傳統規格的抒情的語言，不是點亮了很多
> 詩的讀者的心靈嗎？只要是一個有心的讀者，一個真誠的
> 批評者，他絕不會反對我所做的這種實驗，難道批評者所
> 用的文學語言還要有一定的模式嗎？那何必要批評呢？乾
> 脆乞憐於鑄造模型的印刷工廠好了。（張默，1976：3-4）

像這樣把印象式批評等同於「打破傳統規格」、「純粹抒情性的
語言」乃至於「實驗」，顯然是將之定位成「前衛」而非「落
伍」了。另外若以數量而論，尊「詩人批評家」、「詩評論的播
種者」覃子豪為師的向明，不但詩作「向晚愈明」，詩評論更
是如此。第一部「新詩話」《客子光陰詩卷裏》（1993）問世
後，又將同類型著作結集為《新詩五十問》（1997）、《新詩後
五十問》（1998）、《走在詩國邊緣》（2002）、《窺詩手記》
（2002）、《詩來詩往》（2003）、《我為詩狂》（2005）、
《詩中天地寬》（2006）、《無邊光景在詩中》（2011）等多
部。向明為數眾多的「新詩話」有一個共通點：特別注重新詩
教育工作與創作經驗分享，猶如引導愛詩人進入詩世界的渡船
或燈火。老師覃子豪當年的未盡之願，幸有學生向明代為執行與
實踐。

第三節　紀弦詩論中的「現代」意涵

一、

　　從日治至一九六〇年代初期算起，台灣早期新詩評論普遍缺乏系統思維，更無整體概念，至「新詩評論的播種者」覃子豪方見改善曙光。他從基礎議題出發，由實際批評、翻譯引介、理論探索三方向著手，逐步邁向整體架構的建立探索。與覃子豪相較，同時期的紀弦在新詩評論上無意於打造整體架構，其主要關懷集中在提倡「現代詩」及辨析其中的「現代」意涵。在台灣戰後嚴酷的文學環境裡，紀弦能夠於1953年僅憑一己之力創辦《現代詩》詩刊，並於1956年組織前後達百人之多的「現代派」，實屬不易。[22]他既真正確立「現代詩」此一名稱，復鼓動台灣五〇年代的現代主義詩學風潮，故常被稱為台灣現代詩「鼻祖」、「第一人」或「點火人」：

　　　　過去本地文學史的論述上，常稱紀弦為把「現代詩火種」
　　　　由中國大陸帶來台灣的第一人，因此稱之為台灣現代詩的
　　　　「鼻祖」或「點火人」。雖然最近台灣文學史的研究不斷
　　　　推陳出新，不少學者指出，台灣早在1930年代以楊熾昌
　　　　為中心的現代主義詩學，以及1940年代以林亨泰等人籌組

22　「現代派」加盟者由《現代詩》第13期（1956年2月）的83人，14期（同年4月）增至102人，15期（同年10月）已達115人。

「銀鈴會」，延續現代主義詩學論述，都證實了台灣現代
主義詩學有多重的起源。（須文蔚編，2011：82）

在「多重的起源」中，本章第一節已討論過楊熾昌，「銀鈴會」
則是由台中一中學生張彥勳、朱實、許世清等人發起，一開始只
是「習作的味道很濃」的學生刊物。他們「將同仁作品稿件裝訂
在一起，以迴覽的方式輪流閱讀，閱讀之後相互討論」，後來改
為油印方式出刊，命名為《ふちぐさ》（按：《邊緣草》），共
出刊十多期。日本戰敗後，林亨泰等人加入重振旗鼓，刊物則易
名為《潮流》（林亨泰，1998：60-62）。值得注意的是，《潮
流》上刊載的日文詩多過中文詩——從此處不難窺知台灣日文新
詩源流的承續。事實上，「銀鈴會」是銜接台灣日治時期到戰後
國民政府期間的重要詩橋樑，對林亨泰、詹冰、錦連、陳千武、
蕭翔文等「跨越語言一代」詩人群有鼓勵之功。

　　銀鈴會的活動可分為兩個階段，以1945年日本戰敗為界，
前期自1942至1945年，後期自1945至1949年。戰前銀鈴會的活
動，只偏於實際作品的創作；戰後則自1948年5月推出中日文合
刊之《潮流》，至1949年4月出版第五冊後，因受到「四六學
運」牽連而被迫解散，結束短短一年的生命。這一年間《潮流》
上共發表日文詩114首，中文詩30首，其他則屬於童謠、小說、
散文、評論。加入之同仁有三、四十人，在刊物上發表作品者則
有三十八人（林亨泰，1998：30-33）。1947年二二八事件陰影
猶存，能有這樣的成績，殊屬不易。「銀鈴會」代表著台灣新詩
在戰後時期的重新起步，也是銜接兩個統治政權、兩種語言媒介
的重要詩橋樑。

　　惟就新詩評論的角度檢視，「銀鈴會」並未真正帶來大太影響，亦是不爭之事實。[23]若要說到可能的貢獻，本書認為是培育了未來的詩論家林亨泰。林亨泰日文詩集《靈魂の產生》問世那年，適逢「銀鈴會」解體。對年輕的林亨泰來說，這當然是一大挫折；後來因郵購書籍之故結識紀弦，還成了《現代詩》第一號編輯委員。有了動力之後，林亨泰的詩論開始在此一新園地陸續問世：

> 《現代詩》第十八期他發表〈符號詩論〉，向傳統的抒情框架和詩的音樂迷思正式提出挑戰，他指出「詩裡的『象徵』所能給予『詩』的也就是代數學裡的『符號』所能給予『代數學』的」、「很數學的也就是很藝術的」，而「符號」被視為缺乏音樂性也「不足為病」。其餘重要評論如〈關於現代派〉、〈中國詩的傳統〉、〈談主知與抒情〉、〈鹹味的詩〉均發表於《現代詩》，言簡意賅、擲地有聲。（林燿德，1989：80）

　　紀弦為林亨泰提供了一個園地，讓後者延續「銀鈴會」的未盡之志；林亨泰也因此成為紀弦推行「現代派」運動的支持者。若排除掉譯介性質的文章，林亨泰可說是紀弦之外《現代

---

[23] 但也不是完全沒有。劉紀蕙（2000：228、259）便指出，「銀鈴會」成員的文學傾向不一，有如綠炎（詹冰）喜愛法國現代主義、介紹象徵主義和超現實主義；亦有銜接俄國普羅文學觀點、強調寫實文學和反應社會黑暗面者，如埔金、朱實、微醺、紅夢。現存五冊《潮流》中，以綠炎（詹冰）篇數最多。他也在〈所謂新詩〉中，強調詩人應研究近代以來的詩實驗，例如象徵主義、超現實主義、達達派、立體派、未來派、梵樂希的方法論……詩人的每一首詩，都必須是「一支支小實驗管」。

詩》唯一的詩論家，並不吝在論戰時以詩學理論文章支援。[24]劉
紀蕙（2000：232）甚至主張，「紀弦取林亨泰源自於日本《詩
與詩論》派的知性美學」，以對抗新文學傳統中的浪漫派餘緒，
「導致五〇年代現代運動中傳承了日本超現實運動中的主知精
神」；林亨泰在訪談中亦表示，自己的詩論能「補紀弦理論之不
足」，他寫給紀弦的信（本為提供他「答辯」之用），也被以
〈代社論〉的方式刊在《現代詩》上（林燿德，1989：94）。本
書則認為：紀弦對主知精神的體認，非盡源自於林亨泰及其背後
之日本《詩與詩論》傳統。此外，本書十分懷疑「訪談」在文
學研究上的實際效力。[25]紀弦跟林亨泰之間，應屬共同作戰、惺
惺相惜關係，兩人享有共同的「詩法」[26]；但革新詩風、領導詩
潮、辯難詩學的主要代表畢竟還是紀弦，無須過度誇大林亨泰的
位置。倘若將兩人置入台灣新詩評論轉型的歷史框架，更能凸顯

---

[24] 相較於本書此處的用語「支援」，陳芳明《台灣新文學史》則以「結盟」來
看待兩人的關係：「現代主義是以迂迴的方式次第在台灣展開。在初期階段
（一九五三～一九五六），以紀弦為首的現代派，正式與台灣殖民地時期的
現代主義者林亨泰從事結盟」（頁318）。經查，林亨泰曾以筆名「恒太」
在《現代詩》第9期發表詩作〈回憶〉，一直到第18期才停止，共計十五
篇；詩評論則見第17期到第22期，其實只有五篇文章。其中比較重要的當屬
〈關於現代派〉（17期）、〈符號論〉（18期）與〈鹹味的詩〉（21期）。

[25] 唐捐〈主知・超現實・現代派運動〉便指出，紀弦對主知主義的認識「不
必導源於林亨泰」，且「在台灣1950～1960年代的現代詩運動中，『超現
實』和『知性』兩個概念，也還常常處於緊張的關係」（須文蔚編，2011：
140）。此外，本書第一章第三節便宣稱：「……捨棄坊間文學系所論文流
行的『訪談研究法』，因為這種研究法太過相信受訪者的『應答誠信』與
『回憶真確』，卻忘了世上有很多『大說謊家』及『選擇性記憶』」。

[26] 紀弦（1956b：67）表示林亨泰的詩「主要的是表現一個感覺。他的感覺，來
自觀察。從『靜觀』，到『直覺』，這便是林亨泰的詩法，也是我們共同的
詩法，跟那些浪漫派的殘渣所僅能使用的可憐的原始的『刺激反應公式』迥
異」。

出紀的重要性遠大於林——當然，這不代表本書否定台灣新詩有「多重的起源」。本省籍詩人桓夫（陳千武）在1970年發表〈台灣現代詩的歷史和詩人們〉，文中所謂「兩個詩的根球」可說明這個多重的起源：

　　一般認為促進直接性開花的根球的源流是紀弦、覃子豪從中國大陸搬來的戴望舒、李金髮等所提倡的「『現代』派」。當時在中國大陸集結於詩刊《現代》的主要詩人即有李金髮、戴望舒、王獨清、穆木天、馮乃超、姚蓬子等，那些詩風都是法國象徵主義和美國意象主義的產物。紀弦係屬於「現代」派的一員，而在台灣延續其「現代」的血緣，主編詩刊《現代詩》，成為台灣新詩的契機。

　　另一個源流就是台灣過去在日本殖民地時代，透過曾受日本文壇影響下的矢野峰人、西川滿等所實踐了的近代新詩精神。當時的主要詩人有故王白淵、曾石火、陳遜仁、張冬芳、史民和現仍健在的楊啟東、巫永福、郭水潭、邱淳洸、林精鏐、楊雲萍等，他們所留下的日文詩雖已無法看到，但繼承那些近代新詩精神的少數詩人們——吳瀛濤、林亨泰、錦連等，跨越了兩種語言，與紀弦他們從大陸背過來的「現代」派根球融合，而形成了獨特的詩型使其發展。（鄭炯明編，1989：451-452）

陳千武「兩個詩的根球」說後來數度修改補充，成為以《笠》為核心之本土派詩群最重要的詩學源流觀。[27]此議題雖值得深入發

---

[27] 「兩個詩的根球」首見於〈台灣現代詩的歷史和詩人們〉。此文原為中日對

揮，惟本書之重心仍在「新詩評論轉型」，故本節著重於探討紀弦詩論對「現代詩」的提倡，以及其中對「現代」意涵之探索。

二、

　　檢視紀弦已問世的三本詩評論集（分別是1954年《紀弦詩論》、1956年《新詩論集》、1970年《紀弦論現代詩》），不難發現兩項特質：

　　(一)其新詩評論中的「隱藏作者」（the implied author）有著強烈的浪漫主義氣質。儘管紀弦一再聲稱他反對浪漫主義，但這應該是指相對於他所推行的現代詩運動，浪漫主義——主要是其慣用的「表現手法」——是最要不得的。紀弦大多數詩作、宣言、自畫像以及詩評論中，「隱藏作者」往往傲骨狂氣兼具，浪漫主義氣質鮮明可辨。

照之《華麗島詩集》（東京：若樹書房，1970）後記，並曾刊於與同年12月出版的《笠》第40期。多年後陳千武修訂此文，改題為〈台灣新詩的演變〉（《笠》130期，1985年12月），對此一「融合」有了新的詮釋：紀弦等「現代派」所推行的現代詩革命，「這種前衛性新詩精神運動，在日本早於民國十七年九月由春山行夫等人，發起《詩與詩論》刊物而實踐過。光復前台灣的詩人們如水蔭萍、李張瑞、張冬芳、陳千武等人也都寫過實驗作品，相當有成就。尤其在光復前後，銀鈴會的同仁詹冰、林亨泰、錦連也都實踐了。恰巧紀弦發動現代主義革命，成立『現代派』，竟得到林亨泰、錦連的參與，加入了其核心革命組織，發表了許多極具價值的現代新詩精神理論，組合成紀弦自己也意想不到的前衛意識，刺激了詩壇，對後來三十年詩壇產生空前的威力與影響」（鄭烱明編，1989：126-127，引文中粗黑字體為筆者所加）。就在文中一連串「早於」、「也都」、「恰巧」間，「兩個根球」之一的紀弦一脈已默默從中心淪為邊緣、主角易為配角。至此，陳千武創發傳統（the invention of tradition，即「兩個根球」說及其「融合」）之目的已再明顯不過：聲稱／確保自己及法國文學社會學家埃斯卡皮（Robert Escarpit）所謂「世代同儕」的歷史在場。至於台灣「光復」前，詩人陳千武是否「寫過實驗作品，相當有成就」，則成了另一個無人願意深究的問題。

(二)紀弦這三冊詩評論中，針對某一詩人或詩作加以評析的
文章，在數量上遠不及那些思考與辨析「現代詩」之本
體議題者。紀弦最著名的評論文章都近似「宣言」，並
且是傲骨狂氣兼具的宣言（或號召）。既然他著重辨析
「現代詩」之本體議題，實際批評做的自不算多。從事
實際批評時，紀弦貌似有若干「分析」，其實骨子裡還
是採用印象式批評方法。譬如評論林亨泰1955年出版的
中文詩集《長的咽喉》，其中〈回憶〉一詩[28]：

> 這首詩，不僅有其鮮明的節奏，而且有其美妙的
> 旋律。當我們讀它的第一節時，可以聽到小提琴
> 獨奏的聲音，第三第五兩節則給人以鋼琴與小提
> 合奏的感覺，二四六三節都是鼓聲，但各有其輕
> 重遠近之分。如此再進一步去品味它，你就可以
> 伴同著第一節的聲音而聯想到青綠色的燈光，第
> 三節是橙、黃、白、棕諸色，第五節是黑的和紫
> 的，二四六三節是濃紅與淺灰之交織，或為七
> 與三之比，或為四與六之比。要是肯更進一步的
> 話，則你所得的一定更多了。（紀弦，1956c：
> 66-67）

---

[28] 詩集《長的咽喉》由台中新光書店發行，〈回憶〉收於此書第10頁：「記憶
／在夜裡，／是沒有腳的／液體……／／朦朧的圖案啊！／／亂舞，／波
紋，／倒垂，／波紋。／／朦朧的圖案啊！／／黑的，／埋沒，／紫的，／
漂流。／／朦朧的圖案啊！」。

對照原作即可知，無論樂器、燈光抑或比例，都來自評論者的自由聯想，並非嚴謹的推敲或分析。這顯然是藉印象為憑，以感覺為依，無法得知評論者的批評標準何在。「要是肯更進一步的話，則你所得的一定更多了」，這句其實是評論者「主觀猜想」的變形——評論者在此難免對自己的想法起疑，或承認自己的看法只是一種推測，只好「邀請」讀者親歷「靈魂在傑作中的冒險」旅程。與這不甚（敢）肯定的態度相反，紀弦宣言或號召式的詩評論卻是另一種樣貌。最著名的關鍵歷史文獻，當屬《現代詩》第13期封面上「現代派的信條」，及第4頁〈現代派信條釋義〉（紀弦，1956b）：

　　釋義：我們現代派的信條凡六，條條簡單明瞭。為了達到新詩的現代化這一目的，完成新詩的再革命這一任務，我們必須爭取文藝界人士乃至一般讀者廣泛的了解與同情，給我們以精神上的支持。所以，我們的信條，有加以進一步解釋的必要。

　　第一條：我們是有所揚棄並發揚光大地包容了自波特萊爾以降一切新興詩派之精神與要素的現代派之一群。正如新興繪畫之以塞尚為鼻祖，世界新詩之出發點乃是法國的波特萊爾。象徵派導源於波氏。其後一切新興詩派無不直接間接蒙受象徵派的影響。這些新興詩派，包括十九世紀的象徵派、二十世紀的後期象徵派、立體派、達達派、超現實派、新感覺派、美國的意象派、以及今日歐美各國的純粹詩運動。總稱為「現代主義」。我們有所揚棄的是

它那病的、世紀末的傾向；而其健康的、進步的、向上的部分則為我們所企圖發揚光大的。

第二條：我們認為新詩乃是橫的移植，而非縱的繼承。這是一個總的看法，一個基本的出發點，無論是理論的建立或創作的實踐。在中國或日本，新詩，總之是「移植之花」。我們的新詩，決非唐詩、宋詞之類的「國粹」。同樣，日本的新詩亦決非俳句、和歌之類的他們的「國粹」。在今天，照道理，中國和日本的新詩，以其成就而言，都應該是世界文學的一部分了。寄語那些國粹主義者們：既然科學方面我們已在急起直追，迎頭趕上，那麼文學和藝術方面，難道反而要它停止在閉關自守，自我陶醉的階段嗎？須知文學藝術無國界，也跟科學一樣。一且我們的新詩作者獲得了國際的聲譽，則那些老頑固們恐怕也要讚我們一聲「為國爭光」的吧？

第三條：詩的新大陸之探險，詩的處女地之開拓。新的內容之表現，新的形式之創作，新的工具之發見，新的手法之發明。我們認為新詩，必須名符其實，日新又新。詩而不新，便沒有資格稱之為新詩。所以我們講究一個「新」字。但是我們決不標新立異。凡對我們欠了解的，萬勿盲目地誣陷我們！

第四條：知性之強調。這一點關係重大。現代主義之一大特色是：反浪漫主義的。重知性，而排斥情緒之告白。單是憑著熱情奔放有什麼用呢？讀第二篇就索然無味了。所以巴爾那斯派一抬頭，雨果的權威就失去作用啦。一首新詩必須是一座堅實完美的建築物，一個新詩作

者必須是一位出類拔萃的工程師。而這就是這一條的精義之所在。

　　第五條：追求詩的純粹性。國際純粹詩運動對於我們的這個詩壇，似乎還沒有激起過一點點的漣漪。我們這是很重要的：排斥一切「非詩的」雜質，使之淨化，醇化；提煉復提煉，加工復加工，好比把一條大牛熬成一小瓶的牛肉汁一樣。天地雖小，密度極大。每一詩行，甚至每一個字，都必須是純粹「詩的」而非「散文的」。

　　第六條：愛國。反共。擁護自由與民主。用不著解釋了。

筆者認為，由第五條「追求詩的純粹性」與第六條「愛國。反共。擁護自由與民主」同時並列卻又荒謬地互相抵觸消解，不難窺知紀弦身處的時代困境，個體追求（詩之純粹）與群體信仰（擁護國策）間的弔詭。柯慶明（1995：93-95）亦指出六大信條間悖逆之處，譬如作為移植對象的「一切新興詩派之精神與要素」：

　　……一旦作出「知性的強調」與「追求詩的純粹性」的限制，則所謂「詩的新大陸之探險，詩的處女地之開拓」，新的「內容」、「形式」、「工具」、「手法」等等的追求，事實上都受局限。

　　三十二開本的《現代詩》是現代詩社的出版品，創刊於1953年2月，起初每月出版一期，但時常脫期，後遂改為季刊。

1972年3月，楊牧在《現代文學》第46期整理過這份刊物的初始資料：「發行人兼社長是路逾，編輯人兼經理是紀弦，實則便是紀弦一個人；社址設在台北市濟南路成功中學的教職員宿舍內，也就是紀弦的家。紀弦獨力支持《現代詩》，此亦見於早期該刊封面上的設計。封面上除刊名期數等應有字樣外，每期印有檳榔樹一棵，蓋檳榔樹一向便是紀弦的標誌也」（須文蔚編，2011：163）。身形修長的紀弦有詩〈檳榔樹：我的同類〉，又多次宣稱「我愛檳榔樹，我像檳榔樹，我寫檳榔樹」。他來台後、赴美前的詩作（1949至73年）便結集為《檳榔樹甲集》、《檳榔樹乙集》、《檳榔樹丙集》、《檳榔樹丁集》與《檳榔樹戊集》。[29]

楊牧亦指出，「第13期的《現代詩》於民國四十五年二月一日出版，封面是朱紅色的，內頁三十四，仍是單薄的小冊子，但意義重大而深遠，因為就在這期裡頭，所謂『現代派』宣告成立。封面上的字樣有了改變，橫條一行：『現代派詩人群共同雜誌』，而檳榔樹也取消了，卻放大了『紀弦主編』四個字。除此之外，加印了一則六條〈現代派的信條〉。封面裡刊布消息公報第一號，首頁加盟者名單，共83人，第二頁有紀弦的〈現代派信條釋義〉；社論則為戰鬥的第四年。新詩的再革命〉」（同上，頁163-164）。這六條「現代派的信條」與前段所錄之〈現代派信條釋義〉已成為「關鍵歷史文獻」，過往哪一位研究者不是反覆耙梳，只盼能從字裡行間挖出一點「洞見」？本書認為，與其糾結於「信條」或「釋義」裡的若干文字，不如直探紀弦提出此

---

[29] 檳榔樹、煙斗、手杖、蒼蠅、狼……紀弦詩中的這些意象甚為突出，並奇妙地結合了「述志」與「自嘲／嘲人」傳統，加上靈活運用日常俚俗口語，構成了紀弦詩創作的獨特魅力。

一聲稱背後整體的思維。譬如引起最多爭議的第二條「我們認為新詩乃是橫的移植，而非縱的繼承」，試問；「移植」之說何新之有？中國自晚清以降「採取泰西之法」、台灣自日治以來的國家資本主義化，不也是在實踐「橫的移植」精神？從新文學角度來看，中國自李金髮、戴望舒到「九葉詩人」、台灣的「風車」成員，不是更早實踐著「橫的移植」嗎？若只從「信條」與「釋義」的文字裡去找問題，把研究鎖定在1956年「現代派」之成立，最後只會淪入畫地自限的窘境。紀弦（1970：17）在「現代派」宣告成立一週年時，就曾經表示：

> 其實從第二年春季號開始，封面上就一直都印著有「THE MODERNIST POETRY QUATERLY」的字樣，而我們對新詩的基本看法和立場，也早就在創刊號的宣言上有所明白揭示，足以證明我們是一開始就以現代主義者的自覺而出發了的；只不過遲至年前，鑑於時機成熟，方有組派之舉，而使這個無形中老早存在了的詩人們的集團進一步在形式上見諸具體化罷了。所以我們從事新詩再革命這一運動，嚴格說來，應該已經有四年的歷史了。

再往前推，比《現代詩》更早誕生、只有一期壽命的詩刊《詩誌》，亦可見到雷同之訴求。1952年8月《詩誌》上，紀弦（1954：8）發表了七條〈我之詩律〉。第一條強調必須以口語為表現工具，第二條呼籲「新的語言之創造」。第三條要求「格律的束縛之擺脫，低級的音樂主義之否定」，換言之，欲以散文的音樂取代韻文的音樂、內容的音樂取代型式的音樂。第四條要

詩人努力認識與把握「詩素」，第五條號召「追求『純粹』與『絕對』」，第六條則盼能採取「立體化的表現手法」，捨棄直陳與放縱，「冷靜地寫，暗示地寫，意匠地寫」。摘錄至此，除了沒有直接寫出「橫的移植」與「知性」這幾個字，幾乎已可見到日後紀弦六大信條之藍圖或張本。易言之，紀弦不是突然生出「現代派」這六大信條，而是經過一陣醞釀，其背後自有一整體的思維與企圖。

　　有意思的是，跟前六條似乎無甚關係的第七條：「無視於世俗的毀譽。不唱流行歌。反抗一切加迫害於我的。和弱者站在一起。為詩而活著，為詩而死去。唱我自己的歌，走我自己的路」。這與《現代詩》第13期的第六項信條及釋義為「愛國。反共。擁護自由與民主。用不著解釋了」一樣，反而最需要「解釋」——其間所透露出的弦外之音，筆者認為是：紀弦在提倡新詩革命、從事現代詩運動時，必須直面「我」（個體）與「時代／民族」（群體）之間的鬥爭（struggle）、磋商（negotiate）。可舉紀弦在《詩誌》上以筆名青空律（1952：3）發表的〈詩論三題〉之「論『我』」為例：

　　　　詩，連同一切文學，一切藝術，首先必須是「個人的」。唯其是個人的，所以是民族的；唯其是民族的，所以是世界的。唯其是個人的，所以是時代的；唯其是時代的，所以是永恆。因為在每一個詩人，每一個文學家，每一個藝術家的「我」裡，有他所從屬的民族之民族性格，有他所從屬的時代之時代精神。而這民族性格，時代精神，又必須是藉一個詩人，一個文學家，一個藝術家之「我」的表

現而綜合化，具體化於其作品中，方能成為活的，有生命的和發展的。否則，它們止於是一個抽象的，概念的無生物罷了。所以否定了「我」，否定了「個人」，便沒有詩，沒有文學，沒有藝術。詩人啊，忠實地表現你自己：這才是比一切重要的！

文中以「論『我』」為主題，貌似在談自由或解放；卻隨處可見其十分在意「所從屬」之「民族性格」與「時代精神」。後者不但是詩人「所從屬」之主宰，更是大敘述（Grand Narrative）的存在。這類大敘述對個體自由來說，顯然是一道解放路途上的阻礙；但為了證明獨立的、個體的「我」之合法性，紀弦在詩論中卻必須將這些阻礙一一召喚出來，替個體的「我」背書：詩人或藝術家「我」無論如何追求自由、尋求解放，都絕對不會超出這些大敘述所能容忍的範圍。

　　進一步說，「民族」、「時代」等字眼的一再出現，代表此文作者不斷要求自身必須處理「我」（個體）與「時代／民族」（群體）之間的鬥爭與磋商。想隨興地「唱我自己的歌，走我自己的路」（〈我之詩律〉第七條），對一九五〇年代的台灣詩人或新詩評論家來說，都是太過奢侈的夢想。「我」（個體）與「時代／民族」（群體）之間的緊張，遂成為一種集體的政治潛意識（political unconscuous）──詩論家或詩人激進的、革命的訴求，終將因恐懼、閃避或壓抑（repression），變形表現為各種的意識形態。[30]

---

[30] 在正統馬克思主義的思考裡，意識形態（ideology）被視為是統治階級為加強統治，對被統治者灌輸了整套對社會現實錯誤的認識，屬於一種必須加以批

　　究竟彼時的「我」（個體），面對的是什麼樣的「時代／民族」（群體）及環境呢？1949年國民政府撤退到台灣後，一方面下令禁絕所有「附匪」及留在「淪陷區」的文人、學者之著作，等同割斷了台灣文藝界吸收中國現代文學養分的可能[31]；另一方面則把文學視為政治活動的重要環節，大力培育與推廣反共文學作品。1950年以張道藩為首的黨政高層人士成立「中華文藝獎金委員會」，發行機關刊物《文藝創作》，為投稿作家提供極為優渥的獎金、稿酬與出版渠道。該會所徵求及獎勵的文藝稿件標準為：「以能應用多方面文藝技巧發揚國家民族意識及蓄有反共抗俄之意義為原則」，且高額的稿費及獎金「給當時寫詩的人以莫大的鼓舞」（葛賢寧、上官予，1965：82）。[32]同樣是1950年，5月4日「文藝節」當天由陳紀瀅、張道藩等人發起成立了「中國文藝協會」。該會直接接受國民黨第四組指導，會員數從成立之初的一百五十餘人，到五○年代末期發展至一千兩百九十人之多，堪稱文壇中成員最多、活動最頻、效果最強的文藝組

判的「虛假意識」（false consciousness）。Fredric Jameson則不依此說，他聲稱意識形態亦有其正面意義，因為它們都是烏托邦性質的（Utopian），提供了美好的未來遠景，以抒解人的衝動、不安與焦慮（Jameson, 1981: 281-299）。

[31] 由中國現代文學史上多數重要作家皆隨國民政府渡海來台的事實可知：此一政策之影響深遠，實不亞於1946年廢除報刊雜誌日文欄，以及56年學校禁用台語改推行「說國語運動」。在如此短暫時間內連續失去了中國、日本與本土文學（或語言、文字）的養分，誠可謂台灣文藝界之浩劫。

[32] 身兼「中華文藝獎金委員會」主任委員的立法院長張道藩，1952年5月4日於《聯合報》發表〈論當前文藝創作三個問題〉，希望作家「根據當前反共抗俄的戰鬥的生活方式，從事戰鬥形式的創造，盡量避免流於八股和口號」。紀弦1952、53、54連續三年便分別以〈鄉愁〉、〈革命革命〉、〈飲酒詩〉獲得該會「五四新詩獎金」。他的詩集《在飛揚的年代》（1951）封面印有「反共抗俄詩集」，《現代詩》創刊號也刊出他的三百行戰鬥詩〈向史達林宣戰〉。關於一九五○年代國家機器如何參與或運作新詩文學獎機制、文藝機構如何影響文化生產場域，可參考應鳳凰（2007：3-47）

織。該會設有詩歌創作委員會，從事新詩創作方法的研討及提倡反共詩創作。與「中國文藝協會」性質相近的團體「中國青年寫作協會」、「台灣省婦女寫作協會」亦於53、55年相繼成立。

　　張道藩於1954年根據蔣中正頒布之〈民生主義育樂兩篇補述〉而撰寫了〈三民主義文藝論〉，可視為國民黨治台文藝政策的正式形成。同年中國文藝協會發起規模龐大的「文化清潔運動」，聲討「赤色的毒」、「黃色的害」、「黑色的罪」，作家與媒體亦紛紛響應。55年蔣中正提出「戰鬥文藝」口號，進而推展成為文藝運動。各報刊紛紛舉辦「戰鬥文藝筆談」，討論該如何發揮文藝的戰鬥精神、要怎麼讓文藝負起戰鬥的任務，並競相發表戰鬥文藝的創作。[33]外有高壓的政治環境與社會氛圍，內有「在朝」舊詩[34]及大量新格律詩[35]之虎視眈眈，不難想像新詩在文藝界的困窘處境。詩人批評家紀弦身處於此一強勢文藝政策的環境，其反應十分典型：他一方面強調詩人應「忠實地表現

---

[33] 早在1949年《新生報》副刊就曾展開過關於「戰鬥文藝」的討論，該刊主編馮放民（鳳兮）隨後確定了「戰鬥性第一，趣味性第二」的徵稿原則。同年，「保衛大台灣」歌詞作者孫陵擔任《民族報》副刊主編，發刊辭便主張「文藝工作者底當前任務──展開戰鬥，反擊敵人」。

[34] 「舊詩在朝，新詩在野」說，見紀弦（1956e）以社論名義發表於《現代詩》第15期之〈不跟他們爭一日之短長〉：「有人鑑於舊詩之藉端午節的詩人大會顯得聲勢浩大，熱鬧非凡，而就替新詩捏一把汗，擔心它的遭踐踏而夭折，這其實是一種過分的憂慮。須知舊詩之所以如此做法，實有其政治的意義」、「可是舊詩在朝，新詩在野。我們寫新詩的，無權無勢，加之經濟困難，自掏腰包辦詩刊，已經是一百二十分的吃不消了，哪裡還有那麼多的財力、人力和物力來大舉開會以極一時之盛呢？」

[35] 這些明顯留有「新月派」殘痕的新格律詩，誠如奚密（2000：204）所批評：「往往格調不高，每每淪為浪漫主義末流的感傷與濫情。它之所以被允許存在正由於它和通俗文學，甚至風花雪月的流行歌曲，是同質的，它們並不構成任何意識形態的威脅。換言之，這其實和政治抒情詩公式化的歌功頌德，感國憂民是同質的」。

你自己」、「個性的表現比一切重要」；另一方面則是大方擁
抱國家政策，以投稿詩作、參與徵選等方式展現支持。[36]1953年
2月《現代詩》創刊號上的〈宣言〉便提出「創辦本刊的兩大使
命」：一為「向世界詩壇看齊，學習新的表現手法」，使「新詩
到達現代化」。而另一個「更重大的使命是反共抗俄」，因為好
的政治詩也是藝術品，「詩是藝術，也是武器」（紀弦，1953：
1）。對剛從中國倉皇東渡的詩人批評家而言，提倡現代詩的
「我」（個體）與「時代／民族」（群體）之間雖有緊張鬥爭，
卻必然會走向磋商關係——因為他始終信仰並肯定彼時的現況
（特別是政治現況），而非真正想「抵抗」或「否定」現況。他
（或他們）顯然並非不滿反共政策與戒嚴體制，亦非因此而導致
無根飄零，自我放逐。倘若這些詩人或詩評家在文學裡吶喊失根
與空無（Nothingness），也都是對現代社會中人的精神狀態之揭
露，是現代主義對現代文明的有力批判，與政治現況無涉——他
們對於國家政策及文藝體制，真心配合實遠勝於積極反抗。[37]

---

[36] 「忠實地表現你自己」見《詩誌》，「個性的表現比一切重要」見《新詩周刊》發刊辭，兩者皆為紀弦（1954：53）用語。緣於時代環境背景與國共對抗經歷，彼時像紀弦一樣擁抱「反共抗俄」政策沒有絲毫猶豫、寫詩投稿表示支持者，數量之多並不足為奇。但筆者認為「豐厚獎金」應該也是另一個重要誘因——紀弦常在《現代詩》編後語裡感嘆經濟困難或周轉不靈，《創世紀》「鐵三角」也曾為了維持刊物而輪流上當舖。倘若獲得獎項與榮譽，其所帶來的官方文化資本（cultural capital）對這些民間私人刊物亦大有助益。另一方面，彼時的文藝組織跟政策豈是作家能夠選擇「不從」？誠如論者所言，「五〇年代任何一個作家一旦被文藝協會所摒棄的結果，正是被放逐在文壇之外」（鄭明娳，1994：29）。

[37] 關於失根與空無，可參考Barrett討論存在主義哲學之作《非理性的人：存在哲學研究》（*Irrational Man:A Study on Existential Philosophy*）。本書認為：後人就算欲援用本土派「再殖民」說，都沒有必要扭曲、置換紀弦或夏濟安這些批評家當年真心「反共」的事實。

於是乎紀弦在提倡「現代詩」、籌組「現代派」時，便已先一步自我設限：譬如〈現代派信條釋義〉第一條大力鼓吹「現代主義」，並以此詞作為「新興詩派」的總稱。新興詩派共包括了「十九世紀的象徵派、二十世紀的後期象徵派、立體派、達達派、超現實派、新感覺派、美國的意象派、以及今日歐美各國的純粹詩運動」。紀弦在鼓吹之餘，一再向詩人與讀者提醒（釋義！）：「我們有所揚棄的是它那病的、世紀末的傾向；而其健康的、進步的、向上的部分則為我們所企圖發揚光大的」，顯然是要撇清此一運動和頹廢派及世紀末思潮的關聯。在回應寒爵〈所謂現代派〉時，紀弦（1956d：72-73）表示雖對Charles Baudelaire十分欣賞，卻得聲明不要他的「行為」、「思想」，只獨取「表現方法」。而當紀弦宣稱想取「歐美的現代派」之長，目的在成為「一種有個性的合金，而作全新的表現」，卻得立刻補上一句：「我們所企圖表現的內容當然是現實的」——至於「現實」二字如何解釋，則「見仁見智」。為了跟多數左傾的超現實主義詩人作出區隔，他大聲疾呼自己「絕對不是一個超現實派」，僅「同情」超現實「革命的精神」及「藉『潛意識』之追求以擴大詩的領域」（紀弦，1970：99）。法國超現實主義詩學中的反抗意識及行動企圖，顯然不被紀弦納入考量。誠如奚密（1996：253）所言，彼時「台灣超現實詩和法國超現實詩的最大的差別，在於前者並沒有以文學改革作為社會改革藍本的企圖」。

《現代詩》第17期（1957年3月）社論由紀弦執筆，他指出台灣「現代派」是「包容」又「超越」了法國及英美的現代主義。不過台、法、英、美各家還是有一共同特色：「一種現代精

神之直覺的表現，一種方法論的革新，和一種古典主義的『態度』」。他繼而闡釋何謂「現代精神」：

> 至於「現代精神」四字，我們的解釋亦不只是什麼科學精神或客觀精神而已，它主要的是意味著現代人複雜微妙的心靈生活之體驗，一種神秘的經驗，為十九世紀以前的古人所從來沒有接觸過的，不可思議，然而是真實的存在，只有當那「直覺之門」一啟一闔的瞬間，方能洞見其可驚異的新天地。但要表現此一境界使成為藝術，則又遠非浪漫主義那膚淺的刺激反應公式所可能做到的；於是講求方法，注重技巧，強調理性與知性之高度的運用，在這裡，現代派倒的確是有其科學精神或客觀精神的哪！（紀弦，1970：21-22）

把握「現代人」的心靈體驗，探訪「直覺之門」與「神秘經驗」……，再結合紀弦詩論裡反覆提及的「重視方法」、「講究技巧」、「追求新的表現」、「把詩寫好，而且要新」，就是這位現代派領導者所認同的「現代詩」內在質地：一種經「橫的移植」後修正過的「現代」，（只）注重「表現方法」與「寫作技巧」的（純）文學革命。

三、

　　隨這場（純）文學革命而來的是炮火連天。1956年2月《現代詩》第13期封面印有六項「現代派的信條」，內頁聲稱「現代派的集團宣告正式成立」，紀弦也發表〈現代派信條釋義〉及社

論〈戰鬥的第四年‧新詩的再革命〉。醞釀一段時間後，藍星詩社於1957年8月推出《藍星詩選‧獅子星座號》，登載了覃子豪長文〈新詩向何處去？〉，強烈質疑紀弦「橫的移植」、「主知」等主張，轉而肯定新詩「縱的繼承」及「抒情」的面向。這場紀、覃之間的「現代主義論戰」（1957～1958年）只是開端，且侷限於新詩創作者及詩評家內部。「現代派」成立後，連「外部」人士也開始對新詩的內容與形式展開批判。先是1956年12月至次年3月間，梁文星、周棄子、夏濟安三人在《文學雜誌》、《自由中國》上分別發表對新詩的看法，三人以舊詩在形式上的完美來衡量新詩在形式上的缺失，期望新詩創作者能建立新的詩體。覃子豪則在《筆匯》上以〈論新詩的發展〉回應，強調新詩不能只重形式之美，更需要重視內容。[38]隨後蘇雪林撰文指責新詩「晦澀、朦朧、曖昧」之病，並用「巫婆的蠱詞，道士的咒語，匪盜的切口」來批評象徵派新詩，掀起了「象徵派論戰」（1959年）。為了聲援蘇雪林與批評象徵派，言曦在《中央日報‧中央副刊》接續發表了總名為〈新詩閒話〉的多篇方塊文章，對當年新詩矯揉造作之病提出針砭，是為「新詩閒話論戰」（1959～1960年）。這幾場新詩論戰不僅是文類或美學的變更拉鋸，更是一種文學「場域」（field）的權力爭奪。後面幾場論戰的主角雖不是紀弦，卻可視為自他籌組「現代派」、提倡「現代詩」後，給予詩壇內／外的衝擊與刺激餘波。對於論戰後所產生的詩壇質變，可用韓國學者許世旭一篇重估台灣五〇年代新詩的

---

[38] 《文學雜誌》上有梁文星〈現在的新詩〉、周棄子〈說詩贅語〉、夏濟安〈白話文與新詩〉，《自由中國》則刊登了夏濟安〈對於新詩的一點意見〉。覃子豪與三人的文章都比較接近意見交換，稱不上是論爭或筆戰。

論文題目概括，即「延伸與反撥」。[39]他簡單描述了幾場論戰後的「反撥」變化：

> 台灣新詩在五〇年代末期所帶來的反撥現象，是值得特書的。早由「現代詩社」追求詩的知性與純粹性，「藍星」也不久便從抒情主義，便趨向於象徵主義，又《創世紀》自十一期（一九五九、四）起開始放大版面，並提出現代表現與超現實主義，這樣一來一九五九年的詩壇，獲得共識，尤其《創世紀》，繼承《現代詩》，成為現代主義的堡壘。（許世旭，1998：23）

進一步想，紀弦自身又何嘗不是「反撥與矛盾」的代表？他寫了很多戰鬥或反共愛國詩，卻負責吹響台灣的前衛、反傳統與現代主義號角；他的詩評論主張要建立「現代詩」，政治立場卻是擁護體制的極端保守派。連紀、覃之間的詩論交鋒亦復如此，向陽（1999：45-61）就準確指出其中足堪玩味處：

> 「現代主義論戰」中紀弦的幾個主要的而被覃子豪與「藍星」詩人批駁的論點（現代價值的自覺、絕對的現代化、獨創性、世界性、純粹性、反大眾化、反社會、反傳統、反抒情、反韻文、反格律等），到了「新詩閒話論

---

[39] 許世旭《新詩論》中收錄了這篇論文〈延伸與反撥：重估台灣五〇年代的新詩〉。此文以正、反、合的歷史規律來看新詩，並發現五〇年代的台灣新詩符合三種物理現象：延伸、反撥、相撞相引的矛盾（許世旭，1998：13-28）。

戰」時期，已多數被「藍星」所吸收，作為反駁言曦的重
要論點。

相對的，是「新詩閒話論戰」時言曦對新詩的批評，
則又略似當年覃子豪等批評紀弦的現代派信條的觀點，如
言曦強調「詩必須與時代的悲歡同脈動」，這話覃子豪在
批判現代主義時也說過「我們的詩不可能作超越社會生
活之表現」；如言曦批評新詩「以艱澀的造句掩蓋其空
虛」，覃子豪也批評現代派「以不倫不類的比喻，令人眩
惑的欠通順的詞句，拼湊成詩，表示作品有深奧的現代特
質」。

與覃子豪相較，紀弦雖不擅長也無心於構築詩論之整體架
構，但仍有其特色與價值。本書認為至少有以下三點：
(一)自大陸時期即積極從現代繪畫汲取養分，遂能整合美術
　　與文學，增益日後新詩評論和超現實思考。
(二)不尚理論空談，直面當下現實。反虛無主義傾向，視文
　　學為人生的批評。
(三)從「新詩再革命」角度出發，劃分「自由詩」、「現代
　　詩」、「現代詩的古典化」三個不同階段。
第一點屬於不同藝術形式的界線跨越，已有奚密（1998：
13-23）、劉紀蕙（2005：260-295）、劉正忠（2006：196）、
陳義芝（2006：41-42）等撰文討論，在此不贅。第二點可舉
1962年〈工業社會的詩〉為例，紀弦預見工業化社會之必然到
來，聲稱要當工業社會詩人最要緊的條件是「必須經得起機械與

噪音的考驗」。詩人應該「面對那些醜惡的機器，傾聽那些令人毛骨悚然尖銳而淒厲的噪音」，還要：

> ……有一種高度的智慧去發現機械的美，一種醜惡的美；你應該有一種卓越的能力去組織噪音，並即以噪音寫詩。要曉得，那些不悅目的形象和不悅耳的音響，正是你所取之不盡用之不竭的現代詩的泉源，是不可以忽視其存在，低估其價值的。它們也是一種真實的存在，和玫瑰一樣，和夜鶯一樣。你應該徹底工業化你的意識形態，漂白你的作品，使之完全脫去農業社會色彩。（紀弦，1970：191）

紀弦強調，這並非在盲目歌頌機械文明，而是有這「時代的精神」之呼吸與閃爍——試問：這難道不是一種「真實的存在」，一種源自於機械的詩意嗎？[40]。

至於第三點之「自由詩」、「現代詩」、「現代詩的古典化」，紀弦（1970：145-149）曾解釋過兩者之差別，整理如下：

(一) 自由詩講求節奏，有其高度的音樂性，而且是可朗誦的；現代詩則有意破壞節奏，否定音樂性，使成為無法朗誦的。

(二) 自由詩使用「樂音」，現代詩則使用「噪音」。

(三) 現代詩打破語文常規、發明新句法、作種種特殊的排列、呈現出奇異的外貌；自由詩則否。

---

[40] 詩人1958年有篇七十行詩作〈我來自橋那邊〉，末尾處恰為：「然則，誰說機器沒有詩意？／我喊機器萬歲。／我用噪音寫詩。／而且，我與馬達同類。」（紀弦，1967：146）。

(四)自由詩十之八九為抒情詩,是「甜味的詩」;現代詩則
　　不然,它屬於「鹹味的詩」。

(五)自由詩的本質是「詩情」;現代詩的本質是「詩想」。

　　對上述幾項的堅持,紀弦始終沒有改變。[41]至於「現代詩
的古典化」,應從1961年8月發表於《現代詩》第35期之〈從自
由詩的現代化到現代詩的古典化〉談起。紀弦在此文中宣稱:
無論就作品的實踐或理論的體系來看,「新現代主義或「後期
現代主義」已經達成,現在起是該邁向「新詩的再革命」第三
階段了。他回顧第一階段的「自由詩」運動,革除了「傳統的
格律主義,低級的音樂主義,韻文至上主義以及『韻文即詩』
之詩觀」;第二階段「現代詩」運動,用現代主義論戰來提倡
「詩想」與「主知」。但也不幸產生了一些偽現代詩,具有新
形式主義、縱欲傾向,以及虛無主義傾向這三大毛病。「現代
詩的古典化」則是「新詩的再革命」第三階段,紀弦(1970:
32)期勉詩人應「創造新傳統」,「追求不朽」。在同年秋天
一篇〈關於古典化運動之展開〉中,他再度詮釋「古典化」之
意義(頁34-35):

---

[41] 西元2000年,紀弦在北美《新大陸》詩雙月刊發表〈何謂現代詩?〉,將
「自由詩」與「現代詩」的差異分為四點:第一不同的是「音樂性」,自由
詩有其聲調之美,都是可朗誦的,大多數的現代詩則只宜默讀而無法朗誦,
是所謂訴諸「心耳」的音樂。第二不同的是「表現手法」,比起自由詩來,
現代詩更加重「暗示」而輕「明喻」,重「主知」而輕「抒情」,它非常講
求技巧,因此被稱為「難懂的詩」。第三不同的是「價值之自覺」,一個現
代詩的作者不同於自由詩的作者,除了創作的才能,更要具有一種批評的才
能。第四點則是「意識型態的現代化」,一個現代詩的作者,必須是一個非
常之自覺的「現代人」,尤其應當視科學為文藝之朋友,而非文藝之敵人。
細繹其說便可發現,與一九五、六〇年代的版本差異不大。

(一)讓現代詩成為「永久的東西」，卻不可誤解為「古典主義化」。

(二)現代詩是反傳統的，但這只是形式、工具、詩法、詩觀的反傳統。至於前人的「真精神」，理當繼承並發揚光大。

(三)現代主義者的使命，積極的在於「新傳統」的建立，消極的在於「舊傳統」的揚棄。

(四)「古典化」另一重大意義在嚴肅人生態度、生活必須正常化。

之前那個激進（radical）倡革命、反傳統的詩論家，1961年居然呼籲要「正常化」，可以想見詩壇的議論紛紛。1962年，紀弦寫下〈魚目與真珠不是沒有分別的〉，先說明自己的理論還是一以貫之，而且並非是個只破壞、不建設的虛無主義者。自己沒有放棄「反傳統」的立場，因為：「我的反傳統，只是文學形式與表現方法的反傳統，只是詩觀、藝術觀的反傳統，而決不是反我們自己的民族精神，文化精神的傳統」（頁36-37）。這與本書上一節所提「一種經『橫的移植』後修正過的『現代』，（只）注重『表現方法』與『寫作技巧』的（純）文學革命」，顯然十分契合。

紀弦此文中斥責有些詩人「胡鬧」、「亂寫」，年輕一輩則認為紀弦是選擇妥協並放棄了立場。「現代詩的古典化」響應者寡，詩論家紀弦和彼時詩人們之間的鴻溝也越來越大。1962年7月紀弦已在《葡萄園》創刊號上發表〈回到自由詩的安全地帶來吧〉，批判坊間部分作品「是撒旦之勝利，是惡魔之舞蹈，是肉欲之狂歡」、「只是新形式主義，根本不是詩」。1965年4月

24日，紀弦在《徵信新聞報》（《中國時報》前身）與「中國文藝協會」舉辦的座談會上發表談話，公開宣布要取消「現代詩」此一名稱；同年5月又在《公論報》副刊發表〈中國新詩之正名〉。1966年，紀弦甚至在《葡萄園》第17期直斥〈「現代詩」是邪惡之象徵〉：「當初我所要求的現代詩，決不是像今天這樣魚目混珠的『偽』詩與『非』詩。所以我一怒提出了『中國新詩的正名』這一嚴正的主張，主張把作祟於詩壇，已經成為邪惡之象徵的現代詩三字，乾脆取消拉倒」。紀弦的憤怒來自於苦心不被理解，留下「古典化」這未盡之志；但歷史巨輪是最為殘酷的，它從來不會為任何人的意志而停留。

第三章
李英豪與台灣新詩評論轉型

　　台灣新詩評論的轉型與「新批評」的引入關係密切，李英豪和顏元叔則是最具代表性的兩大評論家。但在李、顏二人出現以前，台灣的讀書界與文化圈對「新批評」並非一無所知──因為還有位集教授、編輯、翻譯家、評論家於一身的夏濟安。李英豪於1966年出版《批評的視覺》，書中各篇分別寫於1962至64年間，是台灣第一部全力介紹、推廣與援用新批評手法的中文書籍。不過，一九五〇年代後期夏濟安已在台大課堂、《自由中國》與《文學雜誌》上，刊登過零星幾篇關於「新批評」的翻譯與介紹。其中尤以1956年10月《文學雜誌》一篇〈評彭歌的《落日》兼論現代小說〉，廣被視為最早以新批評手法進行現

代小說評論的例證。[1]夏濟安後來又寫了〈兩首壞詩〉（1957年11月），主要內容雖然譯自Cleanth Brooks與Robert Penn Warren合編之《理解詩歌》（*Understanding Poetry*, 1938），但一開始也明確指出：「二十世紀英美文學批評家的一大貢獻，可以說是對於詩本身的研究」、「本世紀的批評家……更著力的就詩的文字來研究詩的藝術。研究詩的文字，當然有時也有賴於某些種科學（如韻律學、比較語言學、乃至新興的語意學等），但是批評家重要的方法是『字句的剖析』（explication of texts）。批評家孜孜不倦的企圖從幾個字或幾行詩裡找尋出詩人的魔法和詩的藝術的奧秘」。文章最後還簡單介紹了I. A. Richards《實踐批評》（*Practical Criticism*, 1929）中的著名測驗與欣賞詩作時的「固定反應」問題（夏濟安，1957c：10、19-20）。夏氏兩文皆觸及了新批評學說的部分要點，絕對具有譯介、呼籲甚至倡導之功；但終究還是未能清楚指出「這就是『新批評』」，殊為可惜。

弔詭的是，台灣第一篇直接以〈新批評〉為題的文章卻來自域外，全文翻譯自J. E. Spingarn1910年在哥倫比亞大學的一場公開演講，譯者是散文大家吳魯芹。此文同樣刊登於《文學雜誌》（1957年5月），主要的理論立場來自Benedetto Croce的美學，以說明「鑑賞式的批評」與（相對立的）「評價式的批評」之歷史發展。眾所皆知Spingarn實在不能算是新批評家，這篇文章基本上跟英美新批評也沒有多少直接關係。[2]這篇譯文後來收

---

[1]　這篇顯然僅是小說評論，與新詩完全無涉。夏濟安的英年早逝（1916～1965），也確實降低了他的影響力。筆者認為，跟顏元叔相比，夏氏更像是個（只限於）學術圈內的評論家。

[2]　Spingarn的理論立場乃是以Benedetto Croce的美學為基礎，力求重建美國的文學批評。這篇發表在《文學雜誌》（1956-1960）上的譯作，基本上跟新批

入林以亮編選的《美國文學批評選》，1961年由香港的今日世界
出版社印行面世。編者在序言中聲稱要透過本書來介紹「現代人
對文學的『新的敏感』（sensibility）和現代文學批評所採用的
『新的方法學』（methodology）」。惟此書選文較雜，各篇作
者中既有「新批評」陣營大將（如Allen Tate、Robert Penn War-
ren、Cleanth Brooks），卻也可見到Frederick Albert Pottle這類觀
念保守的老派批評家。比較合理的解釋是，本書編者力求兼容新
舊意見，而非站在某一觀點或流派（如「新批評」）的立場來選
文。編者曾在序中指出，書中選文採用了人在美國的夏志清（夏
濟安胞弟）之建議。奇怪的是：夏志清曾受業於新批評主將、耶
魯大學教授Cleanth Brooks，書中序言及各篇譯文卻未明確指出
Brooks等人和「新批評」之間的關係。[3]所以若要討論台灣新詩
評論的「轉型」議題，還是應該從兩位代表性批評家李英豪與顏
元叔入手，耙梳二人的系列相關論述，並嘗試探索與解析他們的
詩論研究成果。本章先以李英豪為例，試作說明。

　　作為台灣新詩評論「轉型」的指標大家，原籍廣東中山的李
英豪（1941～，另有筆名容冰川、余橫山等）卻是在香港長大，
皇仁書院、羅富國師範學院畢業後曾任教於元朗的鄉村小學。[4]

　　評沒有多大關係。René Wellek在《近代文學批評史》中就將Spingarn歸為學院
　　派批評家（Academic Criticism），並毫不客氣的說：如果John Crowe Ransom
　　對Spingarn這篇演講有所瞭解的話，就絕不會把那本文集命名為《新批評》
　　（2005：110）。
[3]　關於此點，本章第一節最末段有更詳細之說明。
[4]　皇仁書院（Queen's College）前身為中央書院，是香港最早的官立中學，多數
　　科目均採英語講授。據陳國球（2006：20）研究，李英豪從中學時期開始向
　　外投稿，閱讀《紅樓夢》、《先知》、《斷鴻零雁記》、《朱自清詩話》等
　　書的心得便曾刊登於1957、58年間的《中國學生周報》。

李英豪的文學評論與翻譯事業始於一九六〇年代，也終於六〇年代：期間他與另一位香江文壇奇人崑南重組「現代文學美術協會」並合力創辦《好望角》半月刊；同時也隔海替台灣的《創世紀》、《文星》、《詩・散文・木刻》撰稿，進而受邀擔任《創世紀》編輯委員，1969年並獲贈《笠》第一屆詩評論獎。他的評論與翻譯也多數在台灣出版，詩論集有一部《批評的視覺》，小說評論與翻譯成果則分別收入合著《從流動出發：現代小說批評》及《沙特戲劇選》等。七〇年代起，李英豪把寫作重心移往電視劇及廣播劇，後更埋首鑽研禪理、古玉珍郵、神話寓言、動植物、古董錶。他自八〇年代中期陸續出版了數十冊有關生活情趣及收藏保值的著作，成為著名的「香港四怪」之一與收藏學專家，忙於開節目、寫專欄、上電台，不再涉足文學評論領域。

　　李英豪從事新詩評論的時間雖然不長，惟僅憑1966年文星書店印行之《批評的視覺》就足以在台灣詩學史上佔有一席之地。這本書應該是戰後台灣第一部真正產生影響力的新詩評論著作，雖然作者謙稱它是「晦澀未成熟的果實」、「根本上不算也不配稱為嚴肅的『批評』」（李英豪，1966：2）；衡量彼時評論界的情況，此書對西方現代詩學的介紹、吸收與運用確實已達到相當高度，為其他著作所不及。有趣的是：本書在台灣出版，也在台灣廣受矚目，書中舉例與討論的對象除了崑南、葉維廉外幾乎都是台灣詩人（倒也有不少人直接視葉為台灣詩人），作者卻是毫無「台灣經驗」的香港本地詩論家。這樣奇特的組合，難怪部分香港研究學者面對台灣現代主義詩史「毫不猶疑」或者說「毫不警覺」列入李英豪及其詩論，深感憂慮與疑惑（陳國球，2006：20）。類似這種沒有太多「台灣經驗」，卻對台灣文學造

成深遠影響的例子，還有小說界的張愛玲（這裡當然沒有要把詩論家李英豪和小說家張愛玲並比的意思，況且這樣比較也沒有多少意義）。關於外地作家「收編」抑或「進入」台灣文學史引起的文化政治問題，本章結尾處亦將嘗試作出答覆。

　　為便於解說李英豪詩論之得失，本章將沿以下三點切入敘述：引入「新批評」的第一人、張力說之提出與詮釋、確認詩評家的位置。

第一節　引入「新批評」的第一人

　　「新批評」肇始於一九二〇年代的英國，卻繁榮於三〇年代的美國文壇。二次世界大戰後邁向顛峰，不但佔據了學院與教科書的主流位置，還儼然成為現代批評的代言者。期間雖曾遭逢以芝加哥大學R. S. Crane教授為首、提倡文類批評（generic criticism）的新亞里斯多德學者挑戰，並發生了美國文論史上著名的芝加哥—耶魯論爭（Chicago-Yale controversy），卻挺立如昔、未露敗象。[5]「新批評」直到五〇年代末期才漸成強弩之末，開始被更「新」的批評理論給取代，但無人能否認它已經替當代文論的後續發展奠定了堅實基礎。[6]

---

[5]　由新亞里斯多德學者（Neo-Aristotelians）組成的「芝加哥學派」（Chicago School），主要的理論基礎來自亞氏《修辭學》（Rhetoric）與《詩學》（Poetics）。他們主張多元工具論及文類研究，以對抗「新批評」獨重語言技巧、僅研究單一作品的傾向。1952年芝大出版了由R. S. Crane主編、厚達六百頁的論文集《批評家與批評：古與今》（Critics and Criticism: Ancient and Modern），Elder Olson、W. R. Keast與Crane本人對新批評家I. A. Richards、William Empson及Cleanth Brooks作出十分強烈的抨擊。

[6]　關於「新批評」之後的文論發展，可參考Lentricchia（1980）。本書第一部

　　歷來曾提倡或信仰「新批評」的學者雖然人數眾多、勢力龐大，但對於它是否能夠成「派」還是不無疑問。原因很簡單：有太多人都曾否認過自己是「新批評」一員，各本文論史對此派成員究竟包括哪些人又說法不一；甚至連《新批評》（The New Criticism）一書作者、新批評派主將John Crowe Ransom都對此名稱不太滿意，在評論（與抨擊！）過I. A. Richards、William Empson、T. S. Eliot及Yvor Winters後，反倒在該書末章呼籲「徵求本體論批評家」（Wanted: An Ontological Critic）。據趙毅衡（1986：8-15）研究，新批評派的遠祖是英國美學家T. E. Hulme與美國詩人Ezra Pound，前者發表的〈浪漫主義與古典主義〉[7]，讓他成為英美現代文論第一個推動者；後者對詩歌語言技巧的關注，則提醒了批評界對語言研究的重視。新批評派的直接開拓者當屬T. S. Eliot與I. A. Richards，兩者的批評方法、傾向與論點宣告了「新批評」的誕生。[8]此後新批評派的發展重心轉移到美國，John Crowe Ransom及其弟子Allen Tate、Robert Penn Warren與Cleanth Brooks聚集於詩刊《逃亡者》（The Fugitives），停刊後眾人依舊保持書信來往，並且都從詩歌創作轉向了文學評論。他們被世人稱為南方批評派（The Southern Critics），成了

　　份先評述Northrop Frye《批評的解剖》（The Anatomy of Criticism），接著討論存在主義、現象學、結構主義及後結構主義（Existentialism, Phenomenology, Structuralism, Post-structuralism），第二部分則介紹四位重要批評家：Murray Krieger、E. D. Hirsch、Paul de Man與Harold Bloom。

[7]　趙毅衡不慎將Hulme這篇名作 "Romanticism and Classicism" 誤譯為〈古典主義與浪漫主義〉（頁8）。關於此文，本地可見的最早譯本刊於《文學雜誌》第3卷第5期（1958年1月），翻譯者為莊信正。

[8]　這並不是說新批評家們完全繼承了兩人的批評方法與思想傾向。多數新批評家欣賞的是寫作《聖林》（The Sacred Wood）時期的Eliot，而非皈依英國國教後的Eliot；他們也不贊同Richards將心理學引入文學理論的立場。

第二代的新批評家。[9]第三代的新批評家以耶魯大學為中心，被
視為耶魯集團（Yale Group）或以該校所在地命名為紐海文學派
（New Haven Critics），要角為William K. Wimsatt、René Wellek
以及他們的耶魯同事Warren與Brooks。其他不可忽略的新批評
家，至少還有William Empson與Murray Krieger，但兩人後來所採
用的批評策略皆與「新批評」頗有距離。[10]譬如I. A. Richards的學
生Empson早在1930年就完成了《模稜兩可的七種類型》（*Seven
Types of Ambiguity*），此書也成為新批評的經典文獻；但他下一
本著作《牧歌的幾種變體》（*Some Versions of Pastoral*，1935）
卻充滿了馬克思主義與原型批評色彩，與「新批評」信仰的文本
中心與形式主義拉開了不小距離。上述幾位學者在觀念上的最大
公約數，應該就是對各大傳統批評流派的不滿：1、印象主義批
評：以主觀興趣取代了客觀評判標準，又太偏好使用易導致混亂
的隱喻；2、新人文主義批評：竟以道德作為衡量作品優劣的標
準；3、實證主義批評：濫用科學的因果關係與考據手法來解釋
作品；4、馬克思主義批評：作品研究成了經濟、歷史或社會背
景研究的附屬品。在新批評家眼中，這幾派批評一樣都逃避了一
個最基本的問題，那就是「評價」。新批評家們堅持，文學批評
是對於批評對象的描述和評析，批評家應該要關注作品是否成功
地形成了一個「和諧的整體」，這個整體之間的各個部分又有什
麼樣的相互關係。

---

[9] 對於南方批評派（The Southern Critics）的介紹，可參考Cowan（1971）。除
了上述四人外，本書還論及Donald Davidson與Andrew Lytle。

[10] Empson與Krieger早期確實都屬新批評派，但兩人後來發生多次批評轉向，顯
然不適合隨意替其貼上標籤或作出定位。

　　在英美新批評尚未被引進台灣前，一九二、三〇年代的中國已經出現了零星譯介。最早是1929年由伊人翻譯、華嚴書店出版的I. A. Richards《科學與詩》（*Science and Poetry*，1926）。1934年5月《學文》創刊，卞之琳應老師葉公超之邀翻譯了T. S. Eliot〈傳統與個人才能〉（ "Tradition and the Individual Talent" ）；36年10月，趙增厚也在《師大月刊》第30卷第78期譯出Eliot〈詩的功用與批評的功用〉。以量而論，當時最重要的譯者可能是現代派詩人曹葆華：他除了也翻譯過《科學與詩》、〈傳統與個人才能〉（按：易名為〈論詩〉），在商務印書館1937年版的《現代詩論》中，就收錄了他所譯Eliot〈批評底功用〉、〈批評中的實驗〉與Richards〈詩的經驗〉、〈詩的四種意義〉、〈實用批評〉。[11]可惜無論是曹葆華還是其他譯者，都未能自覺他們所面對的就是「新批評」，也沒有能力評述乃至運用其批評手法。情勢等到一九四〇年代中後期才發生變化，一方面「新批評」在美國的發展漸趨成熟，另一方面學者如William Empson赴西南聯大任教（按：1929-31年間，Richards也曾至清華大學講學），亦對彼時學術界帶來新風潮。譬如朱自清就曾援引Empson關於模稜兩可（ambiguity）的觀念來討論古典文學[12]，「九葉」詩人袁可嘉則消化了新批評各家之長，提出深具說服力的「新詩現代化」主張。1949年後政治與文化環境丕變，「新批評」一度完全

---

[11]　繼1937年上海商務印書館印行《現代詩論》後，1966年台灣商務印書館也推出此書，並納入王雲五主編的「人人文庫」。

[12]　〈詩多義舉例〉便是朱自清（1982：59-77）運用 "ambiguity" 說來解讀中國舊詩的成功範例。此文討論了四首作品：〈古詩十九首〉（行行重行行）、陶淵明〈飲酒〉（結廬在人境）、杜甫〈秋興〉（昆明池水漢時功）與黃魯直〈登快閣〉。

消失。〈"新批評派"述評〉再次出現於1962年第2期《文學評論》時，已經淪為階級論與現實主義的批判箭靶，是不折不扣的反動文化逆流——諷刺的是，此文作者正是袁可嘉。

　　對新批評究竟如何引進台灣文壇，孟樊在《當代台灣新詩理論》中有以下描述：

> 英美新批評之被引進台灣的文學界來，台大外文系教授顏元叔可說是第一人，時間大約在六〇年代下半期，又以顏元叔發表於一九六九年一至三月號《幼獅文藝》的〈新批評學派的文學理論與手法〉一文為里程碑。顏氏在該文中並不諱言本身對新批評手法的偏愛，雖然當時新批評學派在英美早就沒落了，但顏氏仍為之大力辯護說：「今日甚至有人說，新批評已經死亡，似乎是聳人聽聞的戲謔語。實則，新批評學派的理論手法，經過數十年的傳播，已經深入文學研究的領域，變成一種理所當然的方法；只是不如其全盛時期的囂張而已。」（1995：73-4）

此一說法有待修正。說到在台灣引入與提倡「新批評」研究，顏元叔的貢獻可能比誰都大，但他並非「第一人」。以時間而論，1966年李英豪就出版了《批評的視覺》，書中各篇分別寫於1962至64年間，且多數皆已於台港兩地發表過。最早的一篇是〈論文學與傳統〉，脫稿於62年8月。此文雖然批評艾略脫（按：即T. S. Eliot）在〈什麼是古典〉與〈批評的功能〉中「包藏有一種文學上的決定論和宿命論，而不能為人所接受」（1966：23）；但全文卻幾乎完全接受了Eliot的其他觀點。文中對傳統與現代、

傳統與文化、傳統與反叛、文學傳統的整體觀……等論述，幾乎
就是艾氏〈傳統與個人才能〉的中文版本，甚至直接大段譯出著
名的「同時並存的秩序」（a simultaneous order）說（頁18）。
這篇文章幾乎都集中在Eliot的論點，對新批評派諸將亦無太多著
墨。[13]1963年2月，李英豪在香港《好望角》發表〈論現代文學
批評〉（收入書中時改題〈略論現代批評〉），開始論及其他新
批評家：Allen Tate、Cleanth Brooks、John Crowe Ransom、René
Wellek、Herbert Read等。文中把他們稱為「新派批評家」，並
說明這種「新派批評」要揚棄「『考古式』的歷史批評方法」與
「以科學方法的架構來『量化』文學作品」。而且現代批評，尤
其是「新派批評」的原動力有二：一是廣泛藉助精神分析學、語
意學、人種學、神話學與近代哲學等，從而協助批評之比較與分
析；二是試圖將文學作為美的實質去研究、重視語言與技巧、關
心詩多過關心小說與戲劇。「新派批評」又潛藏了許多「相生相
剋的矛盾性」，其部分成就引發自「這些『矛盾性』所造成的多
面性，它既是傳統的，亦是反叛的，被兩種莫可名狀之抗力牽曳
著，似非而是地成為奇異的組合」（頁7）。從此文不難判斷，
李英豪對「新批評」基本觀念的理解已達相當高度（雖然遲至隔
年他才改用「新批評」一名）。[14]

---

[13] 亦可注意葉維廉1960年在師大的碩士論文，題目正是 "T. S. Eliot: A Study of
His Method"。此文後經作者自行中譯為〈艾略特方法論序說〉，刊於《創
世紀》第22期（1965年6月號）。

[14] 據研究，李英豪在1963年發表〈論現代文學批評〉時，似乎還沒有視「新批
評」為專名的意識，只是將相關的批評家看作一個新興的群體。到了64年7
月，李英豪以筆名「余橫山」在《中國學生周報》發表〈劉西渭和五四以來
的文藝批評〉時，才開始正式標出「新批評」一名（陳國球，2006：21）。
其實就算是同一篇文章，李英豪也曾出現過混用「新批評家」與「新派批

　　無論如何，以發表時間而論，《批評的視覺》書中各篇確實都比顏元叔對新批評派的介紹文章早了一步。換言之「第一人」並非顏元叔，而是李英豪。在李英豪之前，無論台、港都未見有如此全力介紹、推廣與援用新批評手法的中文評論者。台灣最早以〈新批評〉命名的文章為吳魯芹的一篇譯作，原文是J. E. Spingarn1910年在哥倫比亞大學的一場演講，題目正是"The New Criticism"。[15]不過Spingarn實在不能算是新批評家，他的理論立場乃是以Benedetto Croce的美學為基礎，力求重建美國的文學批評。這篇發表在《文學雜誌》（1956-1960）上的譯作，基本上跟新批評沒有多大關係。René Wellek在《近代文學批評史》中就將Spingarn歸為學院派批評家（Academic Criticism），並毫不客氣的說：如果John Crowe Ransom對Spingarn這篇演講有所瞭解的話，就絕不會把那本文集命名為《新批評》（2005：110）。

　　吳魯芹這篇譯文，後來又收入林以亮編選的《美國文學批評選》。此書1961年由香港的今日世界出版社印行面世[16]，還收錄了其他新批評派的重要文獻，包括：夏濟安譯T. S. Eliot〈傳統與個人的才具〉、胞弟夏志清譯Cleanth Brooks〈詩裡面的矛

評家」的情況。譬如在〈論現代詩之張力〉中，Yvor Winters被稱為「新批評家」，Allen Tate、Robert Penn Warren與William Empson卻成了「新派批評家」（李英豪，1966：117、124、126、137）。《批評的視覺》之〈自序〉寫於1965年7月，全篇完全統一用「新批評」或「新批評家」。作者可能為了求實存真，書中各篇並未因此統一作出調整。

[15] Spingarn這篇公開演講，後來收入他1917年出版的《創造性批評》（Creative Criticism）。

[16] 今日世界出版社的書籍當年在港、台皆可購得，是兩地文藝青年與知識份子接觸外國文藝思潮的重要管道——這個「外國」當然主要是指「美國」。

盾語法〉、余光中譯Allen Tate〈詩的三型〉、張愛玲譯Robert
Penn Warren〈海明威論〉，還有宣稱自己「拒絕與新批評派混
為同類」的René Wellek（2005：264）的〈文學理論・批評・文
學史〉、〈文學與傳記〉（皆與Austin Warren合撰）。編選者林
以亮在序文中指出，書中選文採用了人在美國的夏志清之建議，
奇怪的是：

> 在「新批評」的大本營耶魯大學曾受業於勃魯克斯（引
> 按：即Cleanth Brooks）的夏志清，既沒有提醒林以亮美
> 國文學有「新批評」一派，而他自己翻譯勃魯克斯之文的
> 前言，也沒有點明作者與「新批評」的關係。想來夏、林
> 二人也沒有意識到要整體的介紹這個美國自二十世紀三、
> 四十年代以來已相當興盛的批評學派。（陳國球，2006：
> 22-3）

之所以會如此，可能原因有二：一是這冊《美國文學批評選》的
編者與譯者，還未察覺英美「新批評」掀起的狂風巨浪。第二個
可能性就是編、譯者的個人喜好問題。雖然他們多數都心儀現代
主義文學，卻不見得能接受新批評派的所有觀念，自然也無鼓吹
提倡之必要。

第二節　張力說之提出與詮釋

　　《批評的視覺》中最著名、被討論最廣、轉錄及引用最多
次的文章，絕對是那篇〈論現代詩之張力〉。此文原刊於《創

世紀》第21期，發表後曾收入多部重要選本，包括《中國現代詩論選》（1969）、《現代詩導讀》（1979）、《創世紀四十年評論選（1954-1994）》（1994）等。文中所論之「張力」（tension），顯然源出詩人兼批評家Allen Tate，尤其是他1938年發表的〈詩之張力〉（"Tension in Poetry"）。「張力」與「模稜兩可」（ambiguity）、「悖論」（paradox）、「反諷」（irony）普遍被視為新批評最重要的四大術語，亦是新批評家對文學語言和結構之根本特性的研究總結。若上溯Tate「張力」說之源頭，當會發現I. A. Richards與T. S. Eliot的身影。Richards曾於《文學批評原理》（*Principles of Literary Criticism*，1924）中提出「排他詩」（poetry of exclusion）與「包容詩」（poetry of inclusion）之別。面對詩中的衝突，前者只會讓衝突方向一致或平行，顯然並非偉大的創作；後者卻能取得對立衝突間的平衡，詩篇也將因這種異質性而偉大——譬如John Keats名作〈詠夜鶯〉（"Ode to a Nightingale"）（頁248-250）。「包容詩」之說，似乎已經為十餘年後Tate的張力論作出預告。Eliot則一直都是Tate最推崇的批評家，後者毫不保留地推崇Eliot恢復了感性與理性的整體活動，以及他的「傳統」觀與「無個性」（impersonality）說。[17]Tate在《四十年文集》（*Essays of Four Decades*）中公開承認Eliot對自己影響深遠，Wellek（2005：306）甚至認為若脫離了Eliot的模式便難以想像Tate的批評。

---

[17] 「無個性」說是把詩人當作催化劑，視詩人之發展為一個不斷泯滅自己個性的過程，其主要目的在反擊浪漫主義的表現論。此說出自T. S. Eliot〈傳統與個人才能〉中的名言：「詩不是放縱感情，而是逃避感情，不是表現個性，而是逃避個性」（卞之琳譯，見趙毅衡編選，2001：35）。

　　究竟何謂Allen Tate筆下之「張力」？在〈詩的三型〉（1934）裡，他指出有三類不同的詩：第一類詩作依賴道德的抽象概念或寓意，是主智的詩，被Tate歸類為實證的柏拉圖主義；第二類詩作偏重浪漫抒情，被歸類為否定的柏拉圖主義。此兩者一偏智性、一偏情緒，皆非Tate所喜。唯有第三類詩篇才深獲他認同，那是結合了兩者、完整而完美的「想像詩」，代表作是莎士比亞的《李爾王》。[18]在1938年發表的〈詩之張力〉中，他指出詩的語言中有兩種經常起作用的因素，一為「外延義」（extension）、一為「內涵義」（intension）。他沿用前文論點，再度把詩歌區分為三類：第一類詩作以情感或傷感來鼓動讀者情緒，視準確的語言為科學家之長，等同放棄了對語言「外延義」的掌握；第二類詩作重視理性與邏輯，如果處理不好，就很可能失去了語言豐富的「內涵義」。第三類詩作（也是Tate最推崇的），是能夠將「外延義」與「內涵義」拉到最遠，卻又可以讓兩者相互輔助、協調、補充的詩。這種詩是所有意義的統一體──從最極端的「外延義」到最極端的「內涵義」。Tate建議將extension及intension兩詞的前綴（ex, in）刪除，把這種詩的整體效果稱之為張力（tension）。他舉十七世紀英國玄學派詩人（metaphysical poet）John Donne的作品〈別離辭：節哀〉（"A Valediction: Forbidding Mourning"）為例，說明其詩富有張力，詩中意象「黃金薄片」正是情與智、「外延義」與「內涵義」的

---

[18] John Crowe Ransom在 "Poetry: A Note on Ontology" 一文中，亦將詩篇分為物象詩、柏拉圖詩、玄學詩（physical poetry, platonic poetry, metaphysical poetry）三類。他認為物象詩的意象幾乎只是物象的直接投影，人的思維太過稀薄，物象的展現變得纖細而瑣碎；柏拉圖詩則失之於過度抽象與說理。三者中唯有玄學詩被他奉為圭臬（Ransom, 1968: 111-42）。

完美調合。[19]文學中這種感性與知性的結合是整體而全面的（更勝過科學），也更能揭示出人類表達與經驗的複雜性。Tate筆下之「張力」，顯然與Eliot反對十七世紀以來的「感受力分離」（disassociation of sensibility），呼籲重新統一智力與感受力的用心十分接近（Tate, 1999: 173-96; Wellek, 2005: 291-7）。[20]

作為西方理論的引渡人，李英豪（1966：118-9）是這樣介紹和詮釋「張力」說的：

> 所謂詩的「強度」，就是指詩的「張力」（tension）。什麼叫做詩的「張力」呢？我想最好用新派批評家阿倫‧泰特（Allen Tate）的話來解釋：
>
> > 「……詩的意義，全在於詩的張力；詩的張力，就是我們在詩中所能找到一切外延力（extension）和內涵力（intension）的完整有機體。」……
>
> 因此，一首好詩，評斷的尺度不是在屬不屬於「傳統」，屬不屬於「現代」，屬不屬於「新奇」，而在於它自身整個張力超然獨立的構成。好詩，就是從「內涵」和「外延」這兩種極端的抗力中存在、成為一切感性意義的綜合和渾結。這綜合的感性意義，來自個人對自己內在深

---

[19] 見原詩第六段："Our two souls therefore, which are one,/ Though I must go, endure not yet/ A breach, but an expansion,/ Like gold to airy thinness beat."。

[20] 李英豪在〈孤峰頂上〉也曾討論過 "disassociation of sensibility" 的問題。他譯作「感性解體」，並藉此觀念討論幾位從現實（形下）世界中，流亡到形上精神世界的詩人：洛夫、周夢蝶、馬朗、秀陶（1966：61）。

刻和忠實的認知；這認知又源自體驗：對文化的體驗，對
現時代人文主義（humanism）的體驗。

引文首段中的 "tension" 本為物理學詞彙， "extension" 及
"intension" 則是邏輯術語，Allen Tate對它們進行了巧妙改造，
使其呈現出一語雙關之趣味。不過李英豪在翻譯原文時，刻意
把後兩者譯為「外延力」及「內涵力」，似有把Tate的張力說
改造成「唯『力』說」之嫌。[21]「力」既然無處不在，李英豪也
順此「力」開始四處收編：「〔詩人的〕體驗力，就是內在的
組織力：綜合了一切（個人精神世界的一切），將那些『力』
（Powers）特殊的融入經驗底純一的媒介中，「純一的媒介」便
是詩：包括它的張力和濃度，姿式和軀體」（頁119）。引文第
二段未標示出處，但不難比對出應取自Tate那段著名的「好詩是
內涵與外延推到極致頂端的所有意義之統一體」（ "Good poetry
is a unity of all the meanings from the farthest extremes of intension
and extension." ）。李英豪後面所言「這綜合的感性意義……」
等，也全數取自於此（Tate, 1999: 63）。衡量一九六〇年代知識
界與文化界的情況，引用與翻譯不分，只要其出發點並非惡意剽
竊，應當還算情有可原；不過若將「翻譯」變成遊走在剃刀邊緣
的「改編」，好為譯者自己所用，那就不太正常了。李英豪指
出，Joseph Frank「也曾申論詩的張力和結構」，接著「翻譯」
了一段Frank的說法：

---

[21] 1969年顏元叔發表〈新批評派的文學理論與手法〉時，把 "extension" 及
"intension" 譯為「伸展性」和「稠密度」。「伸展性」意指事物與事物間
的邏輯連貫性，「稠密度」指一件事物本身意義的深度——特別指它的伸延
義（connotation）的深度（顏元叔，1970a：139）。

任何一組詞語原義的指涉（reference），都是存諸詩本身
之內；在現代詩中，語言著實是反射性的；以多元的語言
空間，和同時存在的張力，組成詩的意義關係。（頁121）

譯者並未標示原文出處，據陳國球（2006：27）研究，這段文字
來自〈現代文學中的空間形式〉（"Spatial Form in Modern Lit-
erature"）：

Since the primary reference of any word-group is to some-
thing inside the poem itself, language in modern poetry is re-
ally reflexive: the meaning-relationship is completed only by
the simultaneous perception in space of word-groups which,
when read consecutively in time, have no comprehensible re-
lation to each other. (Frank, 1949: 321)

原文顯然不曾使用「多元」一詞，也沒有什麼「同時存在的張
力」，甚至整篇文章都沒提到「張力」！李英豪在下面論及自由
詩時，還寫道：「如惠特曼的前衛者，也欠嚴密和反射性（即法
蘭克所謂「同時存在的整個張力」）」，又一次替Joseph Frank
「改編」或「創造」新說（李英豪，1966：129）。這麼一來，
就把Frank原本十分靜態的美學變成充滿「力學」意味的論述了
（陳國球，2006：28）。

　　李英豪對張力說的詮釋之所以如此不「忠實」，原因是他
想把「張力」打造成現代詩最重要與絕對的評價標準，並將之發
展為一個無所不包的詩學用語。他主張「張力」還存在於特殊反

語之間、矛盾語法之間、既謬且真的情境之間、複沓與句式的變奏之間、一個濃縮的意象與詩的其他意象之間、一個語字的歧義與假借之間、無數佈列的主體和整首詩之間、意象或象徵的潛在面之間、示現和顯現之間、詩中事件的連鎖和省略之間、完美的形式和內容組合之間、內心聯想和流動之間……等（李英豪，1966：124-5）。這顯然已經超越Allen Tate對 "tension" 的界定，發展出帶有濃厚李氏色彩的「張力」說了。這是一個「肚量」最大的詩學用語，幾乎照顧到現代詩的每一個層面，但也讓人不免懷疑：它看來好像無所不包，但是否有足夠胃口來消化各式各樣、風格不一的詩呢？

　　顯然沒有。李英豪在書中所選擇品評的「好詩」，絕對都是現代主義的作品。唯有現代主義的詩，才能符合張力說之下的「好詩」標準；現代主義詩篇最為人詬病的晦澀與前衛實驗，也有賴張力說為之出面答辯——《批評的視覺》裡對讀來困難、晦澀、實驗性強烈的現代主義詩人，都給了相當高的評價（尤其是洛夫、瘂弦與葉維廉）。

　　在張力說之下，所有的晦澀都來自於「豐繁」，而這恰是成為一首好詩的重要條件：

> 　　不明晰不一定不好；因為它可能就是豐繁。詩人內在的豐繁，也就往往要求豐繁的表現。由於豐繁，詩人內在的張力和反射性便跟著強大。由於反射性強大，便愈富多樣性的「意義」，張力也扣得越緊，境界也愈深，一般人則稱之為「晦澀」。（頁121）

　　　　不少國外批評家早已指出：現代詩的佳作，無不伸向
　　豐繁，伸向濃鍊，伸向歧義，伸向密度，伸向深廣，伸向
　　多樣性，伸向矛盾的統一，伸向對立的和諧，伸向意義的
　　反射層……。綜言之，即伸向張力的強度。（頁137）

一九六〇年代中、後期的作者與讀者，在這兩段陳述中皆可自取
所需。對現代主義詩創作者來說，總算找到了支持自己從事前衛
實驗的理由；對讀者來說，終於明白現代主義詩篇的晦澀正是其
魅力所在。讀者也可以安撫自己，下次面對文本時，不需再戒慎
恐懼了。

　　評論文章的力量，有時真是不可小覷：〈論現代詩之張
力〉發表後，詩的強度、矛盾語法、相剋相生、有機整體、戲劇
性與反射性……等文中常見術語，都被彼時現代主義作、讀者視
為西方詩學的最新觀念與標準，傳誦一時（雖然在英美當地學
府，六〇年代的新批評早已不再是文論舞台要角）。部分術語還
穿越了六、七〇年代，仍被今日的學院文學教育及詩學論述沿
用。張力說本身更是如此。如同李英豪所言，而彼時作、讀者也
深信不疑的那句：現代詩都伸向「張力的建構」，而張力是「構
成新的美底基因」（頁142）。張力說無疑正是刺激詩人與讀者
追尋「新的美」的重要動力。

第三節　確認詩評家的位置

　　在〈論洛夫「石室之死亡」〉一文首段，李英豪透露了為
何要把書名取為《批評的視覺》：

　　　　詩評人雖非一定是詩人，但詩評人必得有詩人的靈視，甚
　　　　至更為銳利，始能更純粹更深入去檢視、去獲見。詩人需
　　　　要創造的直覺；詩評人卻需要批評的視覺。換言之，可說
　　　　實質上詩評人是個詩人，或具詩人之才質。在檢視作品表
　　　　現之方法論及其他種種因素之前，他需發見創造的意圖；
　　　　此種意圖雖甚模糊而不可解析，但無不在推使整個作品的
　　　　進行，暗暗剖現困擾著作者靈魂的一些隱密東西來。（頁
　　　　147）

這段話後半部份恐有觸犯「意圖謬誤」（intentional fallacy）之嫌。

　　新批評派後期代表學者William K. Wimsatt與美學家Monroe
Beardsley為了抗衡傳統文論對作家的過度關注，提出了「意圖謬
誤」說。所謂「意圖」是指作家在進行藝術創造時內心的動機、
構思和計畫。它與作者對自己作品的態度、看法、他動筆的原因
等等都有相當的關聯。他們指出：「就衡量一部文學作品成功與
否來說，作者的構思或意圖既不是一個適用的標準，也不是一個
理想的標準」（趙毅衡編選，2001）。《批評的視覺》是台灣首
部提倡新批評的詩論集，這裡卻說詩評家得去「發見（作者）創
造的意圖」，恐怕難逃技術犯規之譏。

　　不過這段文字還是很有價值，它把詩評家的位置抬高，讓
詩評家不再被懷疑是二流詩人（或被譏諷為：當不了詩人才去幹
詩評家）。「批評的視覺」跟「創造的直覺」一樣重要，前者甚
至必須更為銳利，這種說法對台、港兩地詩評家來說絕對是莫大
的鼓勵。可能有人認為，李英豪是在為自己的純詩評家（而不寫
詩）的身分辯護──其實英美新批評派中，也只有早期幾位身兼

詩人與批評家二職，後期的代表人物多半只從事批評工作而不寫詩。李英豪雖抬高了詩評家的位置，卻對彼時的批評家表現頗為不滿。在〈剖論中國現代詩的幾個問題〉中，他指出中文現代詩的問題並非外在的挑戰，而存在於內部本身。其中之一的問題，就是缺乏「獨立性的誠實的詩評人」（李英豪，1966：44）。以往台港文壇皆無人論及詩評家的「獨立性」問題，李英豪雖只點到為止，卻已是相當難能可貴的意見。

　　除了籲求具獨立性的詩評家外，李英豪也對詩評家的「位置」提出看法。〈論詩人與現代社會〉一文，就把詩評家定位為「詩人與讀者的居間者」。詩評家應該要「以深遠之識見，洞悉詩之全體，判別與詩有關的知識底不同模式，剖析其界限與語字等等，當屬一種知性冷靜的判斷；而且具有社會性的作用」（頁31）。文中還把詩人跟詩評家的工作清楚分開，前者從事「語言的創造」，後者進行「語言的剖析」，以便替語言文化不斷注入活水（頁41）。除了把詩評家定位為「居間者」，李英豪還特別堅持：引進或推動文學運動是詩評家的工作。除了詩之創造，詩人不該涉入其他（包括去寫批評文章來為自己的詩辯護），否則就「已非一個純詩人」了。

　　李英豪對於詩評家有如此清楚的定位，彼時的情況卻是「詩評人無法不存在；只可惜今日我們有識見的詩評人可說絕無僅有」（頁31）。沒有合適的「居間者」，詩人與讀者間的距離只會日漸遙遠，對詩而言當然有百害而無一利。在李英豪之前，台港詩壇極少有人論及詩評家的位置問題，甚至也沒有幾個不寫詩的純詩評家。他對詩評家位置的確認雖未能引起太多注意，但獨立性、專業化、居間者等思考確能切中時弊，值得在台灣新

詩評論的發展史中記上一筆。可惜他確認完詩評家的位置後，一九七〇年代就先行脫隊，遠離詩評論的崗位了。

李英豪能僅憑一冊《批評的視覺》就進入台灣新詩評論史嗎？從以上三點（1、引入「新批評」的第一人、2、張力說之提出與詮釋、3、確認詩評家的位置）看來，答案應該是肯定的。但《批評的視覺》也不是全無缺點：

(一)本書對「新批評」的引入雖有相當大的貢獻（確為第一！），但多為個別觀念而非整體性的介紹。最可惜的是，全書竟無一篇關於新批評派之源起、發展與特點的文章，哪怕只是「簡介」都好。這個遺憾要等到1969年顏元叔發表〈新批評派的文學理論與手法〉後才獲得彌補。

(二)被視為新批評派的學人眾多，《批評的視覺》雖然在各篇中都點到了名（少部分就真的只有點到名而已），但對每位批評家理論的介紹都過於零星，只有T. S. Eliot與Allen Tate的部分還算詳細。

(三)新批評最重要的四大術語中，全書真正詳細評介過的僅有「張力」（tension）。「模稜兩可」（ambiguity）、「悖論」（paradox）和「反諷」（irony）則散見於各篇中，未能就此三項術語的問世背景與演變過程提供更多相關知識。

(四)不難發現《批評的視覺》第一、二輯在處理文學理論，第三輯則從事實際批評，這恰好提供了讀者絕佳的檢驗機會。讓人意外的是：在書中大力提倡「新批評」的李英豪，從事實際批評時，居然還殘留了少部分印象式

批評的遺跡，或者未達成新批評派對「細讀」（close reading）的要求。例如論張默的詩：「如果說黃荷生的世界是門的世界，夐虹的世界是雪的世界，朵思的世界是銀的世界，瘂弦的世界是床的世界：張默的世界，恐怕就是紫的邊陲的世界」；論葉維廉〈舞〉竟然只有寥寥數語：「詩中心象的動感和張力甚大，且很富神秘性，但卻藉個人心靈和宗教的融合，展佈自我內在的真境。這是詩。這是真詩、純詩，詩的整個真境，即在於自我這種誠實的流露！」；論瘂弦〈下午〉則玄乎其玄：「這是對存在現有的一種『感』『知』體驗；瘂弦將這種體驗真切的表現了出來。因此，我們稱之為詩。它具有自己的整體，自己的真境。不錯，〈下午〉一詩劈頭就顯得奧秘了，但這些奧秘喚起的經驗是繁複而多變的。也就是說，這真境个斷在我們腦海中蛻變著、『生長』著。詩人已經在寥寥數句中，勾起了現代全幅錯綜的意象。它只忠實於詩人內心的表現，絲毫沒有求從相對中，討好讀者。討好，就淪為沿門求售」（頁85、87、166）。

(五) 最後一點不算缺失，純屬感嘆：美國新批評之所以能在學院內取得那麼大的影響力，跟Cleanth Brooks與Robert Penn Warren合編之《理解詩歌》（*Understanding Poetry*, 1938）與《理解小說》（*Understanding Fiction*, 1943）被各校廣泛採用為教科書絕對有關。Brooks《精緻的甕：詩歌結構的研究》（*The Well Wrought Urn: Studies in the Structure of Poetry*, 1947）與上述兩部書籍

一樣，在在強調應該重視文本細讀和對結構、語義的分析，也是一部影響深遠的名著。可惜李英豪太早離開批評家崗位，顏元叔的研究主題又大多與本地新詩評論無關，台灣終究還是無法出現《理解詩歌》、《理解小說》或《精緻的甕》這類著作。

　　至於像李英豪這種「書在台灣出版，出版後在台灣廣受矚目，書中舉例與討論對象多屬台灣詩人，卻又沒有台灣（居住或生活）經驗」的香港本地詩論家，究竟能不能或該不該列入台灣詩（學）史中討論？答案應該是肯定的。本書認同部分香港學者對此舉的憂慮與疑惑，也贊成詩（學）史的撰述者在處理這類作家時應該多一份「警覺」（陳國球，2006：20）。不過像是李英豪或葉維廉這類評論家，雖然幾可確定將於香港或美國華文文學史上佔有保留席，但這不該成為把他們排拒於台灣文學史門外的藉口。[22]相反地，沒人規定作家不能「雙重筆籍」。本書主張台灣學界更該積極「收編」這幾位大家——因為他們對台灣新詩的研究一經發表，便已是台灣文學不可也不該分割的一部份。或許有論者會主張要入台灣文學史，不該只靠影響力，至少得有本地生活經驗（張愛玲的問題之一在此？）；殊不知文學作品或評

---

[22] 2011年面世的陳芳明《台灣新文學史》有把葉維廉列入「新批評」一脈，卻隻字不提（更早出現的）李英豪：「另一位新批評的重要實踐者葉維廉，既從事詩的創作，也跨越文學批評。他也是台灣新批評的一位重要發言人，其中的專書如《現象・經驗・表現》（一九六九）、《中國現代小說的風貌》（一九七〇）、《秩序的生長》（一九七一），等於是為台灣現代主義運動加持，注入蓬勃生動的力量。他所主編的《中國現代文學批評選集》（一九七六），收入王夢鷗、陳世驤、夏濟安、夏志清、姚一葦、林以亮、余光中、劉紹銘、李歐梵、楊牧的批評文字，幾乎展現新批評的全面格局」（頁382）。

論往往是人未至而文已達，且有時保持距離、隔海觀察反而更見清醒。

　　全世界的中文／華文文學都在以不同的形式流動中，可以想見將有越來越多優秀的作家或評論者被各式國家文學史「競奪」或「收編／反收編」。本書不認為這個趨勢將演變成什麼問題或災難：一來如果真的引發文化政治問題，等於又多了一個有趣的新學術課題；二來國家（或國族）文學史自己就是最該檢討的舊時代惡果，怎麼能倒果為因呢？

第四章
顏元叔與台灣新詩評論轉型

　　1966年李英豪於文星書店出版《批評的視覺》（各篇分別寫於1962至64年間），成為台灣第一部全力介紹、推廣與援用「新批評」手法的新詩評論集。人在香港、文章在台港兩地發表、著作選擇在台灣出版的李英豪，堪稱台灣新詩評論界引入英美新批評的第一人。經他撰文提倡及解說，張力（tension）之有無在新詩評論界頓時成為最重要的評價標準。相較於身處「學院外」及「台灣外」的李英豪，在大學擔任教職的顏元叔雖稍晚出現於評論界，但透過他在台灣大學及淡江文理學院的實際教學，加上不吝於各報刊媒體撰文發表評論，終於後來居上成為「新批評」另一代表性評論家。雖然爭議不歇、反駁者眾，但必須肯定顏元叔替新批評的「位置攫取」（position taking）卓有貢獻。今

日之詩人、讀者、評論家接受新批評的術語時幾乎已臻「不證自明」，代表著新批評對台灣當代詩評論的影響已深入根蒂──這些都源於顏元叔近四十年前的付出與努力。

第一節 擺渡人顏元叔

「要求嚴正的文學評論，替二十年來的文學創作，做一番有價值有意義的評估，已是近年來台灣文壇上的口頭禪。……台灣既有之文評，大抵皆吹捧咒罵者流」、「颱風季若果來臨，倒可坦蕩胸襟以迎抗之」──這是顏元叔（1933～）在1972年7月號《中外文學》上發表的幾段文字。這篇〈颱風季〉讓贊成與反對他觀點的人在爭辯中形成了所謂「颱風季論戰」[1]，而他日後也一次又一次置身於風暴的中心。風暴看似為辯護或反駁他而起，其實真正的對象還是他所力倡的英美新批評（New Criticism）。在台灣文學評論的歷史舞台上，顏元叔扮演的是串聯東西、銜接台外的擺渡人角色，為六〇年代末至七〇年代頗缺氧氣的封閉文壇，轉運了重要的理論資源與文學新知。當然，彼時「新批評」在英美早已不「新」：它肇始於一九二〇年代的英國，繁榮於三〇年代的美國文壇，二次大戰後邁向顛峰，儼然是現代批評的代言人。五〇年代末期，「新批評」漸成強弩之末，遂被更「新」的批評理論給逐步取代。[2]這時才要引渡「新

---

[1] 關於這場論戰的經過，可參考蔡明諺（2001）的碩士論文。可注意他特別將這場論戰從一九七〇年代「現代詩論戰」中獨立出來的用心。

[2] 「新批評」在彼時曾遭逢以芝加哥大學R. S. Crane教授為首、提倡文類批評（generic criticism）的新亞里斯多德學者之強力挑戰，但這場美國文論史上著名的芝加哥─耶魯論爭（Chicago-Yale controversy）過後，新批評在學界挺

批評」來台，未免也落後太多了吧？關於這點，擺渡人顏元叔自
是相當清楚。他堅持的理由是：

> 今日甚至有人說，新批評已經死亡，似乎是聳人聽聞的戲
> 謔語。實則，新批評學派的理論與手法，經過數十年的傳
> 播，已經深入文學研究的領域，變成一種理所當然的方法；
> 只是不如其全盛時期的囂張而已。我個人曾經深受新批評
> 的影響；我的博士論文「曼殊菲爾的敘事觀點」，即是用
> 新批評的手法寫成的。不過，近三兩年來，我也對新批評
> 學派抱持著批評的態度，因為我覺得新批評過份侷限於形
> 式和美學的討論，忽略了文學的外在關係。然而，無人可
> 以否認——包括反對新批評學派最激烈的亞里斯多德學派
> 在內——新批評的理論與手法，作為文學的內在研究，仍
> 然是最好與最有效的途徑。（顏元叔，1970a：109-110）

這段引文取自〈新批評派的文學理論與手法〉，發表於1969年1
至3月號的《幼獅文藝》。在顏元叔以中文撰寫的著作裡，這篇
應該是對新批評最早的整體性介紹。[3]在那之前，甫從美國取得

立如昔。這群芝加哥學派（Chicago School）抨擊新批評諸將的文章，收錄於
由Crane主編、厚達六百頁的論文集《批評家與批評：古與今》（*Critics and
Criticism: Ancient and Modern,* 1952）。至於「新批評」之後的文論發展，可參
考Lentricchia（1980）。本書第一部份先評述Northrop Frye《批評的解剖》（*The
Anatomy of Criticism*），接著討論存在主義、現象學、結構主義及後結構主義
（Existentialism, Phenomenology, Structuralism, Post-structuralism），第二部分則介紹
四位重要批評家：Murray Krieger、E. D. Hirsch、Paul de Man與Harold Bloom。

[3] 孟樊（1995：73）視此文為引介英美新批評進入台灣文學界的「里程碑」。
惟以發表時間而論，李英豪《批評的視覺》（1966）書中各篇確實都比顏元
叔對新批評派的介紹文章早了一步。

英美文學博士學位歸國的他[4]，已經在淡江與台大外文系擔任起擺渡人的工作——據齊邦媛（2004：31）回憶，顏元叔授課時大量採用原文教科書與作品，並促使西洋文學理論成為外文系教學主流。新批評健將Cleanth Brooks與Robert Penn Warren合編之《理解詩歌》（Understanding Poetry, 1938）與《理解小說》（Understanding Fiction, 1943），在二戰後的美國被廣泛採用為大學教科書；顏元叔在台灣也如法炮製，並且指導學生正視《理解詩歌》篇首兩位編者的叮嚀（兩點否定、三點肯定）：

　　否定一：研究詩歌，不宜使用散文描述詩之內容。

　　否定二：研究詩歌，不必探討詩的歷史背景與作者生平。

　　肯定之一：詩的研究應該集中於詩自身，即所謂"textual study"。

　　肯定之二：詩的研究必須具體，並使用歸納法。

　　肯定之三：一首詩就是一個有機體，必須考察各個成分之間的相互關係。

這幾點叮嚀幾乎就是英美新批評學派之基本精神，也是他們進行作品解讀與研究時的共同策略。這種對作品本身結構與字質（structure and texture）[5]的高度重視，對於過往偏重印象式批

---

[4] 據顏元叔散文集《鳥呼風》記載，求學生涯間他曾二度赴美。1956年台大外文系畢業後，他於60年獲得美國馬克大學英美文學碩士、62年通過威斯康辛大學博士筆試。筆試結束後他曾回台短期任教，65年再度赴美撰寫博論，66年秋天通過口試後旋即返台（1984b：58-73）。

[5] 即John Crowe Ransom所謂 "logical structure" 和 "local texture"。 "texture" 一

評或歷史傳記批評的台灣校園內／外都是一大衝擊。當時外文系廣為流傳的原文教科書，除了《理解詩歌》與《理解小說》外，還有Cleanth Brooks和Robert B. Heilman合編之《理解戲劇》（*Understanding Drama: Twelve Plays*, 1945），以及Cleanth Brooks、John Thibaut Purser、Robert Penn Warren《文學入門》（*An Approach to Literature*, 1936）。顏元叔就指出：「如今在台灣，這些書都有翻版，而且已經在各大學廣泛採用，相信日久總會產生良好的文學教育的效果」（1970a：152）。擺渡人顏元叔的革命之旅，顯然並非始於媒體上那些大小論戰／混戰，而是六〇年代中後期的台大與淡江教室。他從1966年學成歸國後同時任教於兩所外文系學術重鎮，69年開始接掌台大外文系主任一職。他在任內與文學院院長朱立民合力大事革新[6]，並籌辦第一屆國際比較文學會議與《淡江評論》（*Tamkang Review*），72年還與胡耀恆等人創刊《中外文學》。課堂、會議、學術刊物⋯⋯這些都是顏元叔在大學內推展新批評的最佳場所。在大學校園內，外文系的文學閱讀方式幾乎就等同於「新的」、「現代的」──或者借用楊照（1998：24）的說法：「從顏元叔以後，中文系的文學閱讀方式逐步破產」。

　　大學校園內畢竟人數還是有限，既然有意要當新批評的引渡者，出新書、上副刊發聲似乎才是較佳策略。扣除他自1974年

詞譯法眾多，如字質、肌理、肌質等。需留意顏元叔（1972：106-110）對 "local texture" 的使用，有擴張過度之嫌：在〈梅新的風景〉一文中，它竟涵蓋了主題、客觀投影、多義性、意象結構等不同內容。

[6] 顏、朱二人學術養成之背景十分接近，都是「當時最早在美國拿到文學博士的歸國學人」（齊邦媛，2004：30）。

《人間煙火》後陸續出版的十七部散文集[7]，他的文學評論著作計有七部：

    （一）《文學的玄思》（台北：驚聲文物，1970）

    （二）《文學批評散論》（台北：驚聲文物，1970）

    （三）《文學經驗》（台北：志文，1972）

    （四）《談民族文學》（台北：學生，1973）

    （五）《何謂文學》（台北：學生，1976）

    （六）《文學的史與評》（台北：四季，1976）

    （七）《社會寫實文學及其他》（台北：巨流，1978）

這幾部評論著作中，以早期幾部最為重要。《文學的玄思》與《文學批評散論》堪稱姊妹作，收錄了顏元叔1967到69年間所寫的文學評論。兩書之關係誠如其〈自序〉所言：「前者是我的文學理論，後者是我的實用批評；兩者是相輔相成的。不過，在實用批評方面，我大致還是援用了新批評的手法」。顏氏的文學評論，其精神皈依於十九世紀人文主義者Matthew Arnold，其方法擷取自英美新批評——特別是他推崇備至的T. S. Eliot。為紀念與表揚Eliot對歐洲文學的貢獻，顏元叔還力倡將坊間譯名「艾略特」統一改為「歐立德」。在他二度赴美撰寫博論前後，1965年

7　或許是因為在文學評論上的鋒頭太健、爭議又多，顏元叔的散文家身份常被人遺忘。從1974年皇冠版《人間煙火》開始，至1986年九歌版《台北狂想曲》，顏元叔一共出版了十七部散文集，以量而論即不容小覷。顏元叔還有大量的翻譯出版品，最重要的當然是《西洋文學批評史》（1972）與《歐立德戲劇選集》（1970）。《西洋文學批評史》即新批評大將W. K. Wimsatt與Cleanth Brooks合著之*Literary Criticism: A Short History*，面世後多年來一直是本地文學系所學生必備書籍。

8、9、10月號《大學生活》上連載了〈論歐立德的詩〉。這篇文章再加上他歸國任教後撰寫的〈歐立德與艾略特〉、〈歐立德的詩劇——音響與字質的研究〉，字裡行間在在可見作者有意在台推廣及鼓吹Eliot之文學理念。[8]在顏元叔現身「佈道」以前，李英豪、余光中等人都介紹過Eliot其詩、其文、其人、其論，坊間亦早有不少相關譯介。但以顏氏在台灣學術界的身份與職位，加上對課堂學生及媒體讀者的廣泛影響，對六〇年代後期起艾略特成為台灣人心目中完美的西方正典（canon），確實起了關鍵性的臨門一腳[9]——有趣的是，其精心設計的譯名「歐立德」，倒是從未成功取代眾人習慣的「艾略特」。

　　在〈朝向一個文學理論的建立〉（原刊1969年9月號《幼獅文藝》）裡，顏元叔提出了二則評論信條：「文學是哲學的戲劇化」、「文學批評生命」。前者在描繪文學的本質，後者在描繪文學對人生的功用。就《文學的玄思・自序》所言，它們也對應著顏元叔在文學理論中關懷的兩個領域：一是文學的內在課題，一是文學與文化的關係。兩則信條合而觀之，即可見顏元叔早期評論著作之中心主題。信條之一「文學批評生命」修改自Matthew Arnold「文學是生命的批評」。顏氏在繼承Arnold原文之著眼點「使用文學的主題，對生命從事批評的工作」之餘，還強調「人生經過何種過程，得以被轉變為文學」（1970a：182、

---

[8]　兩文分見1968年6月號《大學雜誌》、69年6月號《幼獅文藝》。〈論歐立德的詩〉之發表時間，比《文學的玄思》與《文學批評散論》內所有文章都早上兩年，文中並已涉及對Eliot詩論精髓之介紹。

[9]　艾略特之所以能夠成為彼時台灣人心目中完美的西方正典，與他晚期的形象不無關係：保守派、古典主義者、英國國教信徒——還有，絕對不是國民黨頭痛的左傾份子。

54-5）。顏氏反對古希臘「文學是模仿的藝術」說，提倡現代作家的主要職責是「處理現代生命」，且應以自身的哲學觀來批評外在世界的殘破，而文學作品則是理想世界與現實世界衝突下的結果。他強調「文學批評生命」的另一企圖，是「重新肯定文學在物質文明社會裡的功用」；而文學的最終目的，在於「教育良心」。不但要教育良心，顏氏還主張「一切文學都是說教文學」，文學作品是作家向讀者傳達其個人人生哲學的途徑。作品是否能夠成功，便取決於作家如何展現「說教」之內容（頁2-5、18）。顏元叔是站在一個古典人文主義者的立場上，才會作出這些發言。他欲師法的對象除了Arnold，還有Eliot與T. E. Hulme等反浪漫主義的古典主義者。後兩人主張之絕對道德觀，與中古神權社會的偏愛，對顏元叔似乎頗具吸引力。[10]而Eliot對科學的觀點（「科學企圖將道德降為不必要的東西」[11]），也影響了顏氏對科學抱持著負面的看法。〈從文學看科學〉、〈人文與科學之爭〉等篇之立場，讓讀理工出身的高全之頗為不滿，特撰〈顏元叔的文學與文化關係層面〉（1972）一文反駁之。高全之以Enrico Cautore〈科學的人文主義與大學〉（ "Scientific Humanism and the Uuiversity." ）為依據，批評顏元叔是以舊有人文主義觀點來看待科學，自然會充滿偏見與誤會。他指出《文學的玄思》至少犯了兩個錯誤：（一）科學之勢及邏輯訓練不

10　顏元叔（1970a：167）曾說：「在文學中我是一個道德主義者」。T. E. Hulme 的部分，可參見〈現代文藝思潮的開端──休謨與古典主義〉（1968年2月 號《草原雜誌》）。Hulme被後世公認為「新批評」的遠祖之一，台灣文壇 對他認識甚早，1958年莊信正就在《文學雜誌》第3卷第5期翻譯過其名作 〈浪漫主義與古典主義〉（ "Romanticism and Classicism." ）。

11　見顏元叔（1970a：81）。惟整篇文章皆未說明此句引自Eliot哪部著作，筆者 在此只能照實抄錄。

足，濫用與誤用科學語詞、（二）過度強調文學的本位主義，沒有抓住科學精神，抱著早已破產的舊有人文主義不放。[12]

在另一信條「文學是哲學的戲劇化」中，所謂「哲學」指的是一位作家對生命的看法，即作家的人生哲學。「戲劇化」則被顏氏一分為二：一為應用在戲劇上的故事化，一為應用在詩上的意象化。他認為若干台灣作家空有豐富人生經驗，卻缺乏哲學格式，自然不易將之轉換為文學經驗。他希望能促使「作家寫成屬於時代而不屬於個人的文學」。延續這些觀點，在主題內涵與形式技巧之間，他認為後者不宜超過前者，「文學的側重在主題」，顯然不是什麼形式主義的信徒：「我以為一篇作品的偉大與渺小，與其主題的深廣成正比——注重形式的新批評家一定不會同意我的觀點。我以為技巧是附帶的，是為主題服務的。阿諾德曾經說：『選擇題材最重要；正確的結構亦屬必要；表達則只有附屬的地位』」。在顏元叔的文章裡，常常可見他將Arnold與Eliot（或新批評）的觀點像這樣通通「合併」起來：「歐立德在理論上是反對阿諾德的，可是歐立德的詩篇，試問哪一篇不是現代生命的批評呢？所以，歐立德作為理論家也許不同於阿諾德，作為詩人他逃不出阿諾德的定義」（顏元叔，1970a：21、174-5、186）。類似這種作法，究竟是善意的相互補充；或是在強作調人，好供自己方便使用？

---

[12] 顏氏關於科學與文學的看法，另可見〈單向與多向——散文語言與詩語言〉（1972：37-43）。散文被視為近乎科學的單向語言，與屬於多向語言的詩不同。此文原刊於1970年4月號《幼獅文藝》，顏氏特別指出這種單向與多向的說法，與Allen Tate之 "extension" 及 "intension"，或John Crowe Ransom所謂 "logical structure" 和 "local texture" 等理論十分相似。又，"extension" 及 "intension" 在此顏氏譯為「廣延組合」與「深延組合」；在1969年〈新批評派的文學埋論與手法〉中，他卻譯為「伸展性」和「稠密度」。

第二節　實用批評之診斷：古典詩

　　顏元叔對新批評理論部分的介紹，嚴格說來，並沒有比之前李英豪《批評的視覺》深入多少。他最大的貢獻，其實是在實用批評（practical criticism，或譯為實際批評）──夏濟安或李英豪的實用批評文章，在累積量上絕對無法與他相比。發表量其實也是某種衡量曝光度或影響力的標準，無怪乎七〇年代人們一想到顏元叔，就會快速聯想到「新‧批‧評」三個字。但顏氏也有他的堅持：為了調整新批評理論對文學外在關係的忽視，他遂在文章中反覆強調文學與文化的關係，以及文學具有教育良心的特點。而那二則評論信條，其實就是要替新批評的可能流弊打下預防針。

　　顏氏返台後全力推廣自己在美國學習到的新批評閱讀方式，一方面在校園裡訓練青年學子，一方面在傳媒上搖旗吶喊，鼓吹此一「新」的批評手法。這遲到的（belated）新批評於是替台灣的文學評論界定下了新規則：揚棄模糊的感受與印象，要求精品細讀，講究方法、系統、整體與專業──專業到連他的論敵，都刻意用「學院派」一詞來醜化與攻擊詩評家。被攻擊的詩評家，多半都是如顏元叔一般不寫新詩卻常常發表新詩評論者，尤以學院內的教師或學生為大宗。新批評自七〇年代初期開始逐漸確立其主流地位後，對早期習慣以印象式批評相互取暖的詩人來說是一大挑戰。「學院派」在他們筆下就成了集所有負面於一身的讀者身分：只讀死書、不懂生活、對文學作品的優美與感性

不甚瞭解……。[13]這種詩人與讀者間的緊張關係，其實並非意氣之爭、無關階級差距，而是創作者對現代詩學是否應該「學術化」的強烈懷疑。如果說這只是學院內與外的對抗，那在學院內部就不會有這種衝突嗎？當然不是。因為自1971年7月開始，因為教育部有意設立現代文學系，激發了許多大學中文系教師公開表達意見，對傳統中文系的名與實、中文系師生的保守心態、現代文學是否應該納入體制……有過激烈的爭辯。可見中文學界內部，此時也正處於改革與否的關鍵時刻。[14]明乎此，新批評欲將文學評論學術化的努力、現代文學在教育與研究體系中的位置、甚至1972年《中外文學》創刊後講求的批評方法革新……，這一切都應該合而並觀，方能理解：相較於夏濟安及李英豪，顏元叔所提倡與實踐的新批評，之所以會引起這麼多討論與激辯，正代表彼時對當代文學從「江湖」走向「體制」、從「民間」進入「學院」的強烈渴求。從結果而論，對學術化的呼籲最後終於成為贏家；但就位置來看，顏元叔算是站在對的地方，做了對的行動。這是歷史的偶然，不是他個人的必然。

　　前引文提過顏元叔自認《文學批評散論》「是我的實用批評」，此話不虛；惟本書涉及的對象，不是英美短篇小說、詩與

13　陳芳明當時寫過一篇〈甚麼是學院派？〉，強烈反駁某些詩人對此詞的污名化行為。他呼籲：「台灣新詩經過四分之一世紀的發展，前一代詩人的風格大多已趨定型，也就是說，已經到了需要求新求變的階段。今後新詩的演變，端賴兩股力量的推進，一是新的一代之崛起，一是治學態度之轉變；新的一代挾其全新的經驗，再加上對學問的尊重與吸收，兩者相輔相成，必然有助於新詩生命的延續與更新」（1977：5-6）。

14　這場討論最後雖然只讓文化大學中文系設立「文藝創作組」，但在守舊的中文學界裡已十分難得，也開啟了日後現代文學逐步進入學院體制的契機。討論的正反方意見，已收入《大學文學教育論戰集》（趙友培編，1973）。

戲劇，就是白先勇、於梨華的小說，居然沒有台灣現代詩。他這
方面的評論文字，集中在1972年後陸續出版的《文學經驗》、
《談民族文學》與《何謂文學》。小說與戲劇不列入本書之範
圍，可以不論[15]；但同樣不在範圍內的古典詩倒是值得一提。有
些人不太看得起顏元叔的評論（連帶也不太看得起新批評？），
主因就是對他談古典詩的文章很有「異見」。顏元叔以新批評手
法對中國古典詩的討論，計有〈中國古典詩的多義性〉、〈析
「江南曲」〉、〈細讀古典詩〉、〈分析「長恨歌」〉、〈析
「自君之出矣」〉、〈析「春望」〉、〈音樂的宣洩與溝通——
談「琵琶行」〉。這些文章一發表，葉嘉瑩（1973）、魏子雲
（1973）、夏志清（1976）等名家紛紛撰文表達否定之意。以西
方文論討論中國舊詩其實並不新鮮，之前就有幾位「海外學人」
嘗試此舉，如六〇年代的陳世驤、七〇年代的梅祖麟、高友工。
一樣用新批評手法，或採語法、語義、聲韻分析，為何以中文撰
寫的顏元叔就惹起這麼多爭議？其原因或與他喜好「唯性是問」
脫不了關係。舉幾個例子：

　　（一）「自君之出矣，金爐香不然，思君如明燭，中宵空自
　　　　　煎」（〈自君之出矣〉）有性影射，蠟燭與金爐分別成
　　　　　了男、女性器的象徵，只因「在西洋文學中，蠟燭是一
　　　　　個常用的男性象徵」，而「西洋文學中的杯狀物如聖杯
　　　　　（the Grail）等，被視為女性象徵，而金爐之形狀頗似

---

[15]　這並不表示它不重要。在顏元叔以新批評手法討論小說的文章中，以〈苦讀
　　　細品談「家變」〉引發最多爭議。此文原刊於第1卷第12期《中外文學》，
　　　後收入《談民族文學》。有趣的是，批評此文者最想攻擊的對象是小說家
　　　王文興，而非評論家顏元叔。對《家變》「濫用文字」的指控，見朱炎
　　　（1974）、琦君（1987）。

聖杯，在此又和婦女有密切之關連，故可視為女性象徵」（顏元叔，1984a：63-4）。

(二)「早知潮有信，嫁與弄潮兒」（〈江南曲〉），因為「信」、「性」同音，讓他聯想到可能是雙關語；而「潮」字暗示女人的經期，也是女人性慾之週期。配合此詩前兩句「嫁得瞿塘賈，朝朝誤妾期」，顏氏得到這個結論：「『弄』潮的人必諳『潮』性；諳『潮』性者，必諳『妾』性；則『弄』字之含蓄與挑逗，實意內而言外。無怪乎這位能唱「江南曲」的少婦，後悔沒有嫁給他」（頁77）。

(三)顏氏指出「梨花一枝春帶雨」（〈長恨歌〉）這行詩是白居易詩藝的結晶，佔據了總結全篇的地位。而「春帶雨」是指「一枝梨花開放在春雨之中，就暗喻而言，它的性影射是強烈的──而且也是充滿性之美的。『春』含育著由於性成熟或性慾求而產生的肌膚之光澤，『雨』更能顯示由於此類成熟或欲求而形成之潤濕」（頁101）。

(四)「洞房昨夜停紅燭，待曉堂前拜舅姑」（「近試上張水部」），顏氏這次不當東方佛洛伊德了，但他卻認為這個題目「只說明了寫詩的場合，與詩的內容毫無關係」（頁84），故擅自把詩題改為〈停紅燭〉。這篇作品在他眼中就是一首新婚詩，既不知此詩另有一題目〈閨意〉，亦不知《全唐詩話》已記載了朱慶餘欲以此詩請教張籍的故事。

　　由這四個例子可以看出，顏元叔的古典詩評論有兩項明顯缺點：太偏重以性心理學解詩，幾乎比佛洛伊德本人還要佛洛伊德；在中國古典文學方面的修養太差，卻硬要強充解人，宛如手握強調模稜兩可（ambiguity，或譯為多義、歧義）的新批評寶劍，卻縮減了原詩的可能解釋。葉嘉瑩、夏志清等人對他的批評，大抵也集中在這些方面。論戰雖已結束，還是留下了兩點可注意之處：

(一)顏元叔或許在古典文學方面的修養不高，但他連在論戰中都是個徹底的新批評實踐者。譬如葉嘉瑩在〈漫談中國舊詩的傳統〉中批評「現代解詩人」，卻不又點名是誰或是指哪篇文章。顏氏就以為這種態度並非現代文學評論之福。除了態度問題，顏氏還認為葉嘉瑩犯了新批評的意圖謬誤（intentional fallacy）而不自知，並以Eliot的「傳統」觀反駁葉嘉瑩對中國舊詩傳統的看法。

(二)顏元叔以〈印象主義的復辟？〉批評夏志清〈追念錢鍾書先生──兼談中國古典文學研究之新趨向〉，認為夏氏提倡的是「停留在十八世紀」的印象主義式批評，藉著追念（按：此為海外誤傳，彼時錢鍾書還健在）錢鍾書來批評台灣的新批評與比較文學研究人士。夏志清又以〈勸學篇〉回應顏元叔〈印象主義的復辟？〉，他在文中強調自己讀過多少書、學過多少語文、授業老師是誰、甚至暗示顏元叔就讀的威斯康辛博士班之要求，遠不如夏氏自己的耶魯大學來得多──筆者以為這些已淪為賣弄，哪是什麼討論？顏元叔倒是心平氣和地回了一篇〈親愛的夏教授〉，文中問讀者：「新批評應否在台

灣推廣？」答案當然是肯定的，他並說明：「我不是趕
時髦的人，『新』與『舊』對我並沒有什麼差別；我
們只是著眼於自身的需要而已」。除了新批評，當時
（1976年）顏元叔在台灣還介紹了另外一些西洋批評理
論「如新亞里斯多德學派，神話與原始類型派，及結構
主義等」。其原因不是「新奇」，而在「有助於國內的
學術研究，能夠刺激一些新活動，造成一些新成果，這
也便是傳統的生長」（1984b：237、241-2）。

　　1976年顏元叔和夏志清之間的筆戰，在文化圈引起轟動，
甚至讓研究者斷定是兩人影響力消長的關鍵。夏志清也因此成
了新的「文學導師」，取代了顏元叔原先在島內的地位（蘇益
芳，2004：148-152）。或許結果真是如此，但就算夏志清「贏
了」，顏元叔藉由大眾傳媒來推廣新批評的目的已經達成，究竟
誰才是「文學導師」似乎也沒那麼重要了。

第三節　實用批評之診斷：現代詩

　　在現代詩的實用批評部分，至少有五篇值得注意：〈余
光中的現代中國意識〉、〈梅新的風景〉、〈細讀洛夫的兩首
詩〉、〈羅門的死亡詩〉和〈葉維廉的「定向疊景」〉。另外兩
篇〈對中國現代詩的幾點淺見〉、〈審詩雜感〉較偏向疾病的診
斷，屬於他對台灣詩人提出的諍言，譬如：（一）詩人的意象語
過於跳躍，只求表現個人經驗，導致晦澀之作大增；（二）作品
缺乏嚴謹結構，有佳句而無佳篇；（三）不去追求詩的內在形
式，讓作品成為放縱和混亂的組合。由上可見，他對彼時台灣詩

壇與多數詩人是不太滿意的。那他最肯定、推崇哪位詩人呢？細
讀上述五篇文章，不難看出答案是葉維廉。他對洛夫、羅門的詩
雖有肯定，但也夾雜了許多批評，甚至讓兩位詩人跳出來撰文反
駁；唯有論葉維廉時，不見批評，只剩讚美。先不論他的評價結
果是否「公允」，筆者認為在五篇文章中，〈葉維廉的「定向疊
景」〉恐怕是最差的一篇。葉維廉詩中的語言魅力與結構設計，
對顏元叔應該深具吸引力。可是在這篇文章中，不少判斷都大有
問題。譬如：「在現代詩人中，葉維廉是對古典詩用功頗勤者之
一。然而，就採摘古典詩句，直接或變化後用於現代詩，他的
作為可謂無偶」（1984a：267）。這句話前半部沒有問題，後半
部分就很讓人懷疑了。「無偶」，真是如此嗎？余光中《蓮的聯
想》哪裡不符合顏氏標準？又葉維廉對古典詩句的變化使用，被
顏元叔稱為「古典迴響」（頁269），並認為這應該是受到T.S.
Eliot與Ezra Pound的影響。[16]葉氏的「古典迴響」受到顏元叔的
肯定，並且推崇葉維廉在引用古語時有創造出新意，他「至少找
到了一條途徑，一種方法，讓現代詩裡浮現著古典詩的影子」
（頁269、272）。筆者想問：鄭愁予早期的詩不也是如此？怎麼
沒入顏元叔法眼呢？

　　又譬如：「洛夫為著自身的損傷感到憤怒，余光中在『敲
打』之餘但剩灰白的絕望。葉維廉卻投射於明日一股慰藉的希
望。……〈愁渡〉的結尾，是一個肯定的結尾。『肯定』是葉維
廉在處理這類題材上有別於其他詩人的地方：他不是一個憤怒絕
望的詩人。……一種有方向、有目標的積極口吻，總是充沛著字

---

[16]　他的依據是：葉維廉評論集《秩序的生長》中有多篇討論Eliot的文章，博士
　　論文又是以Pound為主題，所以詩路必受他們影響。

裡行間」（頁261-2）。言下之意，難道其他詩人都只會「憤怒絕望」？僅就顏元叔評論過的洛夫、余光中詩作來看，筆者都看不出這句話的論據在哪？肯定希望或積極的結尾，絕非葉維廉的專利。顏元叔接著說，假使這種積極的情緒「不能為現今大多數人分享，至少這是一種不同的聲音，新鮮的聲音，然而，我們也許難以承認葉維廉是時代精神的代言人吧」——這句到底是什麼意思？此文發表於1972年12月號《中外文學》，彼時真的缺乏這種積極的聲音嗎？還是顏元叔閱讀範圍有限、接觸不多？

最關鍵的問題，還是出在「定向疊景」：

> 我說葉維廉的詩有「定向疊景」。「定向疊景」是我自己
> 發明的一個批評術語，用以辨識晦澀詩與艱深詩。晦澀詩
> 的情感思想，四方亂射，令讀者無所適從，結果感到迷失
> 與迷惘。艱深詩的情感思想，則有一定的發展或投射的方
> 向，讀者可以按照這個方向領略探討，越是往前走，越見
> 情思的風景層出不窮，這樣的詩便有「定向疊景」。要產
> 生「定向疊景」，第一要用語精確，第二要結構嚴謹；這
> 兩者都是葉維廉詩篇的特色。（頁259-60）

引文中顏氏說這是自己發明的批評術語，可是在〈梅新的風景〉一文中，他又說William Empson「用ambiguity一語，實應為plurisignation，……這也是我曾經在一兩篇理論性的文字中，強調了的『定向疊景』」（頁193）所以這到底是他個人的發明，還是翻譯？顏氏在他翻譯的William K. Welmsatt、Cleanth Brooks《西洋文學扎評史》（*Literary Criticism: A Short History*），於

譯注處指出ambiguity有晦澀的意思，「不是個精確的名詞，不如plurisignation之切近事實」（1972：587）故日後的文章都將ambiguity譯成晦澀，而將plurisignation譯成多義性。若依照顏文邏輯，所謂「定向疊景」實際上就等同於plurisignation，也就是多義性。[17]既然如此，試問這個術語有何新意？

　　「葉維廉的語言，時而笨拙，時而精確，含糊的時候不多……雖則我們很難確定所指為何，但其中必定意味著一個重大的開始，一個旅程的肇端。」（1984a：262-3）。既然「含糊的時候不多」，為何解詩人又「很難確定所指為何」？顏元叔又說：「葉維廉的語言，無論意象語或非意象語的其他措辭，都顯示出追求精確的努力。由於用語之精確，他的詩篇雖然常常不透露明顯的主題，卻提供一個確切的感觸方向——一個『定向疊景』」（頁263）。看得出來顏氏很堅持「用語精確」此一標準，那不妨就以他自己舉出的詩例做檢證：「營營的日午用它倦倦的拍動／輪胎用它風箱的抽逼，向每一扇／敞開的門窗，可愛的石榴」，這是葉維廉〈公開的石榴〉前幾行，顏元叔只說：「在這裡，字義、音響與意象共同勾勒了一個慵懶的時刻」——請問這跟他唾棄的印象式批評有什麼差異？更別說這幾行詩哪裡「用語精確」了！再譬如「冬之囚牆緊觸著／明朗的空漠，憂傷的／冷冽的腳鐐搖鳴／一冰柱的叮噹，囚窗的太陽」，顏元叔只說：「精確的語言描繪出一個寒冷透明的冬天。可是，『冬之囚

---

[17] 顏元叔所謂「定向疊景」，其實比較接近艾略特（T. S. Eliot）主張的「客觀投影」（objective correlative）：「在藝術的形式中，表達情感的唯一方式是去找尋客觀投影。也就是說，去找尋一組事物、一種情境、一連串做為特定情緒表達模式的事件。當終止於感官經驗的外在事物被呈現為文字時，這種特定的情感便當下立即被引發」（Eliot, 1971: 789）。

牆』究竟何所指，是什麼，倒是不容易捕捉」。後半句很誠實，但前半句（一再！）說葉維廉這階段的詩有「精確的語言」，很抱歉還真看不出來。既然自詡為新批評派的解詩人，怎麼可以如此打糊塗仗？顏元叔在這篇評論裡始終無法把握葉維廉詩作的意義，甚至連最主要、貫穿全文前後的討論對象〈愁渡五曲〉，都是邊猜邊解，吃力又不討好莫此為甚。比較精彩的部分落在音響結構之分析，還有指出葉維廉詩作中「的」字太多之弊（頁264-5、275-7）。奇怪的是，關於後者顏元叔只是輕輕帶過，只說「濫用則顯得累贅」。筆者想問的是：既然有這類語言問題，為什麼這些作品還會被視為「用語精確」？顏元叔此文的標準，實在令人費解。

　　顏元叔另外兩篇引起論爭的詩評，討論對象分別是洛夫與羅門。這些文章發表在剛創刊的《中外文學》，也讓這份刊物頓時成為詩壇矚目的焦點。兩篇文章雖然引起論爭（按：即前述「颱風季論戰」[18]），但確實是以新批評標準為依歸的詩評，論成績要比〈葉維廉的「定向疊景」〉好上太多。〈細讀洛夫的兩首詩〉是在比較〈手術台上的男子〉與〈太陽手札〉兩詩之優劣，顏氏對前者評價不高，卻極力推崇後者。〈太陽手札〉之所以成功，在於用了許多矛盾語，符合Brooks所謂「詩是矛盾語言」（language of paradox）說；〈手術台上的男子〉之所以失敗，在於這是「一首光怪陸離的作品，文義的組合上整個崩潰，『一堆破碎的形象』」。換言之，是洛夫詩篇中常有的缺憾「結構崩潰」：

---

[18]　論戰幾乎是以《中外文學》為主戰場，自1972年6月《中外》創刊，打到該年底的第七期為止。主編顏元叔很大方地將雙方意見全數刊出，算是台灣難得一見、心胸寬大的評論家。

> 所謂結構，我在這裡採取廣義的說法，是指字與字的關
> 係，片語與片語的關係，意象語與意象語的關係，行與行
> 的關係，段節與段節的關係，更包括語言與對象的關係；
> 總之，最上乘的結構，應該全篇為一個完整的有機體，形
> 成「一篇詩」或「一首詩」或一個「詩篇」，而非滯留於
> 零星的優美詩行或詩句而已。（1972a：123）

〈手術台上的男子〉另一敗筆在於意象關連性太低。顏元叔就質
疑「手掌推向下午三點的位置」這句中，意象語和對象本身（詩
中傷者）「缺乏必然的關係」。以洛夫早期的詩作來說，的確在
結構設計與意象關連性上頗有問題，顏元叔能以細讀法清楚指出
這兩點，算是盡到了批評家的責任。洛夫雖然寫了一篇〈與顏元
叔談詩的結構與批評──並自釋「手術台上的男子」〉作為回應
並努力「自釋」（按：筆者以為這實在沒有必要）；但這只是
證明了顏元叔的兩項批評，仍然有效。洛夫在文末呼籲「學院人
士……在做評價之前，至少應具有一份同情的瞭解，盡可能探索
作者創作之動機，與他所與表達的企圖，而不僅限於字面意義的
詮釋」（1972：52），顯然對新批評的精神與方法還是所知不多。
　　顏元叔繼續發表〈羅門的死亡詩〉，挑選〈死亡之塔〉、
〈都市之死〉、〈麥堅利堡〉三首死亡詩作，以新批評手法細加
解剖。羅門後來也寫了〈一個作者自我世界的開放──與顏元叔
教授談我的三首死亡詩〉，現身說法來個「作者答辯」。顏氏對
羅門詩作的批評可以歸納成兩點，第一點跟洛夫一樣，還是結構
崩潰。他認為這三首詩都有這個毛病，較晚完成的〈死亡之塔〉
雖比前兩首來得好些，在語言的經營上也頗有成績，但「綜觀這

三首詩，羅門的意象結構始終沒有進步，繽紛雜亂，依然故我」（顏元叔，1974：257）。羅門另一個問題在於缺乏思想深度，雖然在討論死亡，卻對它與宗教的看法頗見搖擺。他認為羅門的困難起於以下三點：

> (一) 他對基督教的神有部分的信仰
> (二) 他同時也可能受到「上帝已死」說的影響
> (三) 由於前兩項的衝突，他也許覺得詩中美國大兵的死，
> 　　　顯得荒誕、無助、無意義。（頁241）

這種說法也不是沒有問題。基本上，筆者認為顏元叔對羅門自成一格的詩學思考恐怕並不清楚，僅能就詩論詩，故羅門念茲在茲的「人類精神存在的三個層次說」自然不在顏氏的考量中。所幸顏元叔依循的是新批評的準繩，既然所論有據、言之成立，詩人就不該動輒以「自辯」來強奪詮釋權才是。另外，筆者必須稱讚顏元叔對〈死亡之塔〉的批評雖然嚴厲，卻能先見人所未見：「（羅門）著意於堆砌他的〈死亡之塔〉，用各式各樣不同的死亡意象，把同樣的磚頭疊砌上去」、「……在這兩段之間，我們找不出什麼差異。總是死亡，死亡，用些不同的混雜意象，表徵死亡。這種現象幾乎發生在全詩任何一個節段；好像羅門這位沉思人總是在死亡中找不著出路，又好像羅門這位詩人耽溺於不同的死亡意象之展覽」（頁253-5）。

　　顏元叔有意把新批評的理論觀點與實用批評運用在台灣文壇，堪稱是本地首位自覺的「專業」批評實踐者。他當時在對的位置，做了對的選擇，也幫助現代文學評論順利進入學院體制。

台灣的現代詩學研究能夠逐步走向學術化之途，純作詩評論、並
非詩人的顏元叔確實功不可沒。對台灣現代詩的批評，並沒有讓
他受到太多責難；真正讓他被學界質疑的，是對中國古典詩的批
評與解讀。因為他的古典詩解讀而引起的論戰文章計有：

葉嘉瑩，〈漫談中國舊詩的傳統（上）〉，《中外文學》，
　　第2卷4期（1973年9月），頁4-24。

葉嘉瑩，〈漫談中國舊詩的傳統（下）〉，《中外文學》，
　　第2卷5期（1973年10月），頁30-61。

魏子雲，〈梨花一枝春帶雨——讀顏作「分析長恨歌」〉，
　　《中華日報‧中華副刊》，1973年6月29日。

夏志清，〈追念錢鍾書先生——兼談中國古典文學研究之新
　　趨向〉，《中國時報‧人間副刊》，1976年2月9日。

夏志清，〈勸學篇——專覆顏元叔教授〉，《中國時報‧
　　人間副刊》，1976年4月16-17日。

黃維樑，〈中國歷代詩話、詞話和印象式批評〉，《中國
　　時報‧人間副刊》，1976年6月6-8日。

黃青選，〈批文入情〉，《中央日報‧中央副刊》，1976年
　　6月11日。

黃宣範，〈從印象式批評到語意思考〉，《中國時報‧人
　　間副刊》，1976年6月24日。

趙滋蕃，〈平心論印象批評〉，《中央日報‧中央副刊》，
　　1976年8月14-16日。

徐復觀，〈從顏元叔教授評鑑杜甫的一首詩說起〉，《中
　　國時報‧人間副刊》，1979年3月12-13日。

　　徐復觀，〈敬答顏元叔教授〉，《中國時報・人間副刊》，
　　1979年7月16-17日。

　　當時這些「驚世駭俗」的閱讀結論與象徵分析，對舊詩圈
內的專家們可說是一大挑戰／挑釁。爭議既增，謗必隨之，他引
發的「顏元叔現象」或「顏元叔事件」[19]到一九七○年代後期逐
漸冷卻，此時出版的兩本評論集《文學的史與評》（1976b）、
《社會寫實文學及其他》（1978）多泛論文學現象或外國文學，
不再討論台灣當代文學了，也逐漸跟本地文壇脫節。八○年代後
他把重心轉往散文創作與英語教育工作，或許對他來說，編字典
比寫詩論還有趣吧？
　　回到六○年代末期，顏元叔對英美新批評顯然頗有期待。
他期待這種細讀法可以刺激台灣文壇（不論是創作界還是評論
圈），好淘汰「過時」的印象式閱讀。無論當時大家對顏元叔的
批評方式有什麼不滿，自他引渡、鼓吹與實踐新批評理論後，本
地評論者幾乎都受過新批評或多或少的影響。就算是最討厭新批
評的評論家也承認：

　　自一九七○年代以來，新批評幾乎是大家所熟悉的規範。
　　雖然新批評在美國整個文學研究或是批評理論而言，或許
　　已經死了二十年或三十年，在它消失或沒落後才把它介

---

[19] 這裡借用了顏元叔一篇短論的題目〈唐文標事件〉（1984b：209-15）。顏元
　　叔有次誤錄杜甫詩作，消息居然躍登報紙版面，成了一則新聞──或論敵眼
　　中的醜聞。可參考1979年2月21日《民生報》（〈顏元叔把詩抄錯 文壇裡掀
　　起風波〉）或同年3月20日《中國時報》（〈國學師資缺乏 教部應謀改善 顏
　　元叔教授誤錄杜甫詩 觸發監委靈感慨丱言之〉）。

> 紹到國內來，至少有它的用處，如在詞語上提出什麼是
> 「意象」，什麼叫「結構」等等的。最重要的是從新批
> 評的尺度來看，作品必須要有結構，結構必須要有統一
> 性（unity），這些觀念對於文學研究都算有用。（蔡源
> 煌，1986：28-9）

豈只「有用」而已？檢視後續出版的幾部重要詩選或評論選，如
《現代詩導讀》（1979），兩位編者張漢良與蕭蕭分別出身於
外文系與中文系，也分別在大學跟中學任教。背景與訓練雖然
有異，但檢視三大冊《現代詩導讀》中對117家詩人（共193首作
品）的分析，多數還是採用新批評手法來進行解讀。到了九〇年
代初，由簡政珍、林燿德合編的兩大冊《台灣新世代詩人大系》
（1990），雖然又特別找了游喚、鄭明娳助陣，但四人在選集中
的詩人評論部分：

> 在術語的使用上，還是有志一同地拾了新批評學派的牙
> 慧，諸如意象、詩質、暗喻、象徵、延義、嘲（反）諷、
> 弔詭、歧義、多義性（ambiguity）、姿態（gesture）、巧
> 喻、結構、語境（context）、正文（text）、理趣……等
> 術語均可在書中輕易地找到，其中出現次數最頻繁的，還
> 是「意象」一語。一般而言，絕大多數詩評家在運用新批
> 評的這些術語時，通常都不會對它們提出解說，似乎這些
> 術語已成了批評者、讀者，甚至是一般詩人「不證自明」
> 的共識性前提。（孟樊，1995：87）

既已是「『不證自明』的共識性前提」，代表了新批評對台灣當代詩評論的影響已深入根蒂──觀念或許陳舊，但術語從不缺席。當課堂上教師們一再提醒學生細讀的重要性、當人們都還在沿用新批評術語而不自知時，要宣稱「新批評已遠」似乎太武斷了些。顏元叔近四十年前的付出與努力，今日看來畢竟功不唐捐。

第五章
評論轉型視野下的當代女性詩學

第一節　莫忘初衷：婦女運動與女性詩學

　　「女性詩學」在台灣並不是什麼新鮮的學術詞彙。誠如本地婦女運動先驅李元貞（2000：4）所言，女性詩學是以女詩人作品為研究對象，藉此探討「文學作品與理論中的性別現象，修訂或拓展因性別觀點的切入，所展現的詩學面向」。向來作為文學規範的詩學（poetics）一詞，在眾多女性詩學研究者筆下，又多了「製作」（按：李元貞借用自希臘文 "poiesis"[1]）這層

---

[1]　應該補充的是：希臘文中的 "poiesis"，意指「創生」或「製作」（"to make"），亦是詩之根源（the root of modern "poetry"）。關於 "poiesis" 的討論，

意涵。這樣一來，女性詩學的討論就不能再侷限於「性別」之「內」，非得向外跨步不可：

> 女性詩學……在討論女詩人作品裡的性別面向時，必然觸及女作家作品與社會及文化的交互關係，同時勾勒出女作家寫作（製作）的女性主義的開放性策略。女人身份的「認同」或「主觀性」的把握，雖是自我穿梭在社會（性別、種族、族群、宗教、階級、性傾向等）與各種關係網絡（家庭、學校、媒體、職場）的位置（site）以及文化、語言的多重影響而發言，但「女性」作為一種範疇，仍然交織出鮮明的問題。（頁4-5）

這裡很清楚的交代了李元貞作研究時的問題意識，這些研究成果會以《女性詩學》為名結集出版亦顯得理直氣壯。名不正則言不順，此書最後就直接以「結論：什麼是女性詩學？」為章節名稱[2]，從女作家書寫情況的受限、與現當代詩學的對詰、女性主體位置的書寫策略這三個方向展開論述。

　　在女性詩學終能獲得「正名」之餘，本書還要追問：為什麼女性詩學？或者該說，女性詩學是在什麼歷史條件下得以成立？由哪些人來賦予它合法性與權威感？既然要討論「為什麼女性詩學？」，自然不能繞過女性詩學生成的重要根源（root）──性別差異。關於性別差異究竟來自於「先天」（by nature）

　　可參考柏拉圖幾篇與美學有關的對話錄，特別是〈饗宴〉（"Symposium"）。
[2] 這個「結論」本身就是十足策略性的宣示，讓筆者想起Terry Eagleton將 *Literary Theory: An Introduction* 一書最末章取名為「結論：政治批評」（"Conclusion: Political Criticism"）。

抑或「後天」（by culture），在不同陣營或立場的女性主義者間，仍無絕對共識可言。那女性詩學呢？它的屬性是先天還是後天？是本質還是建構？在女性詩學已非何等新鮮「術語」的今日，難道不該替它找到合宜的歸屬嗎？筆者認為：帶有「創生」或「製作」意涵的所謂「女性詩學」，其本身就是一則被創造出來的故事（narrative）或敘事詩（a narrative poem）。它之所以能夠生成，最早當然與十八世紀歐洲的女性主義者，對男權神聖性的質疑有不可分割的臍帶關係。[3] 作為一切女性主義流派的起點，這批自由主義女性主義者反對性別歧視，提倡男女應不分性別一視同仁，女性和男性一樣擁有人類的共同本質——理性。以現在的眼光來看，這種源於西歐啟蒙時期的「人人皆有理性」說，不幸正符合了中產階級白人男性的最大利益，成全了他們天大的陽謀。自由主義女性主義者強調類同（analogy），這種策略突顯出女性遭受到歧視，卻無法有效解釋女性為何遭受這些歧視。自由主義女性主義者認為女人跟男人「一樣」，都有平等、自主與理性。這種無性或中性（sexless or neutral）的主張，自然無法理解「差異」是社會建構出的結果，也無力讓差異重新議題化或政治化。所謂中性或無性說（譬如：女人跟男人一樣好），實際上卻是以男性為看齊的標準。這就像為了與強勢主流類同而不被排斥，弱勢者必須掩蓋或抹去差異才能夠苟活。雖然如此，早期歐洲這批自由主義者依然有其不容否定之貢獻。他們將自由主義的理念推及女性，為女性爭取到接受或行使法律、教育、政治等諸多權利。

---

[3]　有趣的是，這些早期女性主義者之所以會質疑男權的神聖性，竟是受到資產階級男性勇於挑戰彼時君權神授的啟發。

這些自由主義女性主義的訴求，對台灣的女性主義運動確實有啟示之功。特別是一九七一年呂秀蓮自美返台揭櫫「新女性主義」，幾乎就是「再版」了早期自由主義女性主義的主張。翁秀琪（1994）曾將戰後台灣婦運分為四個時期：

(1) 一九六一至一九七〇年：中央婦工會主導時期

(2) 一九七一至一九八一年：呂秀蓮時期

(3) 一九八二至一九八七年：婦女新知時期

(4) 一九八七年迄今：解嚴後婦女運動

其實在戰前（日治時期）也有婦運健將，而且都還兼具文學人身份。譬如著名的左翼作家謝雪紅與葉陶，都不時在作品中提出對性別壓迫的看法。在性別壓迫之外，種族與階級的壓迫更亦是他們關懷的重心。彼時的婦運伴隨著各式社會運動而起，在殖民政府的全力打壓下，只能黯然地跟這些運動一起休養生息。一九四九年國民政府遷台，由官方主導與緊控婦女政策，其推動的婦女工作是在為國家利益服務，透過各種方式肯定「男主外、女主內」的傳統分工，宣揚家庭價值與齊家治國平天下的意識。一九五五年成立的台灣省婦女寫作協會，雖然凝聚了女作家的集體認同，但在「以文會（女）友」之外，不能否認它也是官方婦女政策的強力傳聲筒。如果採納顧燕翎（1987）對婦女運動所下的定義：「婦女運動是一種社會運動，其關懷內容以女性為課題，其短程目標在消除所有形成的性別歧視」。那麼「民間性」與「女性主體」應該就是婦女運動的兩個基本面向。依此準則，一九五、六〇年代由婦工會或婦女寫作協會所主導的活動其實

根本稱不上是真正的婦運。它們只能說是在動員婦女來為官方／黨國利益服務，將女性資源轉換為鞏固既存權力結構的支撐力道。一直要到一九七〇年代初，呂秀蓮提出「新女性主義」才算是真正發自民間的聲音，也在正逢急遽轉型的台灣掀起了波濤。這個聲音並未能自外於政治運動：呂秀蓮（1993）當時「左手新女性，右手民主人」的個人經驗，正說明了早期婦運與政運的緊密關係。呂秀蓮透過撰稿、辦演講、組織群眾、設立「保護妳」專線、經營「拓荒者之家」及「拓荒者出版社」等方式傳播理念，在那個保守的年代裡，對部分中產階級職業婦女還是收到一定成效。她主張實質的男女平等，極力反對限制女性發展，不斷提醒男性應負起對家庭的責任，鼓勵女性發揮聰明才智。譬如她曾在那本馳名的《新女性主義》（1974）裡指出：（一）「先作人，再作男人或女人」，強調女人與男人負有同等權利與義務；（二）「是什麼，像什麼」，男女均應扮演好自己的角色；（三）「人盡其才」，使每個人不分性別地公平競爭。這一切，在在可見早期西歐自由主義女性主義的深切影響。不過誠如顧燕翎（1989）所言，就現今從事婦運者的標準來看，呂秀蓮的主張顯得太過溫和並與現狀妥協，她僅在傳統的兩性關係及分工架構內求取法律平等，卻未對父系文化作出深刻批判與反省。筆者認為，呂秀蓮所謂「新女性主義」，雖然撒下了日後台灣婦運的種子，對女性的自我覺醒亦有相當多啟發，卻也難掩其中的保守與落後性格。這類自由主義式的婦運訴求無法理解「差異」實為社會建構出的結果，在平等、自主、理性的口號中忽略了女性受壓迫的根本原因，也失去讓差異重新政治化的可能契機。

　　呂秀蓮因美麗島事件被捕後，一九八〇年代初開始進入戰後台灣婦運的第三階段。此時，兩性關係及女性角色已成為台灣社會最主要的議題之一，許多女性團體及雜誌相繼成立，其中尤以李元貞創辦的《婦女新知》（1982）最具意義。《婦女新知》提出「新兩性關係」，取代了之前的口號「新女性主義」，並致力於譯介西方女性主義的經典著作，推廣女性主義的知識，並試圖將之運用於藝術、文化和文學批評等領域。《婦女新知》時期的婦運，跟文學的關係顯然比之前任何階段都更為緊密。[4]值得注意的是：在台灣的女性詩學研究隊伍中，李元貞幾乎是唯一具有實際婦運經驗的運動家／文學人。這樣的雙重身份，應該也影響到彼時《婦女新知》的走向。

　　重新考掘這些婦運史遺跡，究竟與台灣當代女性詩學有何關係？誠如前文所述，「女性詩學」本身就是一則被創造出來的故事（narrative）或敘事詩（a narrative poem）。它不是「天生」，亦非「自然」，而是在一定的歷史條件下，於社會／政治／經濟／文化等重重權力網絡下的製造成品。女性詩學亦與所有以「性別差異」為根柢的女性文學傳統一樣，都曾受過婦女運動的深刻啟發──沒有婦運對性別議題的扣問與開掘，這些文學傳

---

[4]　這裡僅是就女性主義在文學上的運用程度所作出的判斷，並不表示之前的婦女運動跟台灣文學界毫無瓜葛。呂秀蓮自己就是個文學人，施叔青曾和她合辦「拓荒者出版社」；施叔青的妹妹施淑端（李昂）後來也隨呂秀蓮腳步，投身婦運工作；人在美國的歐陽子，還參與了Simone de Beauvoir《第二性》（*The Second Sex*）的翻譯。此書對台灣婦女運動工作者甚有啟發，但這個1972年的「晨鐘版」《第二性──女人》其實只是全書第二部分之節選翻譯，並不完整。1986年中國大陸也從同樣範圍選譯出一冊《第二性──女人》，由湖南文藝出版社印行。相關資料可參考Beauvoir，1953、1972、1986。

統或詩學根本就不可能出現或成立！在這一點上，西洋或本土皆無例外。所以在理所當然地連結起詩學（女性文學評論）與創作（女性文學傳統）的同時，不應該忘記它們都有個更親密的共同根源：婦女運動。這也可以解釋，為什麼西方有許多女性文學研究者或作家，本身就是婦運的要角。[5]

第二節　溯源：她們自己的女性詩學

Elaine Showalter（1977：13）在《她們自己的文學》（*A Literature of Their Own*）中將女性文學傳統區分為三個階段：

(一) 第一階段：婦女階段（feminine stage，自1840年至 George Eliot逝世的1880年）。此階段以模仿（imitation）為主軸，女性作家企圖在男性中心的文化價值體系下與男性作家爭勝，希望達到相樣的成就。此時有些女性作家（如George Eliot）會採用男性化筆名投稿與創作。

(二) 第二階段：女權主義階段（feminist stage，自1880年至女性獲得選舉權的1920年）。女性作家反對（protest）男性的標準和價值，不再與之採取合作與妥協態度，改透過文學來反映女性在社會中所受到的壓迫和限制。此時也有一些作家以烏托邦的手法，勾勒出女性平權社會的理想。

---

[5] 跟別國不同，台灣女性詩學界的體質非常特殊，往往在論述時便將詩學與婦運切割的十分「乾淨」。詳見本章後續之討論。

　　(三) 第三階段：女性階段（female stage，自1920年迄
　　　　今）。既非第一階段之模仿，亦非第二階段之抗議。
　　　　此時女作家已能擺脫對於對立面的依賴，強調自我發
　　　　現（self-discovery），把目光投向內心與自身。本階
　　　　段的文學改以女性生活經驗為主要題材，從女性的視
　　　　角來看待週遭的人、事、物，也能擴展到對文學作品
　　　　形式和技巧的分析。

Showalter認為女性主義批評應以女性為中心，揭露女性意識，
讓「原本看不見的得以呈現，讓原本沉默的得以發言」（1985：
263）。1981年她又在Critical Inquiry上提出一篇〈荒野中的女性
主義批評〉（ "Feminist Criticism in the Wilderness" ），試圖創
造出「女性中心批評」（gynocritique）的可能性。這種批評所研
究的課題包括「女性作品的歷史、文體、主題、文類和結構；女
性創造力的心理動因；個人或集體女性經歷的運作軌道；女性文
學傳統中的興革法則」（1986：83）。她並把近十多年來批評女
性作品的理論分為四種模式：生理的、語言的、心理分析的、文
化的（biological, linguistic, psychoanalytic, cultural），而又以最
末一項最能涵蓋前三者。Showalter的這些類型界定，賦予了女性
閱讀／詮釋之合理性與合法性，的確在男性批評理論之外，劃分
出一塊女性「我們自己的批評理論」。[6]

---

[6] 說到「我們自己的批評理論」，Showalter也寫過〈我們自己的批評：美國
　黑人和女性主義文學理論中的自主與同化現象〉（ "Criticism of Our Own：
　Autonomy and Assimilation in Afro-American and Feminist Literary Theory" ）。她
　在文中糾正了自己從前分類方法中無視於種族和他者婦女（即白人婦女之外
　的黑人婦女與第三世界婦女）的偏差，還分析了美國黑人批評與女性主義文

　　必須提醒的是，Showalter的三階段說，其實都是以英國女作家為討論對象。依照她的看法，一直要到第三個階段，才算出現了真正的女性主義文學（及文學評論）。若將討論對象擴大、時間延伸，應該可以得到另一種版本的女性主義文論「三階段」說：

(一) 第一階段（一九六〇年代末期至七〇年代中期）：立足於生理差異，反對男性對女性形象的扭曲及其「陽具批評」。

(二) 第二階段（一九七〇年代中期至八〇年代中期）：批評家開始真正用女性主義視角來解讀文學作品，並出現多部女性主義經典文論，譬如Showalter《她們自己的文學》（1977）、Sandra Gilbert & Susan Gubar《閣樓上的瘋女人》（*The Madwoman in the Attic*, 1979）等。法國女性主義文學批評亦開始在英美間傳播。

(三) 第三階段（一九八〇年代中期以後）：此時興起了跨學科的女性主義研究風潮，研究對象不再侷限於文學自身，發展出更具有比較傾向的女性詩學。

此處「三階段」說雖有些簡略，但應該還是可以接續上三十年前Showalter的分期，並稍作必要的補充。既知西方女性文學研究的發展脈絡，那台灣呢？和西方相同，台灣的女性文學研究較婦女運動來得更晚，是在婦運第三時期（婦女新知時期）末、解嚴前夕才出現比較明顯的開端。現在幾乎可以斷定，1986到89年間就

論的關係。

是那個「關鍵起點」。在此先將這些文獻依發行時間順序，整理如下：

(一) 1986年3月《中外文學》推出「女性主義文學專號」。

(二) 1986年3月《聯合文學》推出「女性與文學專輯」。

(三) 1986年9月《當代》推出「女性主義專輯」。

(四) 1987年3月圓神版《一九八六台灣年度評論》面世，編者為許津橋、蔡詩萍，收錄李元貞〈女性主義文學批評下的台灣文壇——立基於一九八六年的省察〉。

(五) 1988年11月谷風版《風起雲湧的女性主義批評〔台灣篇〕》面世，編者為子宛玉。本書是台灣第一本關於女性主義文學評論的專書，所收錄的文章皆發表於1986至88年間。

(六) 1989年3月《中外文學》推出「女性主義／女性意識專號」。

(七) 1989年4月舉辦「第十三屆比較文學會議」，會議主題為「性別、權力、正文：文學的女性／女性的文學」。

(八) 1989年6月聯經版《現代中國繆司：台灣女詩人作品析論》面世，作者為鍾玲。本書是台灣第一本系統性女詩人研究專著，文中各篇皆完成於1986至88年間。

(九) 1989年6月《中外文學》推出「文學的女性／女性的文學專號」。

本書認為，最早期的台灣女性詩學研究有著下列幾點特色：

(一)時間上的落後：既落後於婦女運動，也落後於富涵女性
　　主義思考的詩創作。譬如早在1960年10月《藍星詩頁》
　　上，蓉子就發表過像〈亂夢〉這樣具有批判性格的女性
　　主義詩作。[7]詩中敘述者是一位已婚的年輕女子為敘述
　　者，自述其生命變成了「一無聲的空白」、「一孤立在
　　曠野裡的橋」、「一擱淺了的小舟」。她白天得受家庭
　　勞役之苦（「早晨的沁涼為廚房烘焦」），晚上還得面
　　對丈夫的性索求（那「可怕的蒼白的雨」讓敘述者「疲
　　憊而不能憩息」）。詩末，她的女性自覺終於爆發：
　　「久久地被困於沼澤地的泥濘／哦，我將如何？／我將
　　如何涉過／這沉默得如此的深潭！」（蓉子，1995：
　　39-41）這類詩作的出現，最少早過台灣女性詩學研究
　　二十年。

(二)比例上的不均：檢視1986到89年間這些出版品，便會發
　　現無論專書抑或雜誌，女性詩研究所佔的比例實在很
　　低。這種文類上的失衡，與小說研究的蓬勃發展關係
　　密切。彼時最重要的幾位女性文學研究者中，除了黃
　　（劉）毓秀本身是基進派女詩人兼評論家外，何春蕤、
　　王德威、齊隆壬、成令方、簡瑛瑛、張小虹、廖炳惠等
　　幾枝健筆，其文章皆與新詩研究毫無關係。至於少數會
　　涉及女性詩學議題的詩論家，大概就剩下林燿德與孟樊
　　等二三男性，但文章數量仍相對貧乏。這期間真正能對

---

[7]　〈亂夢〉曾被收入多本詩選集中，如陳素琰編《蓉子詩選》（1993）、蓉子
　　《千曲之聲》（1995a）與《蓉子詩選》（1995b）。

　　台灣新詩中的性別現象投以持續關注者，非鍾玲與李元
貞兩人莫屬。

(三)揮之不去的中產階級與學院色彩：跟早期的婦女運動一
　　樣，中產階級或知識份子總是最早會想到要付諸行動的
　　一群。台灣的女性文學研究一開始便有濃厚的學院色
　　彩。而最用力倡導女性主義文學研究的媒體《中外文
　　學》，本身就是台大外文系主持的刊物。其實不只是詩
　　學，大多數女性詩創作者亦是如此。李元貞在調查過
　　1919到64年間出生的五十多位台灣現代女詩人後發現：
　　她們幾乎都屬於典型的中產階級，並多數擁有大專畢業
　　以上的學歷（2000：433-6）。這樣的階級位置與學院
　　色彩，也在一定程度上決定了日後台灣女性詩創作／詩
　　學研究的方向與侷限。

　　經此耙梳整理，對從西方女性文學傳統到女性主義文論的
各個階段應該已有一定把握。加上對台灣早期婦運史與女性文學
（詩學）研究間的追根溯源，應當有助於回到那個提問：為什麼
女性詩學？

第三節　為什麼女性詩學？

　　對於台灣各家女性詩學之特色的「述評」或「整理」，從
來就不是本書之重心。想得到這些資訊，只要翻閱其他已面世的
詩學研究即可（尤其是近年來各碩博士論文的緒論部分，雖然多
半重複但保證夠詳細）。[8]本書之所以選擇討論「初衷」及「溯

8　常見的討論對象，還是集中在鍾玲《現代中國繆司：台灣女詩人作品析

源」，就是不願被表面之「述評」與資料庫「整理」給羈絆，而是想直探問題之根：為什麼女性詩學？它是在什麼歷史條件下得以成立？由誰來賦予它合法性與權威感？

　　如本文前面所述，台灣女性詩學終究是一則「被創造」的敘事，而且它之所以成為可能，與早期的婦女運動有絕對關係。可惜的是，這層關係恐怕已被遺忘殆盡。台灣女性詩學界的體質與別國不同，大多數女性詩學評論皆將詩學與婦運「清楚切割」、「一刀兩斷」，以致許多討論還是（只能！）停留在文本與修辭層次。西方女性詩學裡在在強調的顛覆與反抗，到了台灣卻變成展示意味十足的一種姿態──還是非政治化的姿態。於是本地的女性詩學研究，不知不覺間好像又走回了形式批評及新批評的老路，完全無視於Kate Millet《性政治》（*Sexual Politics*, 1970）一書的諫言。[9]《性政治》作為女性主義文論走向獨立的批評方法與成熟的重要標誌，其啟示之一就在於對新批評閱讀方式的反叛。況且西方女性主義文學批評家對所謂非政治的「文學性」一向十分感冒，但台灣當代女性詩學界依然不時可見向新批評靠攏或乞靈的現象。[10]別忘了，女性主義文學理論本身就是一種政治性的文學理論，是一種以文學為媒介的政治行為：

論》（1989）、陳義芝《從半裸到全開：台灣戰後世代女詩人的性別意識》（1999a）、李元貞《女性詩學：台灣現代女詩人集體研究》（2000）、李癸雲《朦朧、清明與流動：論台灣現代女性詩作中的女性主體》（2002）這幾本專書。以近年來本地女性詩人及詩作的數量來看，迄今竟然只催生出少量詩學專書，也堪稱是奇聞了！期待有更多學位論文能專心致力於此一領域的耕耘（按：單篇論文部分，早期最具代表性者為孟樊，1995：286-325；陳義芝，1999b）。

[9]　Millet在《性政治》中重新詮釋了政治的意義，讓讀者可以從權力的角度思考個人生活與情慾關係，是西方第二波婦女運動的經典之作。。

[10]　尤其是報紙或《文訊》等文學刊物上的短篇書評。

> 女性主義批評家和其他基進的批評家一樣，皆可被視為關
> 照社會和政治變革鬥爭的產物。她們的主要作用，是在將
> 政治行動擴展至文化領域。這場文化、政治的鬥爭必然是
> 雙向的，其目標的實現既得通過政治改革，亦得通過文學
> 媒介。（Moi, 1985: 23）

揭示性別壓迫的歷史現實、抵抗性別政治的既有秩序、顛覆語言
世界中的尊卑位階——不管是英美學派還是法國學派的女性主義
批評家，都會認同這是有力量、具政治意味與實踐性格的批評策
略。[11]可是到了台灣，一切都神奇地「本土化」了（請容筆者戲
謔借用此詞）。

筆者必須再次重申：女性詩學就跟所有的女性主義批評一
樣，本質上就是一種政治行為。它強調的是如何「改變」世界，
而非僅僅滿足於「解釋」世界。誠如論者所言：「女性主義批評
是一種政治行為，其目的不僅在解釋這個世界，還要透過改變讀
者的意識、改變讀者與其所閱讀對象間的關係，來改變這個世
界」（Greene & Kahn, 1985: 40）。

這就是本書要提出「為什麼女性詩學？」的主要原因。近
年來關於台灣當代女性詩學這個議題，雖然也累積了不少長篇短
論，但絕大多數都不願正視女性詩學中不可或缺的政治性面向。

---

[11] 英美學派的女性主義批評家最初是由分析男性作家作品中的女性形象入手，
進而發展為對女性作家作品的研究。此外，他們也強調作家作品與社會、歷
史間的相互依存關係。法國學派的女性主義批評家則藉助Lacan與Derrida的理
論，重視論述和文本的研究，質疑作為文學形式的現實主義，視語言之構造
為無窮盡的意義延遲。早期台灣女性詩學評論者多傾向於英美學派的主張，
一九九〇年代後則接受了更多法國女性主義文論的影響。

筆者主張，每位女性詩學研究者都該時時刻刻自我叩問：我是以什麼身份發言？誰是我的聽眾／讀者？在這個特定的時空寫作時，我的政治背景與目的何在？我在評論中履行的是何種文化性責任與政治化呼籲？──充斥於台灣女性詩學界的一些「書評」或「賞析」，如果不想被排拒在真正的「女性詩學」之外，就應該對此作出更清晰的表態。過去台灣學界對女性詩學的「認證」太過輕易，遂淪為只要有生理性別差異（即male／female之別，譬如：討論女性詩人）就可納入，導致偽女性詩學氾濫於報刊。這樣當然無助於解放被壓制的女詩人創作力與視野，遑論如何重審父系社會下男性所主導建立的文學成規。時至今日，必須重新檢視女性詩學之所以能夠成立的歷史條件，並確認賦予其合法性的來源為何。答案正如前述：女性詩學之根源為婦女運動，其本質為一種以文學為媒介的政治行為。唯有認清這兩點，才能分辨台灣當代女性詩學中的真與偽。

筆者認為在台灣當代女性詩學中，還存在著「性別觀的單向僵化」與「主體性之討論猶待深化」兩大問題。先從第一項說起。在從事批評時，研究者往往必然把性差異（sexual difference）當作重點，「女人」遂變成單向與僵化的一個概念。晚近酷兒理論（queer theory）對男女二元對立模式及所謂「女人」概念的挑戰，在台灣詩學界幾乎呈現全面消音的狀態（恐怕只有在詩學領域才是如此；小說研究或其他領域可是熱得很）。酷兒理論主張開放生理性別、社會性別、性認同與性實踐的互相交雜流動，正可彌補台灣女性詩學研究之侷限與未見。這其中尤以強調性別具有表演性和假面性的女同志理論家Judith Butler最值得我輩參考（特別是對既有性別觀提出激烈批判的 *Gender Trouble*

〔1990〕和*Bodies That Matter*〔1993〕）。值得一提的是，台灣
詩學界常以生理性別之差異來論斷詩人詩作，卻可能沒有想到：
評論者筆下「女詩人的性別」，也許只是最平常不過的資料之
誤。這種男／女不辨的錯誤並非鮮事，僅筆者發現的部分就有
孟樊（1995：288）論謝昭華、潘麗珠（1999：52）論羅葉及夏
菁、李元貞（2000：391）論葉蕙芳，清一色是誤男為女。[12]

　　在挑戰單向與僵化的性別觀念之餘，台灣當代女性詩學還
應該在主體性（subjectivity）問題上多加努力。在這方面，李癸
雲的博士論文《朦朧、清明與流動：論台灣現代女性詩作中的
女性主體》（2002）應該是台灣目前最重要的研究成果。作者
指出：

> 研究女性主體的意義，在於探討女性主體如何被文化與社
> 會所塑造，以及如何在外在建構與自我身份間認同、掙
> 扎、解構，和重塑。文學作為一種書寫形式，在表達女性
> 主體的過程中，可以不斷逸出常規、尋求更自由的的主體
> 性建構。因此本文以台灣現當代女詩人的作品為討論對
> 象，試圖指出女詩人如何藉由文字來傳達她們女性主體的
> 受壓抑、焦慮、覺醒、自塑等意識，她們既能自省外在制
> 約又能自我開拓。（頁V）

---

[12] 葉蕙芳的例子特別有趣。「她」的創作成品是男詩人林群盛的扮裝天地，不
但入選過《台灣詩學季刊》第十七期「女詩人特展」，還在網路上掀起一陣
以「娥」、「娥們」代替「我」、「我們」的風潮。最有意思的是：詩人先
是以「擬女腔」，反覆書寫以往（林群盛自身）避之唯恐不及的性與暴力題
材；而後又在性慾取向（sexuality）上特意將「葉蕙芳」設定為女同志身分，
於詩行間大操起蕾腔酷調來（按：蕾絲鞭lesbian、酷兒queer）。

　　書中分別從「主體位置」、「性別認同」、「語言實踐」
到「以詩建構主體性」這些層面，探討女詩人作品中的女性主體
問題。李癸雲從精神分析、女性主義乃至人類學中汲取養分，作
為其論述之佐證，並期許這是一種激發文本內在對話的引用，而
非強加與套用。為架構起全書論述骨架，作者確實多方援引前人
研究：精神分析的「性別本質差異論」；兒童心理學、結構主
義、符號學關於「鏡像階段」和「象徵秩序」說；吳爾芙、波
娃、哈伯瑪斯關於「主體的社會建構」省思；蕭瓦特、克莉絲蒂
娃、西蘇對「陰陽同體」及「同一性別」的觀察；傅柯、依蕊格
萊、西蘇有關「書寫─權力─主體」、「鏡像語言」、「陰性書
寫」的理論。所幸在援用域外理論之同時，作者亦不忘檢視與吸
收本地學者（如李元貞、胡錦媛、鍾玲等）相關研究成果。

　　《朦朧、清明與流動：論台灣現代女性詩作中的女性主
體》對探索與建構台灣女詩人的「女性主體性」，有十分清楚的
掌握。可貴的是，她從語言實踐上的表現切入，配合法國女性主
義評論家對女性書寫中「流體」（fluid）特質的提醒，試圖建立
起一種獨特的「流體詩學」。這種以台灣女詩人在語言上展現的
多重觀點、直覺感官、流動意旨等特徵，來大膽建構起「流體詩
學」的企圖心，既具新意，也呈現出超越前行代女性詩論家的視
野。2008年李癸雲又推出《台灣女性詩作之意象研究》，檢視女
性詩作中頻繁出現、又富有「陰性」意涵的意象，如「雨」、
「月」、「花」等。這項研究有助於讀者進一步了解，意象系統
的運作及約束，乃至對女性主體性與意識的影響。[13]

---

[13]　為求對照與突顯差異，李癸雲（2008：149-164）亦以男性詩人羅智成詩中的
　　「女性」意象（即頻頻於作品裡出現的「寶寶」）為例，作為同類意旨可能

　　但台灣女性詩學的主體性問題，依然還有亟待開拓與深化之處。譬如在主體性問題與身份認同（identity）的連結上，台灣的女性詩學迄今還是跟人類學、社會學、地理學、政治學、後殖民研究、多元文化主義等領域的發展脫節。這點導致本地女性詩學研究者，常誤以為生理或社會性別（sex/gender）才是身份認同的第一（或唯一）決定性因素。[14]這裡面其實牽涉到各種主體認同的矛盾與交織，譬如「客家人、原住民、閩南人」（族群）、「工人、教師、大地主」（階級）、「同志、異性戀者」（性取向）。它們之間的交會互滲或衝突排拒，正是日後台灣當代女性詩學可以用力之處。[15]

會有性別差異的例證。

[14] 這問題並非台灣獨有，美國的女性文學研究者也曾碰過一樣的麻煩。Friedman就曾試圖以「身份認同的新疆界說」（the new geographies of identity）來超越傳統女性文學評論的盲點（王政、杜芳琴主編，1998：423-60；Friedman，1998）。

[15] 李元貞（2000：430-2）很敏銳地看出這點，也於書末提到了晚近西方女性主義中的多重主體性與複合自我觀。可惜整本《女性詩學》中，只有這薄薄三頁觸及這個重要的疆域。

第六章
評論轉型視野下的後現代詩學

第一節 詩評論的「後現代想像」

　　時至今日，「後現代」對台灣詩壇早已不再新鮮，甚且可說所有「後」學都不能免於明日黃花之嘆。惟如本書〈緒論〉所言，在新詩評論確立「轉型」後，女性詩學／後現代詩學正是台灣當代新詩評論在性別／性質上最重要的兩大「變貌」，日後乃有各式詩評論之延伸分衍。況且在西方，後現代思潮一向與婦女解放運動關係密切；反觀台灣，「詩評家在談後現代時很少考慮到女性主義對後現代詩觀的影響和啟發」（奚密，1998：

218）。職是之故，本節將先探索台灣新詩評論界「後現代想像」之起源，以利後續二、三節之批判與研討。

台灣評論界的「後現代想像」起源有二，恰巧一內、一外：「內」指的是1986年羅青發表〈七〇年代新詩與後現代主義的關係〉和〈詩與後工業社會：「後現代狀況」出現了〉，吹起臺灣文學進入後現代的號角；「外」指的是1987年6月起《當代》開始連載Frederic Jameson《後現代主義與文化理論》，加上該年Ihab Hassan和Frederic Jameson先後來台講學，引起傳播效應強大的後現代風潮／瘋潮。

先從羅青談起。他被公認為台灣後現代詩的先趨[1]，也是最早出版專書探討後現代主義的詩評家（1988年的《詩人之燈》部分篇章及1989年《什麼是後現代主義》全書）。中國大陸學者王岳川（1993：14）指出：「後現代是一個反體系的時代，這一點構成了後現代主義理論的鮮明特徵。反體系即反任何人為設定的理論前提和推論，否定人能達到對事物總體本質的認識」。話雖如此，最大力提倡後現代文學的羅青，卻自始至終都想建構出台灣版的「後現代」整體地圖／族譜。他既在《什麼是後現代主義》中，選譯1979年Jean-Francois Lyotard名著《後現代狀況》（*The Postmodern Condition: A Report on Knowledge*），復仿造「歐美地區後現代階段大事年表」，自擬起一份「台灣地區後現代狀況大事年表」。像這種企圖尋找「後現代」本質、標

---

[1] 羅青（1989：320）在《什麼是後現代主義》中曾說：「1970年，我自己發表〈吃西瓜的六種方法〉，充滿了解構式的觀念，運用留白，開啟單元相互對照的多元技法，是新詩中後現代傾向的一個先聲」。筆者主張，1972年羅青出版後現代「先驅」詩集《吃西瓜的方法》，夏宇則於1984年推出台灣第一部後現代詩集《備忘錄》。。

舉「歐美後現代」時刻表、條列「台灣後現代狀況」現象，就概念而論無疑是很不「後現代」的。但羅青畢竟還是最早有感於「後現代」必然來臨的詩論家。他甚至曾以進化論式的「魚〉獵農牧工〉業後工〉業」為題撰文開講，顯然繼承了提倡「工業社會的詩」的前行代詩論家紀弦理念（羅青，1989：305；紀弦：189）。綜上所述，羅青在八〇年代末期自認拋開「現代」、創發「後現代」時，恐怕都不曾意識到，自己還有一隻腳仍踏在「現代」之中。

　　比專書更早的，是單篇詩評論的出現；比單篇詩評論更早的，是後現代詩的問世。夏宇首先發表〈連連看〉（1979年），繼而是〈歹徒丙〉與〈社會版〉（1982年）。[2]但這些後現代詩作，連同1984年台灣第一部後現代詩集《備忘錄》在內，一開始並未引起太多矚目。原因無他：文風詩潮之形成，有賴作品及評論的相互支援，缺一難行。關於後現代詩的評論，仍須等到1986年羅青發表〈七〇年代新詩與後現代主義的關係〉和〈詩與後工業社會：「後現代狀況」出現了〉兩文。其中後者尤為重要，原為羅青替「四度空間」詩社五位年輕詩人（柯順隆、陳克華、林燿德、也駝、赫胥氏）合集《日出金色》所寫之總序。他指出這批民國五十年後出生「第六代詩人」，其成長階段是「一個相當資訊化了的後工業時代」。他並預言台灣「遲早要在民國八十年

---

[2]　〈連連看〉、〈歹徒丙〉、〈社會版〉分見《備忘錄》初版之頁24、68、77。陳義芝（2006：164-165）對三首後現代詩作過清楚介紹：「〈連連看〉一詩以十六個詞語（主要是名詞，也有動詞、形容詞、助詞及等待填空的框框）排成上下兩列，反固定的聯結關係，反約定俗成的讀詩習慣；〈歹徒丙〉，純是一幅速寫圖，直接訴諸沒有詮釋紛爭的線條圖形，以挑戰文字意義的系統霸權；〈社會版〉，呈現『一張無名男屍招領公告』加一幅陳屍寫意圖，這樣的並置違背了時間邏輯，卻有廣告式幻象的趣味」。

代，完全進入資訊化後工業社會，台灣島本身，將成為一個大都會，中間點綴著經過『精心保護』的自然及田園」。他以條列方式一一舉出台灣正「全速衝向資訊社會」的證明，並認為在這五位年輕詩人作品中「可以聞到相當濃重的『後現代主義』氣息」（羅青，1986：9-15）。他雖在《日出金色》的總序裡大聲呼喊「後現代狀況出現了」，但最弔詭的是：細讀書中五人詩作，其實沒有幾首稱得上是後現代詩。連其中以多面手與前衛感著稱、最具有後現代詩企圖的林燿德，當時收錄的作品仍多為「以現實為張本，而又深具現代主義特質的佳作」（向陽，1986：105）。林燿德都如此，遑論其他四位詩人──羅青顯然只是藉由寫序的機會，呼籲年輕一輩詩人應該衝向資訊社會、擁抱後現代詩潮。頗堪玩味的是，1986年羅青這篇詩評論出現在《日出金色》五人尚未真正「後現代」以前。而夏宇的後現代詩集《備忘錄》自1984年面世後，卻一直要到1986年才遇到知音。《備忘錄》出版一年左右，雖有蕭蕭〈談「備忘錄」〉及萬胥亭〈日常生活的極限〉專文品評，但皆未能確切掌握要點。直到兩年後林燿德發表〈積木頑童〉一文，才首度替詩人清楚定位：「夏宇的創作本質已與現代主義無關，她完全是一個不但身處其中而且能夠敏感地把握住後期工業社會特質的詩人，她的形式和創作取向也呈現了後現代主義的特質」（林燿德，1986：130）。[3]

---

[3] 萬胥亭（1985）認為「夏宇的詩不妨視為現代主義『窮則變』的一個掙扎努力」，將她歸入現代主義末期範疇。蕭蕭（1985：115、116）則說夏宇是「一個詩壇上怪異的詩人」、「一位『勇敢』的詩人」。三者相較，高下立判。亦可注意林燿德自己1987年發表的〈資訊紀元──《後現代狀況》說明〉一詩。他在此作中聲稱要「揭露政治解構、經濟解構、文化解構的現象；以開放的胸襟、相對的態度倡導後現代藝術觀念、都市文學與資訊思考，正視當代『世界－台灣』思潮的走向與流變」（1988：204）。

　　後現代的單篇詩評論出現之後，文化界在1989年一次迎接了四本後現代專書：羅青《什麼是後現代主義》、Frederic Jameson《後現代主義與文化理論》中譯本、鍾明德《在後現代主義的雜音中》、孟樊《後現代併發症》。Jameson的書自1987年6月起在《當代》第十四期連載，Ihab Hassan和他並先後來台講學，掀起了一股後現代熱潮。詩壇至此有了濃郁的後現代「氛圍」，但羅青所謂「資訊化後工業社會」究竟在哪裡？羅青（1988：254）聲稱「所謂『後現代』（postmodern），對社會而言，是所謂『後工業時代』；在知識傳承的方式上，是所謂的『電腦資訊』；反映在文學藝術上，則是『後現代主義』」。而後現代狀況恰反映了本地「經濟發展成功、物質欲望翻醒後，所帶來的無比自信以及精神創造的需求」（羅青，1989：306）。引人質疑的是：八〇年代的台灣社會真正進入了後工業時代嗎？電腦資訊可有真正普及？究竟是一種「需求」，還是「被要求」？林淇瀁（2001：204）就曾針對羅青之說提出反駁，認為本地之「後現代狀況」要到1998年才誕生，因為此時「台灣的網路使用者已經突破二百萬大關，這個數據說明了網際網路的虛擬對於台灣社會真實可能的影響……台灣的當代文化（包括台灣文學），從最壞的到最好的、從最菁英的到最流行的，都被表現到『超連結』的鏈結之中，形成一個巨大的、非歷史的超文本。在這樣的時刻中，『後現代狀況』方才誕生」——在那之前文學社群對「後現代」的呼籲，在林淇瀁看來只是「符號的遊戲」，缺乏實際社會、政治、經濟、文化條件作為基礎。本書則主張，像這樣有氛圍而無實體的「後現代狀況」，注定只（能）是想像，一種詩與詩學的「後現代想像」。

此一想像的起源，畢竟來自羅青本人的敏感與形塑。一九九○年他在《曼陀羅》詩刊第8期上發表〈古今中外二十年〉，提及自己的後現代淵源：

> 我從大三下學期開始，脫離習作時期，對外投稿，發表作品。次年，也就是民國五十九年（一九七○年），我開始嘗試用「多元化」或「解構」的方式創作並發表〈吃西瓜的六種方法〉、〈三斷論法〉、〈報仇的手段〉、〈月亮・月亮〉等一系列作品；並於民國六十一年出國留學時，出版《吃西瓜的方法》處女詩集。次年元月，余光中寫成〈新現代詩的起點——羅青的《吃西瓜的方法》讀後〉一文，引起了一陣對「新現代詩」的討論。十多年後，我們再回頭檢討當時的討論，便可發現，所謂的「新現代詩」這個名詞，與「後現代詩」，在許多方面是相通的。
>
> 法國學者德希達（Jacques Derrida）於一九六六年參加美國的約翰霍普金斯大學所舉辦的「人文科學說法中的結構、記號、及遊戲競賽」討論會中，發表了他影響當代文學批評至為深遠的「解構說」。十年後，他的看法慢慢為美國文學批評界接受，到了八○年代初期，方才風行一時，成為顯學。我就是在這個時候，接觸到解構的理論。接著又在八○年代中期，讀到了方興未艾的「後現代主義」，使我有機會，以解構及後現代的觀點，回顧台灣一九六○年以後的社會變遷與我創作的關係。

從此處看，對羅青而言顯然是「創作先於理論」，而且是他的創作（而非夏宇）先於後現代理論抵達台灣。照引文所述，他從事詩創作第二年（大四）即開始運用「解構」手法，1972年遂有詩集處女作《吃西瓜的方式》誕生。余光中評價此書為「新現代詩的起點」後引起注目，而且羅青認為1973年余氏所謂「新現代詩」與1990年「後現代詩」在「許多方面是相通的」。不僅如此，他還在〈台灣地區後現代狀況〉一文中，把余光中也拉進了後現代的隊伍：「從1961年，余光中發表〈再見，虛無〉及〈天狼星〉長詩，以及稍後出版的《蓮的聯想》詩集，便開始了文學通向後現代的門徑」（羅青，1989：320）。

　　這些說法，筆者實在不敢苟同。對1973年余光中所謂「新現代詩」作文字挪移，強解為1990年的「後現代詩」已不恰當；把台灣新詩的「後現代」往前推，推到余光中告別現代主義的〈再見，虛無〉或新古典風之《蓮的聯想》，則更顯大謬。倘若像羅青這樣，直接把首波「後現代主義」詩潮接在六〇年代「現代主義」詩潮之後，幾等同於擠壓或無視彼時「寫實主義」詩潮的存在。換言之，既無中間地帶，亦無同存共構之可能。本書認為，上述屬詩評家羅青對台灣新詩「後現代」傳統的創制抑或發明。史學家Hobsbawm（2002：11-12）曾提出「被發明的傳統」（the invention of tradition），他認為：「『創制傳統』是一系列的實踐，通常是被公開或心照不宣的規定控制，具有儀式性或象徵性的本質。它透過不斷地重複，試圖灌輸大眾特定的價值觀與行為規範，以便自然而然地暗示：這項傳統與過去的事物有關」、「不管與歷史過往再怎麼相關，傳統的『創發』其特殊性就在於：這樣的傳統與過往歷史的關聯性是『人工』接合的」。

羅青會這樣援引余光中來「自然而然地暗示」，「人工接合」過往歷史與「後現代」的關聯，目的昭然若揭：藉「發明」後現代之「傳統」，重建台灣新詩評論界「後現代想像」的起源。

第二節　後現代詩在台灣：理論與實際

繼羅青之後，本地詩評家對後現代的想像更見推衍延伸且越趨細緻，並能列舉諸多詩例以為佐證。其中最重要者，當屬孟樊、陳義芝與簡政珍。跟羅青不同的是，三人並非後現代的全盤信仰者——這點從各自的詩創作來看尤為顯著。孟樊雖有專著討論後現代詩，態度上亦對此思潮表示歡迎，但要等到2011年新作《戲擬詩》才算以全書完成後現代解構實驗。陳義芝雖有極少數後現代詩作，也還算是淺嘗即止。簡政珍持續批判台灣後現代詩的遊戲傾向，在創作上更不願與之同道。以下將依時間順序，探討幾位詩評家著述中擘畫的「後現代想像」。

作為繼羅青後最積極耙梳後現代詩脈絡的評論家，孟樊早在1990年便撰寫三萬多字長文〈台灣後現代詩的理論與實際〉。此文當年配合研討會活動發表，並結集於名曰《世界末偏航——八〇年代台灣文學論》的書中。一邊是世界末逼近的焦慮，一邊是後現代熾盛的騷動，饒富象徵意味。同樣是詩評家用詩論向詩人呼籲：「後現代來了！」，孟樊雖略晚於羅青，卻得益於外在條件的更趨成熟（譬如1990年各文化領域的後現代熱已明顯燒了起來，鼓勵更多人嘗試後現代詩創作）。他有意結合台灣新詩與西方理論，找出後現代詩在形式與內容上的幾個特徵（孟樊，1995：265-279）：

（一）文類界限的泯滅。

（二）後設語言的嵌入。

（三）博議（bricolage）的拼貼與混合。

（四）意符的遊戲。

（五）事件般的即興演出（happening performance）。

（六）更新的圖像詩與字體的形式實驗。

（七）諧擬（parody）大量的被引用。

　　孟樊是第一個將本地詩作真正結合後現代文學理論的詩評家，比起羅青的後現代「年表」與「概念」，孟樊開始搭起了後現代詩的「骨架」，並嘗試填充起「血肉」。他在上述的七項特徵之外，又總結出台灣後現代詩的一張「診斷書」，多達三十一種名目：

> 台灣後現代詩大致有如下的特色：寓言、移心、解構、延異、開放形式、複數本文、眾聲喧嘩、崇高滑落、精神分裂、雌雄同體、同性戀、高貴感喪失、魔幻寫實、文類融合、後設語言、博議、拼貼與混合、意符遊戲、意指失蹤、中心消失、圖像詩、打油詩、非利斯汀氣質、即興演出、諧擬、徵引、形式與內容分離、黑色幽默、冰冷之感、消遣與無聊、會話。（頁279-280）

可惜這一連串清單式的列舉，雖原欲掌握台灣後現代詩的多樣風貌，卻失之於寬泛無邊，使「後現代詩」一詞喪失了描述性意義。奚密（1998：221）則批評孟樊此文代表「對德希達解構

理論最大，但很遺憾的，也是最普遍的誤讀和誤用。德希達從未否認意義存在和必要」。她指出：藉後現代詩論批判新批評傳統時，不該只是「用一批新名詞（解構、延義、主體消解、意符遊戲……）來取代舊名詞（意符謬誤、個性逃避、語言偶像……）」。提出後現代詩論雖有助於了解台灣新詩，但這份了解「必須落實在一首詩、一位詩人之作品、一脈文學傳承的閱讀和把握上」。本書認為，奚密所論固然有理（如批評意符的語言遊戲，或提醒細讀作品之必要，以免淪為理論掛帥），但孟、奚二人對部分詩作詮釋上的差異，不應該構成抹煞〈台灣後現代詩的理論與實際〉之理由。平心而論，想要定義何謂「現代主義」實非易事，遑論更複雜多向的「後現代主義」？從「主義」落實到「詩作」──而且是具有後殖民背景與「遲到現代性」（belated modernity）的台灣新詩──又何嘗不可能出現歧異？

定義後現代之難，可舉最早被「譯入」台灣的Ihab Hassan為例。他在《後現代的轉向：後現代理論與文化論文集》（*The Postmodern Turn: Essays in Postmodern Theory and Culture*）一書中，將現代主義與後現代主義作出列表對照，並強調後者之「不確定內在性」（頁153-155）。為了對後現代主義有更精確的掌握，他也整理、歸納出後現代主義的幾項特徵：不確定性（indeterminacy）、分裂性（fragmentation）、非神聖化（decanonization）、無自我性和無深度性（selflessness, depthlessness）、不可呈現性（unrepresentable）、反諷（irony）、雜交（hybridization）、狂歡性（carnivalization）、表演性（performance）、構成主義（constructionism）、內在性（immanence）。在此特摘錄說明這11項「界定因素」：

(一) 不確定性：後現代主義並不確定任何事物，一切事物都是相對的。各種不確定性滲透人的行為、思想及解釋之中，從而建構了人類社會。

(二) 分裂性：分裂性是不確定性的來源，後現代主義相信斷裂的碎片，對於任何形式的總體結合，均持反對的立場。

(三) 非神聖化：後現代主義者認為非神聖化適用於一切教規法典、法律條文、乃至權威結構體制。其目的在使文化非神聖化、知識非神聖化以及使權力、淫慾、欺騙的語言解體。

(四) 無自我性和無深度性：後現代主義者顛覆傳統的自我，使自我成為一個既無內容，亦無外表的虛假平面。

(五) 不可呈現性、不可表象性：後現代學者經常追求一種極限狀態，以各種沉默的形式，進行自我顛覆，並以自我消亡為榮。

(六) 反諷：後現代主義的反諷，亦可稱透視主義，具有不確定性、可求明晰、一種缺席的光明。此種特徵說明心靈追求真理地再創造，而反諷的是，心靈要追求真理，真理卻總是逃避。

(七) 雜交：後現代主義透過現在與非現在、同一與他者的辯證互動歷程，使連續性與斷裂性、高級文化與低級文化混雜交錯在一起，呈現多元融合的景象。

(八) 狂歡性：後現代主義的狂歡性格包含了上述七項特徵，此乃意味著複調技法、語言的離心力、事物狂歡

　　　　的相對性、透視主義、喧鬧的生活、荒誕的精神、嬉
　　　　笑、顛覆等反系統的特殊邏輯。

(九) 表演性、參與性：無論是語言與非語言的，後現代均
　　　強調表演的及參與的特性，要求寫定、修改、回答及
　　　表演。

(十) 構成主義：後現代主義具有強烈的想像性和非現實主
　　　義色彩，並以此虛構的本質來建構現實。其主張世界
　　　應從一個獨特固定的真理，邁向百花齊放、百家爭
　　　鳴、不斷形塑的多元世界。

(十一) 內在性：後現代主義的內在性指心靈通過符號，概
　　　　括自身的能力。語言依據其自身建構邏輯，將宇宙
　　　　重建為符號，亦即把自然轉變成文化，把文化轉變
　　　　成具有內在性符號系統。

惟綜觀這十一項「界定因素」，後現代主義仍難有一明確的定
義。或許後現代主義正如他所言「是一個語義含糊的概念、一個
缺乏關聯的範疇，既受現象本身動力的推動又受批評家不斷變化
的觀念制約（Hassan，1993：256-266）。明乎此，孟樊舉出後
現代詩在形式與內容上七大特徵雖難免掛一漏萬，但總比什麼都
不（敢）作來得好。本文也間接促成他完成國內第一本以西方當
代文學批評理論，考察台灣新詩及其評論的系統性專著。[4]

---

[4]　指《當代台灣新詩理論》一書。〈台灣後現代詩的理論與實踐〉乃全書十二
　　章中，字數最多、分量最重，惹出爭議也最大的一篇。

　　十年過去了，終於見到陳義芝（2000：384-419；2006：163-164）嘗試結合宏觀文學歷史與微觀本土詩例，歸納出後現代主義詩作的五項特色：

（一）不再追求個人主義風格的創新，反而將仿造（pastiche）作為一種寫作策略。

（二）以不連續的文字符號建構出有別於傳統、不具意指（signification）的語言系統。

（三）創作的精神不在於抒發情感，而在於表現媒介本身；不在於呈現真實事物，而在完成一種廣告式的幻象。

（四）表現方法不依賴時間邏輯，而靠並時性空間關係的突出，景物與景物間、事件與事件間，因互不相屬而留下更多聯想的空間

（五）要求讀者參與創作游戲，讀者可以在作者有意缺漏之處填入不同的意符產生不同的意指。

此文重新把梳台灣後現代詩之初肇迄西元2000年的發展，並從後現代與後殖民、「新國家文學」的反激與不確定因素說、對現代的延續與反動、「片面挪移」的省思等角度，盡量做到對後現代詩的正本清源。值得注意的是，外文系學者對後現代主義「台灣版」的考察，早期多採批判視角或直斥為「炒作後現代」（陳光興，1990），後來才將焦點集中於後殖民情境與本土詩面貌（廖咸浩，1996、1998；廖炳惠，1998）。[5]陳義芝對後兩者的洞見

5　廖咸浩（1996：443；1998：36-50）曾兩度歸納台灣後現代詩的特徵，亦可參考。第一次分為七項：（一）反寫實主義、（二）國際取向、（二）宏觀

有所回應，並落實於本土詩例之中。如廖炳惠藉「翻譯的後現代」[6]之說提出：「後現代主義或後現代情景並非完全有定論的術語，其詮釋權仍有流動之空間」，評論者應該「了解這種翻譯（或移植）後現代過程之中，台灣社會的具體欲求、挪用策略及其再詮釋之歷史脈絡」（1998：116）。陳義芝則指出，台灣的後現代探索「最大目的在幫助讀者發展跨國文化觀，激發思考，形成新的台灣想像。必須先有跨越疆界的想法，才有非概念、有活力的新本土思維」（2006：187）。本書認為，相較於林淇瀁（2001：179-191）從爭奪文化霸權的角度，將「台北的」（後現代建構）與「台灣的」（本土論述）對立起來；陳義芝此處論述更顯開闊，彷彿在暗示詩評家：面對台灣特殊的政經背景與文化條件，實應「相體裁衣」，替台灣的後現代詩穿上一件新本土的外套。

　　孟樊於2003年推出專書《台灣後現代詩的理論與實際》，從後現代詩之歷史、理論與實際三方面著眼，允為本地學界第一本完整的後現代詩作與詩論研究。全書共分為三章，第一章為總論／歷史篇（台灣後現代詩史），第二、三章則為分論／理論與實際篇（台灣後現代詩的論述、台灣後現代語言詩）。孟樊從歷史變革的角度，重新檢視後現代詩崛起、發展的歷史脈絡，剖析後現代詩人及其詩作，並歸納出後現代詩的類型特徵。在為這一

斷代史定位之同時，亦探討後現代詩的相關論述，特別是將最困難的「語言詩」類型，從文學理論與作品表現角度雙管齊下，予以詳細討論。他認為台灣一九八〇／九〇年代新詩史的斷裂處就在「後現代的崛起」，面對這個後現代時期（the postmodern period）宜採用最寬廣的界說：「後現代從邊緣出發，反體制、反權威、反主流，向既有建制予以質疑，當然也就反對向來被視為理所當然的真理；準此以觀，諸如女性主義與後殖民主義的詩風以及具文化政治（cultural politics）精神的政治詩與方言詩都應納入討論的範圍」（頁27）。孟樊認為一九八〇／九〇年代的後現代時期，台灣詩壇的主角不再是舊世代的前輩詩人，而改由中生代或更年輕的新世代詩人來擔綱——諸如（狹義的）後現代詩、女性（主義）詩、情色詩、都市詩、後殖民詩，主要皆在後者身上產生（頁46）。與英美的後現代詩相比，台灣詩人在實際創作上發展出後現代的全球在地化（glocalization），亦於後現代科幻詩上建立自己的風格。誠如作者所述，「從較廣義的『後現代精神』出發來看一九八〇／九〇年代這一時期的變化，說穿了厥為『解』（de-）一字而已，換言之，就是『反經典、反傳統、反主流、反權威、反體制』的詩風或詩潮」（頁89-90）。筆者認為，與1990年的長文〈台灣後現代詩的理論與實際〉相比較，此書一方面不再焦急地替台灣的後現代詩開立清單式「診斷書」，另一方面更能把握台灣後現代詩對再現企圖的質疑，對種族／性別／階級／地域認同政治的異議。至於孟樊對後現代「語言詩」的討論，雖彰顯了台灣後現代詩之特殊性（如所踐履的是

文本的政治，而非具現實意味的反對政治[7]），卻陷入了過度沉溺「後現代形式」之危機。

第三節 後現代的雙重視野

簡政珍《臺灣現代詩美學》晚孟樊《台灣後現代詩的理論與實際》一年半問世，全書有近半篇幅在評議與修正台灣的後現代主義詩學。簡政珍堅持以批判的態度面對後現代，他聲明自己「著重的不是外表明顯的所謂『後現代形式』，而是潛在的後現代精神」（頁162），針對意味不可謂之不「明顯」。相較於前述孟樊將台灣八〇／九〇年代新詩史視為後現代時期，簡政珍的看法截然不同：

> 台灣詩壇八〇年代之後，經常被稱為「後現代」時代，其實，這個名稱是個誤導。很多的好詩，並不能以「後現代」概括，而在概括名稱的篩選與籠罩下，詩史變成以「主義」為取向的犧牲品。
>
> 台灣後現代詩論述，經常以「標籤」作為後現代的圖騰。詩人配合標籤寫作，批評家根據標籤選擇作品；彼此心照不宣的「合作」下，「製造」了台灣後現代詩八、九成的詩作。由於「標籤」倒果為因的指標，這些作品很難跨入美學的堂奧。（頁iv-v）

7　「文本的政治」是指對於台灣之前風行的現代主義或寫實主義的反叛（孟樊，2003：239）。

這是擲地有聲、正中要害的批評。台灣後現代詩評論的「標籤」化問題嚴重，從「先驅」羅青身上便可見端倪。譬如：他僅憑台灣社會中幾項符合西方後現代準則的現象，就極度樂觀地呼喊「後現代狀況出現了」。編制台灣「後現代狀況大事年表」並援為佐證，也是羅青勇氣過人、思慮欠周的又一顯例。前引簡政珍所謂「以『標籤』作為後現代的圖騰」，映照出本地詩評家跟詩人的共謀，導致偽後現代詩作橫行，成為「形而下的遊戲」：

> 在台灣，所謂後現代詩幾乎都在文字或是圖象刻意扭曲下，成為「形而下」的遊戲。如此的詩作，也是一般批評家趨之若鶩的舉證對象。於是，夏宇、林燿德、陳黎等人的作品一直曝顯在論述的聚光燈下。夏宇的〈連連看〉耍弄了多少追求外表形式的批評家。陳黎《島嶼邊緣》與《貓對鏡》裡的作品，也在台灣的批評界成為必然的論述。（頁224）

為除流弊，簡政珍詩評論上溯至「新批評」的精品細讀（close reading），並藉此發現應以多面向的「嬉戲」，來取代負面性的「遊戲」一詞。夏宇、林燿德、陳黎這些作品，被他歸為「有形的文字遊戲」；他的詩論卻是在尋找「形而上的嬉戲」。相較於那些完全悖離後現代精神、使詩的舞蹈變成走路的「遊戲」，後現代的「嬉戲」不在文字表象的形式，而是注重語言的內涵。

語言及其周邊（如沉默、聲音、敘述、空隙）一直是簡政珍著作中的核心關懷。在考察台灣新詩的發展變遷時，他不斷強調美學姿態的重要，關注詩美學是否有隨時代而成長：「『超現

實』或是『鄉土寫實』都要經過語言收納的門檻，才能進入美學的殿堂」（頁iv）詩美學的關鍵，還是在於語言。落實在台灣新詩的實際批評上，《放逐詩學》便以余光中的詩語言為例，指出其「趨近散文式的傾訴，意象留給讀者的不是視覺後的餘味或想像，而是在朗讀時的韻律」。余詩裡類似「中國是我我是中國」的句型，效果不彰且反讓「放逐理念的闡述凌越意象沉默的本質」（簡政珍，2003：25、69-70）。

延續了《語言和文學空間》、《詩的瞬間狂喜》、《詩心與詩學》三本論著對詩語言的掌握與要求[8]，這部《臺灣現代詩美學》書中「各章節並非全然是『後現代詩』的論述。而是在後現代氛圍裡，省思當代詩如何調適腳步……在美學的軌跡上再跨出一步」（2004：158）。為了避免重蹈其他詩論家的「標籤」困境，簡政珍分別從「結構與空隙」、「意象與『意義』的流動性」、「詩的嬉戲空間」、「不相稱美學」、「既『是』也『不是』的辯證」等角度，重新討論台灣後現代詩的特質，試圖重建「後現代想像」新貌。簡政珍自述為了「以閱讀原典描繪詩人的輪廓……大約閱讀了一千本詩集」（頁vi），他在實際分析與詮釋詩作時，總能層層遞進、另闢蹊徑，故能挖掘出沈志方、路痕甚至洛夫這些一般批評家認為應該與「後現代」無關的例證。他對台灣後現代詩焦點人物夏宇之評價亦超脫流俗：《備忘錄》中少數作品有「深度的喜感」，能以機智跨越了「苦澀的笑聲」門檻，惟最終卻失之於敘述能力不足與散文化詩行。相較於其他「尋找標籤」詩評家鍾愛的〈連連看〉等玩弄外在形式之作，簡

---

[8]　《詩心與詩學》與《詩的瞬間狂喜》內容多所重複，前者實為後者之增訂版。

政珍更珍視夏宇其他富於文字嬉戲（而不玩表象文字遊戲）的詩作（頁221-243）。

　　簡政珍最讚賞的，是部分詩人在詩作裡展示出後現代細緻的「雙重視野」。「雙重視野」在美學上呈現出諧擬的功能（一方面模仿、一方面揶揄），是後現代主義重要的精神。它是《臺灣現代詩美學》裡最重要的主張，充滿了批判和自我反省的雙向辯證，卻經常在台灣各家後現代詩評論中「遺失」。他批評從羅青以降的後現代詩評論「大致所呈現的是單方面的平面觀察，很少能凸顯到後現代雙重視野的豐富性」（頁151）。雙重視野的提出，讓長期受困於「標籤」錯覺的台灣後現代詩學研究露出一道曙光與期待。這樣的期待也延伸到詩人詩作，如書中屢次以美國詩人艾許伯瑞（John Ashbery）長詩〈凸鏡自畫像〉（"Self-Portrait of a Convex-Mirror"）為例，期許台灣的新詩創作也能發展這類意象化的哲學思維。

　　外文系出身、對西方當代思潮素有研究的簡政珍，不像某些評論家喜歡搬弄術語及羅列理論（而且居然可以毫無批判地立刻「在地化應用」），卻提倡與力行回歸詩作本身、從語言入手的解讀策略。這與坊間詩評論充斥著二流歷史學、三流社會學與不入流心理學的殘痕，自然大不相同。從選詩法眼、評詩取徑，到如何從詩行中窺得超／現實與人生間的有無虛實辯證，簡政珍為當代新詩評論作出難得一見的示範。值得注意的是，《台灣現代詩美學》所選析的詩篇，若非出自青年詩人之手，即為名家較不顯眼、罕被討論的創作。這是因為他發現：台灣詩評家往往只專注於「前衛」與「本土」的兩極傾向，以完全對立的兩個準則篩選作家，忽略了界乎兩者間，少數真正能觸動人心之作的存

在。他十分犀利地指出：「前衛」作品被批評家譽為走在時代尖端，卻可能忽視作者根本沒有足夠的想像力面對時代；討論「本土」作品時批評家又完全棄絕美學，根本不論其是否具備想像而僅以意識型態作為論證（頁302）。

　　本書認為，簡政珍掌握了「不把詩語言簡化為時代註腳」及「不以詩作來佐證理論思潮」這兩項堅持，並讓自己的評述文字本身成為台灣新詩評論的最佳美學示範。《台灣現代詩美學》是簡政珍在後現代氛圍裡，尋求跟其他當代詩評家與批評流派對話的可能。他既憂心「前衛」或「本土」詩人與詩評家的不當共謀，又對同時代活躍的其他評論家在批判中語多期待。下面這段話尤其值得省思：

> 目前詩美學最需要提升的是詩評者的閱讀能力。撇開明顯的理論標籤，撇開意識型態的框架，在能分辨詩與散文不同的前提下，一個詩評者應該進一步自問：是否對語言足夠敏感？是否能在詩行的弦外之音裡聽到人生深沉的迴響？（頁28）

與之前的四部詩論集相較，簡政珍在《台灣現代詩美學》中大幅增加歷史考察的面向，全書在在可見欲構築「台灣新詩美學史」的雄心。其企圖與視野，恐怕已非「後現代」一詞可以囊括。

第七章
當代台灣新詩評論的四方分衍

第一節 十大詩人：典範的變與不變

一、

　　「十大詩人」之名，首見於一九七七年源成版《中國當代十大詩人選集》。此書由張默、張漢良、辛鬱、菩提、管管共同編選（五人皆為「創世紀」詩社同仁），主動出擊加上舉賢不避親的結果，面世後自然備受爭議。他們所選出的台灣（現已不能稱為中國）十大詩人為：紀弦、羊令野、余光中、洛夫、白萩、瘂弦、羅門、商禽、楊牧、葉維廉，已故作家及幾位編委則不予

列入。由張漢良執筆的〈序〉中，列舉出選入「十大詩人」應具
備四項條件：

(一) 在質的方面，必須是好詩人，至少大部分作品是好的。

(二) 創作有相當的歷史，且作品水準不得每下愈況，風格
尤應演變。

(三) 具有靈視，能透過創作觀照人生與世界諸相，表現出
詩的真理。

(四) 就對讀者的關係與文學史的意義而言，必須具有相當
的影響力。（頁2-3）

話雖如此，編者也承認入選的十位詩人未必每項皆具，其層次更
頗見差異。可見要找尋名實相符的「十大詩人」，亦非易事。持
平而論，此書固然難脫當代詩人／詩群自我經典化之嫌，但終究
還是一冊用心編輯的厚重出版品，依然有其史料價值。它當然不
只是一部「創世紀」版的台灣現代詩地圖或準詩史。經歷過關傑
明、唐文標對現代詩的嚴厲批判，恰選在鄉土文學論戰正式爆發
前夕出版的《中國當代十大詩人選集》，本身就顯現出強烈的自
我辯護企圖──儘管其發言位置與姿態，今日看來早已「人地不
宜」（out of place）。

質疑「十大詩人」之選擇方式，加上對「三大詩社」長期
宰制詩壇的不滿，最終具體化為一九八二年《陽光小集》主動
舉行「青年詩人心目中的十大詩人」票選。由向陽（本名林淇
瀁）、李昌憲、陌上塵等八位同仁創辦的《陽光小集》，應該是
八〇年代初期最有活力的詩刊，後來更轉型為廣納青年漫畫家

（如林文義）及民歌手（如葉佳修）的詩雜誌。該刊特意製作四十四張選票，供「已有明確文學成績之新生代詩人（限戰後出生，已由學校畢業者），就所有前行代詩人中推舉十位，採不具名方式」（編輯室，1982：81）。四十四位擁有投票權的詩人中，十五位為《陽光小集》同仁，不過總共也僅回收了二十九張選票（有效票二十八張；一張只寫「楊牧」一人，被視為無效票）。該刊扣除已故的覃子豪跟楊喚，依其得票高低公布了一份新「十大詩人」名單：余光中、白萩、楊牧、鄭愁予、洛夫、瘂弦、周夢蝶、商禽、羅門、羊令野。覃子豪跟羅門同獲十一票肯定，楊喚則在覃、羅之後。與七七年「十大」相較，多了鄭愁予和周夢蝶，紀弦和葉維廉則落於榜外。以所參與團體而論，余光中、周夢蝶、羅門為《藍星》同仁，《創世紀》有洛夫、瘂弦、商禽，白萩是《笠》創辦者，楊牧、鄭愁予則被歸為海外詩人。該刊指出，此比例與各詩社三十年來對詩壇的影響似乎也成正比（頁83）。

　　恐因這份「民選十大詩人」名單不見太多驚喜，八〇年代中期林燿德（1991：19）就曾批評：

　　　　《陽光》的票選活動，無異是企圖自製星座盤、重新釐定安排「天體結構」的一項革命性壯舉，可惜候選名單遍及一九四一年之前出生的八十二位詩人，揭曉榜單卻與源成版《中國當代十大詩人》名錄過份接近，僅以周夢蝶、鄭愁予更易紀弦、葉維廉，似無任何突破性的新觀點出現。尤以被剔除之紀弦僅得七票，特別是一件令人驚異之事，紀弦以「現代派」宗主之尊，其影響台灣現代詩發展之

鉅，幾可類比胡適之於中國白話文學，竟不獲入榜，顯示
《陽光》認係之詩壇青年世代菁英，大致而言都缺乏歷史
觀照的充足能力，可見八〇年代前期中的「承襲期」，正
是現代文學史在新浪潮衝擊下的一個危機時代。

紀弦對台灣現代詩的影響固然關鍵，但是能否「類比胡適之於中
國白話文學」，又是另一個問題。用選舉結果來批評《陽光小
集》所遴選的投票者「缺乏歷史觀照的充足能力」，筆者以為未
免失當。在這群青年詩人選票裡呈現的，正是他們當下認定的文
學史視域與理解（只可惜跟林燿德頗為不同），何苦獨以紀弦一
人為判準呢？既是「民選」結果，則「天體結構」是否將重新釐
定、會如何安排就不是任何人所能預知。

除了這份貌似不新的「新十大詩人」名單，或許《陽光小
集》選票上的另一項工作「為十大詩人評分」更值得注意。評分
項目分為「創作技巧」與「創作風格」兩大類，各類又再細分為
五項。在創作技巧部分，「結構」、「語言駕馭」兩項由楊牧奪
冠，洛夫獲「意象塑造」第一，余光中在「音樂性」上獨占鰲
頭，至於「想像力」則由洛、余二人同分領先群雄。創作風格中
的「使命感」、「現代感」、「思想性」、「現實性」四項榜首
全由白萩一人囊括，余光中僅在「影響力」上深獲青年詩人認
同。從此一選票各項設計與白萩頻頻出線可知，《陽光小集》顯
然有意強調觀照現實、直面當代的重要，甚至藉此對前行代詩人
「施壓」。

忽忽二十年時光已過，台灣新詩界老將新秀競逐詩藝，風
景更迭豈止一回，也到了該重新整理、評鑑「當代十大詩人」的

時候。這是一項莊重的、學術的（而非可供消費或炒議題式的）選舉，帶有一定的文學史意義，最適合的主辦單位自屬學院研究機構與學術刊物。有鑑於此，國立台北教育大學台文所與《當代詩學》合辦「台灣當代十大詩人」票選，冀為新詩研究學術化貢獻一份心力。詩集是詩人的身分證，故主辦單位決定以有出版過詩集者為對象寄發選票，並且不分流派、詩社、屬性與認同，盡可能蒐集符合資格者的聯絡地址或電子郵件帳號。經層層過濾後，總共寄出了209封附編號之記名選票，並成功收到84封回函，回覆率約為40.2％。84封回函中，有效票78張，無效票6張（圈選人數超過十人或未提供選票以示抗議），得出這樣的「十大詩人」名單：洛夫（49票）、余光中（48票）、楊牧（41票）、鄭愁予（39票）、周夢蝶（37票）、瘂弦（31票）、商禽（22票）、白萩、夏宇（同為19票）、陳黎（18票）。必須一提的是，羅門與蘇紹連同獲17票支持，向陽及紀弦亦有15票肯定，李敏勇、覃子豪、羅智成三人則都得到14票。得票數為10票或以上者，還有李魁賢、白靈、林亨泰、席慕蓉與陳秀喜。

【表一】 「台灣當代十大詩人」選舉得票統計

票數統計（1～70號）					
編號	姓名	得票數	編號	姓名	得票數
1	大荒	7	36	林宗源	4
2	方群	0	37	林燿德	6
3	方思	1	38	紀弦	15
4	方莘	0	39	紀小樣	1
5	方旗	1	40	洛夫	49
6	王白淵	5	41	侯吉諒	1
7	王添源	0	42	孫維民	1
8	文曉村	4	43	夏宇	19
9	白萩	19	44	夏菁	1
10	白靈	11	45	桓夫	9
11	羊令野	5	46	唐捐	2
12	向明	8	47	梅新	1
13	向陽	15	48	許悔之	2
14	李敏勇	14	49	席慕蓉	10
15	李魁賢	12	50	陳黎	18
16	李勤岸	1	51	陳大為	0
17	朵思	6	52	陳克華	5
18	辛鬱	4	53	陳明台	2
19	沈志方	0	54	陳秀喜	10
20	利玉芳	3	55	陳義芝	5
21	汪啟疆	1	56	商禽	22
22	余光中	48	57	莫渝	4
23	吳晟	7	58	游喚	0
24	吳望堯	0	59	張錯	4
25	吳瀛濤	2	60	張默	7
26	杜十三	5	61	張健	1
27	杜國清	2	62	張我軍	2
28	杜潘芳格	5	63	張香華	0
29	非馬	5	64	莫那能	4
30	岩上	2	65	蔣勳	1
31	周夢蝶	37	66	渡也	7
32	林泠	6	67	焦桐	2
33	林群盛	0	68	覃子豪	14
34	林煥彰	5	69	黃荷生	1
35	林亨泰	11	70	葉維廉	7

票數統計（71～100號）					
編號	姓名	得票數	編號	姓名	得票數
71	路寒袖	3	91	鍾喬	1
72	楊牧	41	92	鍾順文	0
73	楊華	3	93	顏艾琳	2
74	楊喚	6	94	簡政珍	4
75	楊澤	2	95	羅英	1
76	楊熾昌	6	96	羅門	17
77	楊雲萍	4	97	羅青	6
78	詹冰	2	98	羅任玲	1
79	詹澈	7	99	羅智成	14
80	鄭炯明	6	100	蘇紹連	17
81	鄭愁予	39			
82	蓉子	7			
83	管管	3			
84	敻虹	2			
85	碧果	2			
86	瘂弦	31			
87	劉克襄	2			
88	趙天儀	1			
89	錦連	6			
90	蕭蕭	3			
投票者自行新增名單（在一百名原始推薦名單外，由投票者主動填寫）					
編號	姓名	得票數	編號	姓名	得票數
101	巫永福	1	112	林央敏	1
102	阮囊	1	113	丁威仁	1
103	謝馨	1	114	李長青	1
104	萬志為	1	115	嚴忠政	1
105	黃智溶	1	116	麥穗	1
106	楊維晨	1	117	林修二	1
107	愚溪	1	118	瓦歷斯·諾幹	1
108	鍾鼎文	1			
109	朱學恕	1			
110	鴻鴻	1			
111	零雨	1			

【回函有效名單：】

　　一信、丁威仁、方群、王潤華、方明、白靈、古月、向明、李政乃、李昌憲、李瑞騰、李男、朱學恕、艾農、羊子喬、朵思、辛鬱、汪啟疆、杜十三、杜潘芳格、巫永福、沙穗、非馬、林煥彰、周伯乃、林盛彬、紀小樣、洛夫、侯吉諒、桓夫、陳明台、陳謙、張默、張健、張芳慈、麥穗、淡瑩、渡也、焦桐、葉維廉、黃智溶、黃恆秋、葉笛、喬林、楊雨河、落蒂、蓉子、敻虹、蕭蕭、鍾順文、顏艾琳、簡政珍、藍雲、羅青、羅任玲、羅智成、羅浪、鯨向海、嚴忠政、龔華、林婉瑜、孫梓評、李長青、陳鵬翔、劉正偉、林德俊、曾琮琇、翁文嫻、周慶華、范揚松、李勤岸、劉洪順、何雅雯、孟樊、伍季、廖之韻、鍾喬、趙衛民。

【表二】　詩人背景資料與得票數

台灣當代十大詩人				
得票排序	姓名	出生年	籍貫	目前參與團體	得票數
1	洛夫	1928	湖南衡陽	創世紀	49
2	余光中	1928	福建永春	藍星	48
3	楊牧	1940	台灣花蓮	無	41
4	鄭愁予	1933	河北	無	39
5	周夢蝶	1921	河南淅川	藍星	37
6	瘂弦	1932	河南南陽	創世紀	31
7	商禽	1930～2010	四川珙縣	創世紀	22
8	白萩	1937	台灣台中	笠	19
	夏宇	1956	廣東五華	現在詩	
9	陳黎	1954	台灣花蓮	無	18
得票排序九名外且得票數10票以上之名單				
得票排序	姓名	出生年	籍貫	目前參與團體	得票數
10	羅門	1928	廣東文昌	藍星	17
	蘇紹連	1949	台灣台中	台灣詩學	
11	向陽	1955	台灣南投	台灣詩學	15
	紀弦	1913	陝西鄠屋	無	
12	李敏勇	1947	台灣屏東	笠	14
	覃子豪	1912～1963	四川廣漢	藍星	
	羅智成	1955	湖南安鄉	無	
13	李魁賢	1937	台灣台北	笠	12
14	白靈	1951	福建惠安	台灣詩學	11
	林亨泰	1924	台灣彰化	笠	
15	席慕蓉	1943	蒙古	無	10
	陳秀喜	1921～1991	台灣新竹	笠	

二、

　　與二十年前《陽光小集》所列名單相較，新出爐的「台灣
當代十大詩人」增加了中生代的夏宇、陳黎，羅門則以一票之差
屈居榜外，已仙逝的羊令野亦不在十大之列。其他八位（當年的
「中生代」，現在的「資深前輩」）詩人雖仍廣受詩壇敬重，
惟排名之流動頗值得觀察：近年來詩火漸熄的白萩落到第八、
早已不再提起詩筆的瘂弦卻無甚變化、洛夫及余光中的第一之
爭……。本次票選好似一嚴肅的民意調查，其結果未必能成為定
論，但絕對可供有意探索台灣新詩典律變遷者參考。

【表三】　年齡分析

	當代十大詩人	得票排序九名外且得票數10票以上	總計
1925年前出生	周夢蝶	紀弦、覃子豪、林亨泰、陳秀喜	5
1925～1935年出生	洛夫、余光中、鄭愁予、瘂弦、商禽	羅門	6
1935～1945年出生	楊牧、白萩	李敏勇、李魁賢、席慕蓉	5
1945～1955年出生	陳黎	蘇紹連、向陽、羅智成、白靈	5
1955年後出生	夏宇	X	1

【表四】　省籍分析

	當代十大詩人	得票排序九名外且得票數10票以上	總計
本省籍詩人	三位	六位	9
外省籍詩人（含「外省第二代」）	七位	六位	13

【表五】目前參與團體分析

	當代十大詩人	得票排序九名外且得票數10票以上	總計
藍星	余光中、周夢蝶	羅門、覃子豪	4
創世紀	洛夫、瘂弦、商禽	X	3
笠	白萩	李敏勇、李魁賢、林亨泰、陳秀喜	5
台灣詩學	X	蘇紹連、向陽、白靈	3
現在詩	夏宇	X	1
目前未加入任何詩社／詩刊	楊牧、鄭愁予、陳黎	紀弦、羅智成、席慕蓉	6

　　若以年齡、省籍、目前參與團體三點加以分析，便可發現這份名單恰呈現出當代詩壇既曖昧流動又緩慢交替的樣貌。就涉及「世代政治」此一敏感議題的年齡而論，雖然十中有八為「譬如北辰，居其所而眾星拱之」的資深前輩，卻也還有兩位是五十歲上下的中生代。若擴大到獲得十票以上者，中生代詩人出線的比例亦不低。這批中生代詩人大多出生於一九四九年以後（也就是八〇年代中期批評家筆下的「新世代詩人」[1]），他們將如何

---

[1]　「新世代詩人」之說，可參考林燿德（1986）、簡政珍、林燿德編（1990）、楊宗翰（2002a：195-220）。

重構眾多前輩形塑出的傳統、力抗此一影響的焦慮，委實令人期待。

省籍部分亦有其曖昧之處。源於眾所皆知的歷史因素，長期以來外省籍詩人被視為掌握了台灣多數的文化資源與發聲媒體，本省籍詩人則被執政的國民黨刻意壓制，在象徵資本（symbolic capital）的爭奪戰中注定成為輸家。這幾年台灣政局丕變，文學場域隨之劇烈動盪，以前那種對本省籍作家「不公平」的競爭局勢已不復見。但從這次票選結果來看，外省籍作家無論在「十大」或「十票以上」詩人中都高達七到五成，這與其在台灣各族群間所占人口比例顯然頗有差距。關於這點可能有二種解釋：（一）文學就是文學、寫詩就是寫詩，跟外省籍或本省籍身分毫無關係；（二）部分外省籍詩人過去確實享有較優勢的文學資源，以致他們在詩藝養成階段即有機會提早聚斂及積累資本。

檢視這些詩人目前所參與的團體，便會發現所謂「三大詩社（詩刊）」似乎威力不減當年，《藍星》、《創世紀》、《笠》入選比例相近，健將亦多數榜上有名。只是這些高壽詩社今日似乎也不再能「一手遮天」，《台灣詩學》的蘇紹連、向陽、白靈與《現在詩》的夏宇都是備受肯定的中生代要角，這兩個團體／刊物的成員背景、經營模式也跟三位老大哥迥然不同。其中《台灣詩學》成員多具學院派色彩，能寫詩、能論詩，可說聚集了中生代最銳利的幾枝健筆。該刊經營十年有成，早已脫離坊間常見之同仁詩社／詩刊格局及思維，轄下網站「吹鼓吹詩論壇」的活力亦遠非老大哥們可以想像。[2]暫不論「三大詩社（詩

---

[2]　「台灣詩學‧吹鼓吹詩論壇」網址為http://www.taiwanpoetry.com/phpbb3/index.php。對台灣當代幾份具代表性詩刊的簡介，可參考楊宗翰，2005。

刊）」的未來命運，且容筆者大膽預測：《台灣詩學》及其成員，將成為二十一紀台灣詩壇最重要的競技場與領航人——或許現在已經是了？

總之，面對這份選舉結果，讓人不禁要問：台灣詩壇究竟正處於一場悄悄開始的世代交替，還是一次仍未結束的漫長革命？

三、

隨本次「十大詩人」票選活動而起的批評、指教也值得一談。有不少前輩詩人力勸「死者為大」、「逝世詩人不宜列入」，強烈建議主辦單位將作古詩人移出候選名單。這番考量當然有其道理，但主辦單位終究還是沒有照辦。原因並非《陽光小集》也是如此（覃子豪、楊喚原本還在該刊票選「十大」之列），而是透過本次投票或可反映出「當代」讀者們對每位詩人成就的評定——這難道不是對逝世詩人表示敬意的更好方法嗎？而且後者既已到達可「蓋棺論定」之刻，更不易有評價不公的顧慮——刻意拒絕他們同場競技，恐怕還有些失禮呢。「台灣當代十大詩人」票選活動本源於對所有詩人之善意與榮耀，自非旨在添加憎惡及攻訐的材料。

再者，選票上沒有說明「十大詩人」的選擇標準或應具條件，不免引起批評與困惑。這點的確值得主辦單位檢討，但倘若像《陽光小集》以抽象的「數字」來替詩人「評分」，真的就會比較好嗎？誰知道那些數字在每位投票者心中是否等值？況且《陽光小集》會這麼做當然有其目的（強調詩應觀照現實、直面當代），從評分結果來看更頗見成效。「台灣當代十大詩人」主辦單位與之相反，選擇不預設任何立場。就算平時再怎麼關注詩

潮起伏、詩學發展，這次都應該要摒棄個人好惡，仔細記錄，安靜觀察。任何人都有自己心目中的「十大詩人」，也都可以由自己來選擇「十大詩人」，可見此事不涉及什麼專利或何等特權。事實上不但有人這麼做，還不避忌諱將名單公諸於世。最近的例子，就是孟樊在〈台灣後現代詩史〉中寫道：

> 如果就一九八〇／九〇年代這二十年的表現來看，這十大前輩詩人或因歇筆（瘂弦），或因往生（羊令野），或因創作質量未見提升（紀弦、白萩、葉維廉），「舊十大」應被「新十大」所取代。一九八〇／九〇年代的「新十大前輩詩人」應為（不分排序）：余光中、楊牧、洛夫、羅門、商禽、向明、張默、羅英、李魁賢、朵思。（孟樊，2003：29）

這份名單雖然標明是「十大『前輩』詩人」且不分排序（有點狡猾？），但能在一片「性別盲」的台灣詩壇中提出羅英、朵思兩位女詩人以「正典化」，無疑還是很有眼光。這次「台灣當代十大詩人」選票上一百名推薦名單裡，有幾位只有三十多歲，可見詩人不分長幼老少皆具候選資格。若把孟樊版「十大」名單與之相對照，其間異同當有可供反思之處。

　　就在主辦單位寄出「台灣當代十大詩人」選票與說明後不久，六年級詩人丁威仁（2005）就在網上的「台灣聚義堂」發起「台灣當代網路百大詩人票選活動」（http://ewriter.com.tw/story/story3_content.asp?TD=31667&P=21）。此票選從2005年8月初開放到9月底，其宗旨有二：一為「基於台灣聚義堂『聚義起事、

作亂文壇』之理念，理當有此義旗高舉之事」，二為「最近紙媒
（詩壇）正積極從事『當代台灣十大詩人票選』活動，有鑑於
此，作為一種『反壟斷』、『抵拒』與『嘲弄』，吾輩當高舉義
旗，提倡革命（按：文人互為吹捧標榜，無代無之；文人自立山
頭，爭奪文化霸權、發言權，無代無之；然而，反對文化壟斷的
權力解構者亦無代無之，或一而不黨，或以夷制夷，或嘯眾起
義，無可無不可。）」。活動辦法中特別強調：「凡能上網者，
皆具投票資格」、「凡曾於網路發表一行或一篇詩作以上者，皆
具參選資格」、「票選結果前一百名者，即強迫授贈『當代百大
網路詩人』名銜」，字句之間諷刺意味十足。網路票選結果出
爐，分別由丁威仁本人、鯨向海、劉哲廷獲得冠、亞、季軍，原
「台灣當代十大詩人」則全數落選。值得注意的是，台灣聚義堂
成立時即宣告：

> 　　第一，我們厭惡台灣詩壇無所不在的「文化霸權」，
> 我們要聚義起事，用詩殺人放火，挑戰台灣詩壇所有自以
> 為是的「偽詩歌美學」。
> 　　第二，我們要破壞台灣詩壇的權力結構，向那些掌握
> 權力的詩人挑釁，用他們的美學寫詩攻佔文學獎的山頭，
> 然後嘲笑他們，解構這些被本土評審強暴的地方性文學
> 獎，以及被所謂「學者詩人」操控的全國性文學獎。
> 　　第三，我們要與附庸於文化霸權的「噁心年輕詩人」
> 分道揚鑣，我們不屑於與他們為伍，我們不願意為了被收
> 編而放棄自己的美學觀點，與創作自由。

　　第四，我們強調，詩可以書寫任何主題，可以運用各種形式，肛門與大腦、酒吧與土地、漢語與台（客、原住民）語都可以共存，詩的創作需要絕對的自由，只要不是「去掉標點符號的分行散文」，沒有應該或不應該。

　　第五，我們需要各種形式的評論與賞析，以豐富「聚義堂」的兵器庫，畢竟除了詩作以外，論述是另一種可以推翻「詩壇暴政」與「詩壇怪現狀」的重要武器。

　　第六，不限性別、年齡，只要認同我們的理念，都可以加入「台灣聚義堂」的組織，加入或者離開均不需歃血為盟，來去均可自由，本堂並未有任何強制性，只希望具備相同理念者，聚集力量，用你的詩與論述，進攻所有被操控的山頭，一同來抗拒那些控制詩壇的「大尾詩人」。

　　第七，有心想加入者，為避免被所謂的詩壇列為「黑名單」，出師未捷身先死，所以不必簽到，不必表明身分，就讓我們一同潛伏在各處，用游擊的方式破壞「詩壇建築」，等到萬事具備時，大家再登高一呼，宣告台灣新詩的全新世界已然來臨，我們相信，有你的支持，這全新的時代就不遠了。

　　這次活動的投票者或得票者中，有很多是平面傳媒難得一見的網路寫手，六年級詩人更是主力——換個角度想，這難道不是最新一代詩人的抗議之聲嗎？此一活動或許嚴肅、或許惡搞，或許如丁威仁（2008：14）所言是「一個後現代式，去中心的解構行為」。但是，誰有權力指責它不具備舉辦的合法性或正當性？顯然沒有。這項活動其實跟「台灣當代十大詩人」票選一

樣，皆可供有意探索台灣新詩評論轉型及分衍者，作為重要參考資料。值得參考的不是排名誰前誰後、票數孰高孰低，而是截然不同的新詩評論立場、態度及方法。台灣詩壇常見輕率批評，偶有大小論戰，卻奇缺真正的學術分析。這類參考資料所反映出的新詩評論立場、態度及方法，正可供繼起研究者以最嚴謹的態度逐一剖析。

第二節　青春結社：不可忽視的校園新聲

一、

　　在台灣文學發展史上，小說家、散文家、批評家皆少有「結社」的念頭或行動。現代詩人卻很不同：面對周遭的狐疑冷漠，主動聚集結社、互相擁抱取暖，便成為保存私密／詩密的必要手段。詩社／詩刊的興衰生滅，遂成建構台灣現代詩史的便捷途徑，乃至詩史撰述中約定俗成之規範（這類撰述思維造成之流弊甚多，相關批判見楊宗翰，2002a：55-58）。資深前輩詩人如此，年輕校園詩人亦然——於是大學有詩，詩人結社，詩社出刊。這些校園刊物與團體培育了無數文學新苗，讓詩這個「青春限定」文類始終能在學院危而不墜，險而不滅。它們的共通點再明顯不過：不太嚴謹的組織、時見窘困的經費、質樸粗糙的編排設計印刷。還有，它們的壽命多半短暫，成員多半游離，刊物多半不定期。壽命短，故不流行登記立案；成員散，故難掌握確切名單；刊物雜，故蒐集保存皆十分困難。短、散、雜，對研究者來說可是每項都很「致命」。

　　以1994年發起、組織之「植物園詩社」為例：創立之初以跨校性大學詩社自居，結合了台灣各地共十餘所大專院校，包含文、理、法、商、醫、軍等不同科系，平均年齡18歲的40多位青年詩人。《植物園詩學季刊》創刊號以〈時代，我們來了──新校園詩人與植物園〉作為發刊辭，文中提出「新校園詩人」口號，自認精神上踵繼了紀弦「大植物主義」，並應置身於T.S. Eliot的文學「傳統」，願在歷史的整體架構中靜待評價。該刊標舉以「向校園詩刊看齊，進而超越校園詩刊；向現代詩壇學習，進而影響現代詩壇」為目標，進而希望《植物園詩學季刊》有詩創作、有詩評論、有詩史自覺，不但跨校集結，還想追求跨國互動（楊宗翰，2002b：185-187）。乍看之下，「植物園詩人」目標宏大、氣勢不凡、成員人數可觀；其實成員多半對跨校影響、詩史定位、繼承衣缽之類問題興趣缺缺。在那個不流行E-mail、只有2G、撥接和BBS的年代，這批以教育部「國文資優保送生」為主體的跨校同仁，依賴著大學詩社的組成公式：「友情之力」＋「寂寞之勢」＋「愛詩之心」，即使互不熟悉，甚至未曾謀面，也都勉力維持了兩年好時光，出版過四期各500冊《植物園詩學季刊》。

　　再怎麼能「跨」，植物園始終就是校園詩刊／詩社，也面臨校園詩刊／詩社同樣的問題：出刊經費在哪裡？社費該怎麼收齊？成員如何每月聚會？稿件審查流程為何？成員多數才大學一年級，畢業之後該怎麼辦？……。當「友情之力」＋「寂寞之勢」＋「愛詩之心」的組成公式，面臨「缺稿」、「缺錢」、「缺人」中任何一項，詩的青蘋果樂園都可能在轉瞬間崩解。羅任玲（1996：706）在「台灣現代詩史研討會」上指出植物園：

社員人數驚人，實際在詩刊發表作品者卻寥寥可數，這種
形同「幽靈人口」的現象，對一個詩社的發展確實有害無
益。而此一現象，是否也反映了九〇年代特有的「個人
化、疏離化」特質，值得玩味。

部分的確也是事實——愛詩的校園讀者，「黏性」不如寫詩的校
園作者，變了心往往就迅速瀟灑離開。成立兩年後，植物園社員
數已從40人降至到14人。1998年恰逢六位植物園同仁大學畢業，
遂決議出版詩合集《畢業紀念冊——植物園六人詩選》，正式向
青春歲月告別，自校園詩社「畢業」。曾為植物園同仁，後來又
出版個人著作者計有：林怡翠（現居南非，著有詩集《被月光
抓傷的背》等多部）、陳思宏（現居德國，著有長篇小說《態
度》、散文《叛逆柏林》等多部）、孫梓評（著有詩集《你不在
那兒》等多部）、張耀仁（著有小說集《親愛練習》等多部）、
黃永芳（著有小說集《尋找獨角獸》）、何雅雯（著有詩集《抒
情考古學》）、邱稚亘（著有詩集《大好時光》）、洪書勤（著
有詩集《廢墟漫步指南》）等。

　　植物園的興衰小史與人事變遷，其實在台灣各大學校園詩
社間一再重複，毫不新鮮。《植物園詩學季刊》也像其他大學詩
刊，編排簡單，印量有限。若非文化建設委員會的《詩路》網站
有心，早早將《植物園》列入網路典藏計畫，很多令彼時讀者驚
豔的佳作可能就此深埋入土，不見天日。

　　詩社不興登記立案、成員鬆散名單凌亂、各期刊物蒐集困
難……，這些校園詩社／詩刊的過往通病，在今日的網路世紀
／數位時代都不再成為問題。大學詩社可以藉網路組織，詩刊

內容亦可在雲端儲存，再選擇以紙本書（paper books）或電子書（e-books）形式傳播。儘管如此，台灣戰後之校園詩社／詩刊自有其傳統，也在台灣文學史上留下深淺不一的諸多印記。囿於版權問題及優先順序，這些老牌大學詩刊被「數位化」處理的機率甚低，稍一不慎便將從此散佚。或許因為資料實在有限，早期的大學校園詩社／詩刊們，長久以來都在台灣新詩評論的討論視域之外流浪。本書主張：認識過往細節，才能掌握現在，擘劃未來。前輩詩人的青春史，便藏在校園詩刊字裡行間及大學詩社活動記錄——就算這些只是台灣文學中從下而上的「小歷史」（history from below, little history），一旦被發現，就不容成灰。

二、

台灣戰後第一個大學詩社，是1951年由林曉峯創辦的「台大詩歌研究社」。該社社刊命名為《青潮》，是不定期的詩歌綜合雜誌，內容涵蓋新詩、舊詩、詞與詩論，共出版了五期。後因人手不足，停刊了一年多（路平，1954）。楊允達1954年接手社長一職，與同仁作出幾項決定：在詩人節復刊《青潮》，並改為三個月出版一期的純新詩刊物。該年6月，32開本之《青潮新詩季刊（革新號）》面世，由路平（即詩人羅行）負責主編。以「本社」名義發表的〈復刊之獻〉是這樣開頭的：

> 青潮，當初命名的意義，我不知道。但我臆測：它有兩個意義，一是青色的海潮，二是青春的熱潮。
> 今日，在反攻抗俄的陣線上，青潮也擔負起它的本位工作。它有兩大使命：學習與創造。

文中還對「新詩是西洋的文學之花」論調提出質疑，青潮同仁主張：「中國人的新詩絕不即是西洋詩，因為詩言志，中國人言中國人的『志』，自然與西方迥異。其形式非循西洋詩故道，而為今日詩人本身之獨創。」復刊後的《青潮》依然嚴重拖期，遲至1955年6月，第二期方改以四開報紙型式面世。

　　1953年3月，「台大詩歌研究社」創辦人林曉峯出版了《揚帆集》，32開本、64頁，封面由潘壘設計，台大校長錢思亮題署，分為兩輯共四十四首詩作，一序，一後記。第一輯「戰筆之歌」收錄〈是時候了，青年們團結起來吧！〉、〈頌祝　總統六六壽誕〉等十三篇；輯二「自己的歌」收錄〈女車掌〉、〈台灣的鄉下姑娘〉、〈懷南洋〉等31篇。據作者後記所述，《揚帆集》出版前曾請教鄭因百（鄭騫）、紀弦等名家意見，版權頁則註明該書為「台大詩歌研究社叢書之一」。書中舉凡「詩／歌不可分」，以及在「戰筆」與「自己」間的張力與抉擇……，皆見證了戰後初期新詩創作的真實處境。

　　五〇年代稍晚，臺大校園內又有「海洋詩社」。該社由香港「僑生」余玉書創辦，1957年5月出版了《海洋詩刊》創刊號。當時用原名「余祥麟」擔任社長的余玉書，廣東台山人，1937年生於香港。曾赴台留學，返港後從事文藝工作，著作有《天星樓隨筆》、《動物隨想曲》和《西窗隨想錄》等。他曾為香港中國筆會會長，現居加拿大，並擔任加港筆會會長一職。余玉書是在就讀台大中文系期間創辦「海洋詩社」與《海洋詩刊》，台北辦事處便設在「台北市新生南路三段臺大第十一宿舍一二六室」。刊物雖小，志向卻大，連香港九龍與台灣彰化都各

設了一個辦事處。不同於一般校園詩社／詩刊，《海洋》既有想法，更有立場：

> 雖然，從表面看來，自由中國的詩運是相當的蓬勃，單就台灣一地，已有詩人一萬三千餘人，在報章雜誌上，新詩也如潮水般出現，詩集的出版，更如雨後春筍，人手一冊。但是憑良心來說，真正可以稱得上水準之作的，簡直可說是鳳毛麟角，少之又少，這還不算，最令人感到痛心疾首的，就是有些自命為詩壇盟主的所謂大詩人，居然不言不慚地造「型」組「派」，據「刊」稱雄，奇理異論地把詩的嗎啡針注射到白璧無暇的詩壇的新血裡去……（中略）
>
> 今日的詩壇是蒼白而貧乏的，但是我們寧願詩壇永遠蒼白貧乏下去，我們也不願使具有數千年輝煌歷史的中國詩城，插上了頹廢和玄虛主義的魔旗！
>
> 今日，在海洋藍色的旗幟下，在悲壯的螺角號聲中，我們詩的聯合艦隊宣告出發，我們將從事詩的新處女地的探險和開拓，我們承認新詩是「橫」的移植，但我們更強調「縱」的繼承……。

這篇創刊號〈編後語〉中雖未指名道姓，但從1956年紀弦號召成立「現代派」（比《海洋》誕生早一年）、加上「縱的繼承」與「橫的移植」等用語，不難看出其欲討伐之對象。創刊號最後一頁刊登了由「藍星」覃子豪譯、高克多作〈羅曼斯〉，並輯為「法蘭西海洋詩選」，其中實有深意：一為說明了「海洋」諸君

的認同（批紀擁覃），二為暗示了這群「僑生」對隔海家園的深深思念。

　　雖然斷言「台灣一地，已有詩人一萬三千餘人」、批評紀弦與「現代派」是「插上了頹廢和玄虛主義的魔旗」皆失之誇大偏頗，但《海洋詩刊》不自囿於校園，勇於介入當代詩壇的企圖，仍值得加以肯定。發刊詞〈醜小鴨的行列〉還寫道：「在文學史上我們可以知道，海洋文學，有著光榮的里程碑。海洋詩刊是意味著跨過重洋，我們要發現詩的處女地，探勘深層的礦苗，墾殖荒野的叢林」。《海洋詩刊》應為戰後台灣文學史上，最早自覺應追求、建構「海洋文學」的一份雜誌──儘管它「只是」大學校園的產物。[3]

三、

　　六〇年代台灣校園出現了跨校性的「縱橫」與「星座」詩社，它們與「海洋」一樣，主要發起者多為赴台念書的海外華僑學生。縱橫詩社社長為李樹崑、副社長畢文澤，於1961年3月出版《縱橫詩刊》，由劉國全主編。該刊至第六期「詩人節專號」起改為季刊，1962年10月出版第七期後停刊。《縱橫詩刊》也徵得不少名家稿件，余光中那篇〈論明朗〉就刊登在「詩人節專號」上。該專號1962年6月出版時，社論即以〈從現代詩明朗化說起〉為題，顯見「縱橫」同仁對校園外的現代詩方向之

---

[3]　在趙天儀老師等人的支持指導下，海洋詩社／詩刊在台灣大學維持了很長一段時間。蘇紹連在〈台灣大學今昔曾經兩個詩社〉（2005）中指出：「海洋詩刊也刊出了一些名家作品，像老前輩詩人紀弦將『現代詩』正名為『新詩』的文章，就刊在海洋詩刊第六卷第六期上」。引文見蘇紹連部落格「意象轟趴密室」http://blog.sina.com.tw/poem/article.php?pbgid=3187&entryid=13054。

爭，已有明確立場。《縱橫詩刊》第七期編後話，刻意延續此
一議題：

> 縱橫詩刊完全由各大學學生共同出版的，我們有著自己獨
> 立的立場與堅定的目標。所以這次鄭重地發表「做為中國
> 的現代詩人」一文。勇敢的指示現代詩的痼疾及應走的方
> 向，希望現代詩人也能正視這個問題。

該期還特別邀請覃子豪撰寫〈詩的探險〉、盧文敏發表〈回到內
在感覺世界來！〉，後者即是「對提倡『從感覺出發』的詩論表
示異議」。[4]除《縱橫詩刊》外，該社1962年6月還發行了《縱橫
詩頁》，分進合擊之意圖至為明顯。縱橫同仁不但在詩刊上特闢
一區「華僑詩選」，刊登菲律賓、香港、馬來亞等地來稿；亦於
國外零售上列出四種貨幣（菲幣七角、港幣六角、叻幣四角、
美金二角），可見同仁間確有追求「國際化」與跨國交流之理
念。[5]

　　1963年成立的星座詩社，也是以「僑生」為班底的跨校性
文學團體，主要成員包括王潤華、林綠、翱翱（張錯）、黃德

---

[4]　瘂弦詩作〈從感覺出發〉刊於《創世紀》第11期（1958年4月）。《瘂弦
　　詩集》（1981年洪範版）卷之七亦名為「從感覺出發」，此卷被陳芳明
　　（2011：420）認為「最能代表六〇年代初期詩人心情的猶豫、徬徨、怔忡、
　　遲疑，卻又最能反映他掙扎、憤怒、抗議、反叛的思緒。這些詩作問世時，
　　等於宣告台灣現代詩已經到達成熟的階段。許多受到反覆咀嚼的詩句，都出
　　現在這個時期」。
[5]　縱橫同仁的組成本身就非常「跨國」，如《縱橫詩刊》編輯委員江聰平生於
　　越南、留學台灣，取得高雄師範大學國文系博士學位後，擔任該校教授兼系
　　主任。1973年8月，省立高雄師範學院成立「風燈詩社」，指導老師即當年
　　的「僑生」江聰平。

偉、陳慧樺（陳鵬翔）、淡瑩、畢洛等馬來亞與港澳留台學生。
1964年4月《星座詩刊》發行創刊號，至1969年6月方停刊，期間
共出版了13期。「星座」一路走來，受到台灣詩人李莎與藍采大
力支持。藍采曾是《縱橫詩刊》編輯委員，亦是《星座詩刊》創
刊號編者，代發刊詞〈詩的表現風格〉即出自其手筆。另一位編
委陳菁蕾則說「星座」宗旨乃在「為了解決今日中國現代詩的問
題」、「建立真正的中國現代詩」，該社的詩刊與叢書出版品當
可見證此一企圖。

　　《星座詩刊》雖然停刊，故事卻未結束。1972年部分前
「星座」成員加入新創之「大地詩社」，並於9月出版《大地
詩刊》（共19期，至1977年1月休刊）。陳慧樺、余中生、李弦
（李豐楙）、陳芳明、林鋒雄都是「大地」要角。另一批馬華
青年（溫瑞安、方娥真、黃昏星、周清嘯等）則於1974年赴台讀
書，8月就在台北出版了《天狼星詩刊》。1976年他們跟大馬的
「天狼星」領袖溫任平決裂，於大學校園另組「神州詩社」，出
版《神州詩刊》。時報、四季、長河、皇冠、源成等出版社替他
們刊行了多種詩文集，同仁賣書（神州人行話叫「打仗」）的時
間恐怕遠比讀書還多。「神州詩社」至此已非大學校園詩社／詩
刊，倒像是一群梁山泊聚義的「好漢」，有義氣而無好詩了。[6]

　　「縱橫」與「星座」都是跨校性詩社／詩刊，其實台灣各
大學校園中，此時已成立了一些校內詩社。據張默《台灣現代詩
編目》所載：1961年4月，省立法商學院「螢星詩社」出版《螢
星詩刊》第4期；1964年10月東吳大學「大學詩社」出版《大學

6　神州詩社後期遂直接改稱「神州社」，並於1979年組織「青年中國雜誌
　社」，出版《青年中國》以鼓吹「文化中國」理念。

詩刊》第15期；1967年，靜宜文理學院「彩虹詩社」出版過《彩虹居》。至一九七〇年代，台北師專「心潮詩社」出版《心潮詩刊》，海洋學院則有八開一張、報紙型的《夜風》。連政治作戰學校都在1973年1月出版《復興崗詩刊》，一期印刷400本，同仁們有踵繼「綠崗」詩傳統的壯志。洛夫、瘂弦、土祿松、沈臨彬、季野……都是他們精神與實質上的「學長」（無人，1976）。

有別於多數旋生旋滅的泡沫社團，筆者認為六〇、七〇年代間，有幾份具代表性（又持續活動）的大學校園詩社／詩刊：高雄醫學院「阿米巴」、台北醫學院「北極星」、師範大學「噴泉」、中國文化學院「華岡」、高雄師範學院「風燈」與政治大學「長廊」。[7]

四、

台灣這六大老牌校園詩社／詩刊中，以時序而論，高雄醫大「阿米巴」與台北醫大「北極星」同於1964年創立；1968年，台師人《噴泉詩刊》、文大《華岡詩刊》先後面世。1971年高師大組織了「風燈詩社」，73年8月印行《風燈》創刊號；1976年3月11日政大「長廊詩社」正式成立，同年5月開始出版《長廊詩刊》。[8]

---

[7] 高雄醫學院即今日「高雄醫學大學」，台北醫學院即今日「台北醫學大學」，師範大學即今日「台灣師範大學」，中國文化學院即今日「中國文化大學」，高雄師範學院即今日「高雄師範大學」。為免混淆，本書將統一採取新校名稱呼。

[8] 林德俊（2003）在〈校園詩社／刊的跨世紀走向〉中整理過一份資料表「老字號校園詩刊創社年份及其詩人」，或許囿於一手資料取得不易，文中創社／創刊年份不盡正確。感謝《文訊》邱怡瑄主編及「文藝資料研究及服務中心」提

　　高雄醫學院於1954年創校開辦，「阿米巴詩社」則於十年
後成立，開社元老為蔡豐吉、王永吉、涂秀田、曾貴海，蔡豐
吉並擔任首屆社長。正如其社名阿米巴（amoeba，變形蟲），
《阿米巴》不論是開本還是外貌都經過多次變形，唯堅持內容需
有社會參與及人文關懷。這一點，確為大學校園詩社之異數。
1972年4月該社發表〈阿米巴宣言〉：

　　　　如果因為你是阿米巴社員，有感於四邊的排擠和辱罵
而有所畏懼和退縮，則你只是一隻柔軟的懦夫。

　　　　如果因為你是阿米巴社員，無視於四邊的建議和批評
而獨步於天地之間，則你只是一隻麻木的勇夫。

　　　　唯有無視於四邊的排擠和辱罵，唯有正視四邊的建議
和批評，你才配和他們去度那阿米巴的生活；阿米巴的生
活是原始的、生命的、赤裸的。

　　　　阿米巴詩社是選擇永遠挑戰的路線，昨日是篳路藍
縷，今日是四面楚歌，明日是荊棘坎坷。我們需要的不是
懦夫，也不是勇夫，我們需要懂得哭、懂得笑、懂得跨開
步子去尋找生活的智者。

　　　　這個世界少有人煙，已是一椿由來已久的事實。如果
你徒然是悲憤地在阿米巴詩社裡搖旗吶喊，對不起──請
站開去！

　　　　我們有權利去保護自己的鼓膜使免於震裂，而阿米巴
的社員有其艱鉅的歷史使命：鑄造自己確實的人格，進而
參與這一項「造人」的過程。

供大量參考資料，本書此處之創社／創刊年份皆按原始刊物所載修正。

以詩言志是「老阿米巴」與「小阿米巴」共同的理想，他們希望能在醫學技術之外，找出身為醫學院學生該有的人文精神。也因為如此，當社團走過了學運風潮後，1996年間差點面臨解散。直到舉辦了一次人文營，才讓社團重新找到定位（呂嘉鴻，2002）。在阿米巴的新部落格上（http://amoeba-pocm.blogspot.com/），他們介紹自己是「高雄醫學大學一群喜愛文學與關懷社會的同學們」，社團活動也早已不侷限於文學或寫作。該社「老阿米巴」中，曾貴海、江自得、王浩威、吳易澄都同時擁有醫生、作家、社運人士的三重身分，至今依然十分活躍。現擔任精神科醫師的吳易澄，是二十一世紀前後維持「阿米巴」於不墜的關鍵人物。他是《阿米巴詩刊2000年秋冬》、《阿米巴變形日記》的主編，也是「南方電子報」編輯，並參與《焦土之春：2004備忘錄》以及鬥鬧熱走唱團的「賴和文學音樂專輯《河》」製作。

台北醫學院於1960年創校，北醫的「北極星」則成立於1964年。首任社長是喻麗清，她從十七歲開始寫作，大學時期的詩與散文便廣受注目，二十二歲出版了第一本散文集《千山之外》。她著有四部詩集：《短歌》、《愛的圖騰》、《沿著時間的邊緣走》、《未來的花園》。除了喻麗清，「北極星」亦曾為陳克華七年醫學院學生生涯（1979～1986）提供文學養分及創作助益；連侯文詠（1994）都誤打誤撞參加了「北極星」，並將經過寫成一篇〈詩情與幻滅的年代〉。陳克華與湯明哲2005年合編了一冊《桂冠與蛇杖——北醫詩人選》，由九歌出版，收錄十七位「北極星」醫師作家的詩作。近年間「北極星」曾試圖轉型為學運社團，也曾瀕臨倒社，在八個老牌大學詩社中命運最為坎坷。

　　在台師大「噴泉」、文大「華岡」組社前夕，1967年深秋
輔仁大學出現了「水晶詩社」。該社由歷史系大三學生陳芳明創
辦，核心人物還有蕭蕭（中文系）、羅青（外文系）、周玉山
（法律系）。該社舉辦過「水晶之夜」新詩朗誦會，曾在校內吹
起一股愛詩風潮，可惜社團依舊難以維持。台師大「噴泉」則不
然，它自創立以來一直保持活動，迄今四十年而不停歇。「噴
泉」於1968年1月1日出版第一期《噴泉詩刊》，社長秦貴修、主
編藍影，編輯委員大荒、秦嶽、陳慧樺，指導老師則是余光中。
早期《噴泉詩刊》的主要作者有李弦（李豐楙）、陳慧樺、陳錦
標、蘇凌、秦嶽、大荒等，李魁賢與余光中的譯詩也曾現身助
陣。關於社名，社長秦貴修在一場座談會上提及：會命名為「噴
泉」，是看到校園廣場上的噴泉，希望「好詩也如噴泉」（姚榮
松、李豐楙記錄，1968）。該社目前依然繼續十分活躍，由陳義
芝擔任指導老師，定期辦理詩演講、現代詩書展及「一行詩」徵
文競賽。[9]

　　「華岡詩社」的前身，是中國青年寫作協會文化分會的詩
組。1968年時任文化分會會長的林鋒雄，提議將詩組的人獨立出
來組成詩社，便邀集陳明台、龔顯宗、楊拯華等成員共同發起。
詩社於1968年3月5日獲文化校方核准成立，隨後貼海報招收社
員，竟「有百名報名」。該社旋即舉辦了多場演講與座談，4月8
日「詩朗誦之夜」共有兩百多人參加，盛況空前。3月21日起印
行了數期《華岡詩社通訊》，刊登演講摘要、詩社消息、短論及

[9]　「噴泉」部落格設於http://www.wretch.cc/blog/ntnupoetry。台師大近年間另有
　　一份《海岸線詩刊》，電子版見該校文學院網頁http://www.ntnucla.com/main/
　　index.php?option=com_content&task=category&sectionid=14&id=29&Itemid=56。

創作（華岡詩社，1968）。5月30日，《華岡詩刊》正式出版，由陳明台主編。「華岡」社長龔顯宗在〈發刊辭〉中指出：「面對今日詩壇的一片荒蕪，我們所該做的，不是橫的移植，而是明智的縱的繼承」、該社成立宗旨在「採舊詩之精華，結新詩之奇葩」（龔顯宗，1968）。《華岡詩刊》在1972年5月休刊前，共出版了四期。1980年距「華岡」創社已有十二年之遙，新一代「華岡」同仁葉振富（焦桐）等人欲使刊物重生，遂於4月20日出版《華岡詩刊（復刊第一期）》。復刊前幾期皆由焦桐任主編，曾堯生負責封面設計，刊登過渡也、游喚、向陽、鍾喬、劉洪順等人的詩作品。後來接手社長一職的向陽，曾在〈通往夢想的道路〉（2005）中回顧一九七〇年代大學校園內的詩盛況：

> 當時，大學校園詩人之間競秀激烈，北有台大現代、政大長廊、師大噴泉、文化華岡、北醫北極星，南有高師風燈、高醫阿米巴，同齡詩友間的競相發表、互為激勵，帶動了一股詩壇新銳競出的風潮。

1971年「風燈詩社」於高師大成立，指導老師是當年《縱橫詩刊》的編委江聰平。73年8月於校內推出《風燈》創刊號，社長劉希聖，主編李東慶（寒林），並發表了〈本社簡史〉一文。1978年1月起，該社開始對外出版報紙型鉛印雙月刊《風燈》，共36期。1984年3月《風燈》第36期刊出〈等待風燈〉，宣告即將大幅改版：「我們的方向——前衛的・實驗的・我們喜歡——最有勇氣・最騷包・最他媽的天才作品」、「你可以一刀砍下李白九個頭，狠狠鞭曹雪芹的屍，只要你能夠。」——這

與「風燈」往昔給人的抒情婉約印象大大不同。[10]沉潛兩年後，
1986年9月終於推出「復刊一期」（第37期），改為16開本，此
時的重要同仁有：歐團圓、寒林、楊子澗、落蒂、吳承明等。
1981年該社還規劃「風燈詩叢」，出版楊子澗《秋興》、落蒂
《煙雲》、許藍山《無弦琴》、寒林《問雨》等多部詩集。

　　後期的「風燈」詩社，因要角唐捐、黃玠源在校外頻頻獲
獎而備受矚目。其實校內更年輕的風燈同仁也頗為活躍，剛於
2010下半年出版詩刊《風動，燈明》，記錄該社所辦詩展、詩
劇、朗誦劇、手稿展、MSN詩王……軌跡。該社目前每周都和
中山大學「現代詩社」一起上課，並各自設有部落格，以便同仁
與外界交流。[11]

　　政大「長廊詩社」雖遲至1976年3月11日才正式成立，但六
〇年代王潤華、林綠等人就在該校主持過「星座詩社」，並成為
「長廊」誕生的遠因。該社誕生的近因則是余光中出任西語系主
任時，在校內「掀起了一陣『現代中國詩』的狂熱風潮」。但催
生該社的關鍵人物與主要因素，居然是一名才剛調至政大服務的
教官——「長廊」的指導老師閔振華（本社，1976a）。《長廊
詩刊》是每逢1、5月各出一期的半年刊，社長施至隆，副社長
游志誠（游喚），主編黃憲東，編輯委員陳家帶、張力、沈文
隆、林我信。除了詩作，創刊號還刊登了張漢良〈永恆的長廊意

---

[10] 早年「風燈」同仁詩作，確如林燿德（1988：21）所言：「除了歐團圓有後
　　現代主義風格外，其餘同仁的作品多喜以抒情文體和古典素材相糅雜，兼以
　　現代主義的技巧和形式，而形成一婉約典麗的共同取向」。

[11] 高雄師範大學風燈詩社部落格為http://mypaper.pchome.com.tw/
　　nice0989991002，中山大學現代詩社部落格為http://mypaper.pchome.com.
　　tw/108ps。

象〉、李弦〈「現代中國詩」之提出及其意義〉等多篇評論。該
社同仁對「詩的大眾化」問題十分關心，特於《長廊詩刊》第二
期開闢專欄「頌詩與唱詩」：

> 我們認為：現代詩的傳播與推進，最基本而迅速的途徑，乃
> 是朗誦詩或歌唱詩。這並不意謂著現代詩必須可朗誦或可歌
> 唱，為了讓初次接觸現代詩的朋友能夠有深一層的認識與體
> 會，而不致畏怯；另一方面，從多角度談「頌詩與唱詩」，
> 而達成建設性的論斷，即是我們的目的。詩大眾化的問題，
> 我們嘗試著如此做，亦是我們的信心。（本社，1976b）

閔振華教官退休後，李弦成為「長廊」新的指導老師。他
對「長廊第二代」多所鼓勵並寄予厚望，他們是：王廣仁、鄭錠
堅、陳強華、林靜秋、王振輝、陳建仲。其中陳強華是馬華留台
學生，離開大馬前已出版詩集《煙雨月》，政大畢業前夕又結集
一冊《化妝舞會》。陳強華返馬後會持續推動詩運、扶持後進，
當與他留台時期的「長廊」經驗不無關係。從第十一期起，《長
廊》改為卅二開本，並陸續出現林宏田（赫胥氏）、萬胥亭、壚
美鳳等人的詩作。1993年，「長廊」出現經營危機，被迫轉為地
下社團，直到1996年才復社。復社次年「長廊」同仁出版第18期
詩刊《詩語症》，2000年出版第19期詩刊《逆風的舌頭》，2002
年又有一冊《逃生門》。這階段培養出來的作家有楊璐安、黃麗
如、劉威志、許赫等。目前「長廊」社員數雖少，卻仍然努力維
持，去年還舉辦多場「打游擊讀詩會」，甚至增加了精油與調酒
課程，希望藉出感官刺激來引發更多詩想。

　　台灣各大學中誕生的詩社／詩刊，當然不只上述幾個。僅台大就有1976年由廖咸浩、羅智成、詹宏志、楊澤、苦苓、方明、天洛等人所創的「現代詩社」[12]，石計生、劉裘蒂、林宗毅、王聰威都當過該社社長。一九九〇年代迄今，該社以書籍形式出版了九本詩刊：《陌生的沉默海洋》（1993）、《海洋之旅》（1995）、《凝》（1996）、《詩針》（1997）、《迷詩》（1998）、《百葉窗》（1999）、《不可思議的房間》（2000）、《靜物》（2003）、《即景》（2009）。欲知該社近期活動訊息，可利用電子布告欄（BBS），進入PTT批踢踢實業坊NTU Poem版查詢。[13]

　　以數量而論，一九九〇年代誕生的大學詩社／詩刊頗多，可惜大半維持不久便自動廢社／停刊。這些社團最有價值處，在於提供了夢田沃土供校園作者成長：東吳有「白開水詩社」（陳巍仁、銀色快手）、成大有「詩議會」（若騹、陳伯伶、曾琮琇）、淡江有「拓詩社」（丁威仁）、輔大有「死詩人社」（林德俊）、台中教大有「藍風詩社」（李長青）……。與前行代詩社不同，他們大多沒有跟校方「登記」，也不接受任何校方任何資助與輔導。譬如淡江大學的「拓詩社」，由丁威仁、CRAZY FOX、陳先馳三人所創，堅持以地下社團形式存在。雖然如此，「拓」同仁卻也能自費出版四期報紙型刊物（每期印刷兩千份），直至經費耗盡與面臨畢業才停止活動。

---

[12] 1976到1989年，該社社名為「現代詩社」。1990到2000年，改稱「詩文學社」，至2001年又改回「現代詩社」。
[13] 台大還曾設立由中文系洪淑苓教授指導的「野鴨詩社」，並曾獲2000、2001年度全國大專盃詩歌朗誦比賽冠軍。

　　進入二十一世紀，大學詩社／詩刊的興衰起落故事繼續上演：如陳思嫻在南華大學創立「回歸線詩社」，2002年還出版詩刊《回歸線》。2007年10月，政大「長廊」、師大「噴泉」、台大「現代詩社」等多校成員合辦了一份刊物《波詩米亞》，可惜僅一期便默默停刊。近年來聲勢最浩人的大學詩社／詩刊，應屬2008年創立的跨校性社團「風球詩社」。[14]該社由華梵大學哲學所研究生廖亮羽串連8所大學、14位校園詩人共同成立，2009年3月推出《風球詩雜誌》創刊號。總編輯林禹瑄執筆的發刊詞題目是「我們的主張，就是沒有主張」，刊物內頁也說明風球「代表了颱風警報」、「我們希望這本刊物可以成為新世代的風向球，透過公開徵稿與匿名合議的評審制度、還有對外的邀稿和社員的作品，呈現出一個世代詩創作的風貌，同時也反應這個世代的詩觀」（風球詩社，2009）。[15]該社甫於2011年7月出版《風球詩雜誌》第4期，集結了更多年輕的大學詩人，質量皆不容小覷。[16]

　　本書認為，作為新手「農場」的校園詩人／詩社／詩刊，過去曾培育無數文學新苗，讓詩這個「青春限定」文類始終能在學院內勉強維繫。囿於資料限制，早期的大學校園詩社／詩刊，長久以來都在台灣新詩評論的討論視域之外流浪，遂使校園詩人

---

[14] 「風球詩社」的成立起因，與2008年5月「大學校園巡迴詩展」有密切關係。另一跨校性團體「然詩社」，也是從2008年9月《聯合文學》「全國巡迴文藝營」開始，幾位同在新詩組的學生（謝三進、蔡文哲、郭哲佑、余禮祥等），希望能延續營隊中與同好一起討論詩的熱情，於是決定籌組社。可參考然詩社部落格http://www.wretch.cc/album/poemcivic。

[15] 另可參考風球詩雜誌部落格http://www.wretch.cc/blog/windsphere。

[16] 筆者願以里爾克（R. M. Rilke）名句「有何勝利可言？挺住就是一切」，與這批「七年級」甚至「八年級」世代的年輕詩人們共勉。

的重要性被嚴重低估。若欲掌握詩人們的青春史，台灣新詩評論就不能再無視校園詩刊，以及它字裡行間透露出的「小歷史」。

第三節　詩集出版：紙本書弔詭的盛世風景

在圖書出版供過於求、零售門市大幅減少、新詩讀者極其小眾的今日，詩集出版卻相反地呈現了盛世風景。這個極其弔詭的現象，在2011年達到最高峰──新詩此一文類的年度出版量破百，並出現了大量的詩人「第一本詩集」。既然詩集出版亦屬新詩外緣研究之一環，本書自無理由對此「弔詭的盛世風景」視而不見。饒富趣味的是：紙本書的衰退與電子書的興起，似乎毫不影響詩人（尤其是年輕詩人）出版紙本詩集的興趣。這些年輕一輩書寫者雖已習慣將詩作與詩評先行於網路「發表」，卻依然重視或執著於紙本書的「出版」。既然身處於紙本與數位時代的過渡階段，本節將先處理2011年問世的紙本詩集，下一節再從數位世界切入，盼能盡量顧全這兩個過往新詩外緣研究的空白地帶。

2011年台灣誕生了幾份奇特的詩刊，對推動詩集出版大有裨益。首先是聲稱「絕對不登詩的詩刊」《出詩》，第一期就專門教讀者如何出詩集、該找誰出詩集、怎麼編詩集印詩集賣詩集（好像在編《第一次出詩集就上手》類的know-how書籍）。許赫、林群盛、沈嘉悅、陳大中、破風方丈等《出詩》成員，深諳同人誌與電玩攻略之精髓奧義，且多為罹患詩心瘋的御宅一族。創刊號訪問了六家出版社，從心（用心）、體（規模）、技（幫作者找錢的能力）三點來分析如何出「一本不讓人失望的詩集」。《出詩》不僅以紙本形式存在，他們還提倡行動詩學，躬

行詩的公共化。從溫州公園到南海藝廊，從直銷面交到臉書游擊，他們想盡辦法創造各式話題：對內批判檯面上不思長進的詩人與詩集，對外積極策展以擴張詩的閱讀群體。第二期《出詩》改以「文學獎」為主題，聲稱要「毀滅文學獎」，並籌備舉辦「諾貝爾華文詩獎」。該刊會從來稿中評選出首獎、評審獎、推薦獎（均無獎金或獎狀，只會獲得主辦單位熱烈鼓掌）；另將評審出壹名「最壞詩」，頒發一萬元獎金並為其舉辦兩場「最壞詩多媒體發表會」。在《出詩》看來，「最壞詩」顯然並非指「差勁的詩」。設立此獎項，既是對文學獎評審標準及口味的無畏挑戰，亦突顯出好詩／壞詩之間的曖昧矛盾。

　　若將《出詩》定位在反對菁英、批判學院，學院內（還是最高殿堂中央研究院）也有一位楊小濱樂於內爆，主編了一本詭異的時尚雜誌《無情詩》。《無情詩》其實是創辦多年的同仁詩刊「現在詩」第十期，楊小濱將名模、珠寶、精品、3C等影像重新解構拼貼，將錯綜的詩句與影像交雜擠壓出新的詩意。楊小濱一向對攝影頗有研究，繼1994年處女作《穿越陽光地帶》後，2011年終於在台灣印行新的攝影詩集《為女太陽乾杯》。他特意選擇了眾多綻放的女體，搭配冷酷又炫麗的色澤，讓這本《無情詩》從封面到內文都顛覆了詩刊的刻板印象。二月份台北國際書展期間，馬英九總統曾翻閱過這本真詩刊／偽時尚雜誌，不知他到底作何感想？教人如何出一本詩集的《出詩》、假男人幫／真騷人幫的《無情詩》，兩者都是大破大立後的產物，也共同揭開了2011年台灣詩集出版盛世的序幕。[17]

---

[17]　除了《出詩》與《無情詩》，2011年還有其他新詩刊誕生，譬如《好燙詩刊》。2010年煮雪的人、鶇鶇共同創立名稱十分特別的「好燙詩社」，2011

　　與其點將錄般拼命轉貼書目資料（這點各大網路書店比任何博學強記的「人」都有能力），筆者寧採現象面的剖析歸納。首先，2011年標誌了詩集之「獨立選書人浮現」。獨立選書人可能是出版事業體向外延攬招募的人才，或是一人公司的老闆兼伙計。早期如遠流傅月庵、商周何穎怡選書之精，目光之準，愛書人當不陌生。獨立選書人需長久觀察、耐心等待，時機成熟便勇於出手，簽下的每本書都得當自己孩子一樣呵護。在詩的領域，「黑眼睛文化」鴻鴻與「逗點文創結社」陳夏民允為2011年最重要的兩位獨立選書人。他們對詩有獨特品味，跟主流保持距離，尊重作者且敢於投資。「黑眼睛」之前出版過的秀陶、阿廖、夏夏，皆為風格獨具的詩人。「黑眼睛」印行的詩刊《衛生紙》也出到第十三期，維持每期有詩亦有劇本，還有主編鴻鴻一貫「不登曖昧晦澀，連我都看不懂的東西」之堅持。為紀念2011年四月選擇結束自己三十二歲生命的詩人葉青，「黑眼睛」特為其推出兩本詩集：《下輩子更加決定》是葉青離世前自編的詩集定稿，《雨水直接打進眼睛》則是她創作於生前最後兩個月的情愛遺書。作者長達十二年的躁鬱症病史與女同志身分，讓這兩本書一推出便引起許多討論；但要真正瞭解葉青，還是得透過閱讀詩作，而非仰賴軼事傳聞。鴻鴻在《衛生紙》上挖掘了許多不見容於「主流」的詩人，都選擇出版首部個人詩集：譬如來稿量最大的阿米（《要歌要舞要學狼》），以及最怪最瘋最徹底的崔香蘭（音樂詩集《虹 In Rainbow》）。至於和阿廖同屬大隱於網路的

年1月及8月分別印行了《好燙詩刊：微波請按一》與《好燙詩刊：拷問》，封面皆以徵稿主題代替期號。「好燙人」悠遊於網路世界及YouTube，以城市游擊對抗正規作戰，藉禁忌書寫燒毀世俗陋規。

詩人隱匿，亦將淡水二樓書店「有河book」之所見所思，結集為第二本詩集《怎麼可能》。

「逗點文創結社」成立於2010年，東華大學創作與英語研究所畢業的老闆陳夏民自己不寫詩，但十分擅長結合各領域的創意人才和資源。逗點的創業作為「詩，三連發」，由枚綠金《聖謐林》、鄭聿《玩具刀》、王離《遷徙家屋》打頭陣，再加上代理發行鑄鉛活字印刷的林維甫詩集《歧路花園》，雖多屬新人卻每一本都讓讀者印象深刻。這位之前任職於書林書店的編輯，用詩集當創業作已夠大膽，居然連續兩年推出「詩，三連發」系列，而且一發不可收拾：2011年初為1月周禹含《抽取式森林》、2月翰翰《打擾了》、4月劉欣蕙《金色蝴蝶》及貓王阿圖《九份·貓體詩》；年中為7月宋尚緯《輪迴手札》、8月李雲顥《雙子星人預感》及侯馨婷《小人書》、9月翰翰《惡露》；年底還有謝予騰《請為我讀詩》、王志元《葬禮》、林達陽《誤點的紙飛機》……幾乎等於一個月出一本詩集。結束了？不，曾以科幻長篇《噬夢人》震撼眾多讀者的小說家伊格言，重拾他在「明日報個人新聞台」時期的詩筆，完成情詩集《你是穿入我瞳孔的光》。這本書跟羅智成《寶寶之書》（1989）、木焱《毛毛之書》（2007）一樣走短詩純愛風，「寶寶」、「毛毛」則易為「貝貝」，輕聲傾訴：「你是秋天／所以我的每一株思緒都落葉」。伊格言的短詩跟小說創作風格迥異已夠吸引人，加上曾谷涵的配圖、小子的封面設計強力加分，在銷售實績上直追2010年羅毓嘉《嬰兒宇宙》，榮登年度「第一本詩集」銷售冠軍。

這本《你是穿入我瞳孔的光》跟逗點多數詩集，都在在提醒應正視2011詩集出版第二個現象：裝幀設計不甘只是配角。舊

書與裝幀研究者李志銘（2010：19-21、62；2011：231-246）在翻覽早年上千本書籍後指出：一九五〇至七〇年代的書封設計者（如楊英風、龍思良、黃華成等）以手工繪圖或設計攝影，創作出一幅幅燦爛的裝幀作品。他們多由美術系科班出身，也都擁有畫家身分，卻願意「降格」參與台灣新詩集的封面設計（以畫家身分投入美術設計，早年被認為是一種「自貶身價」的舉動）。其實台灣詩人與「五月」、「東方」畫會的畫家，在創作上早已相互支援，乃至彼此影響。若非李志銘發揮研究精神持續追蹤，詩集的書封設計者往往隱而不顯，日久便只剩版權頁或折口處的三個小字。晚近出版的多部新詩集卻一反常態，外在的裝幀設計與內在的詩作品質，同樣得接受讀者評判。書封設計跟詩人詩作間的關係至此更為緊密，設計師不甘只銜命為詩集「加工」，還「形塑」了詩集最終的呈現方式。歐陽慈將林立婕《色難》做成四種色澤豔麗的活頁簿，號稱「可以讀／可以旋轉／可以愛得如此憂傷」；因為排球有網有線，打排球跟談戀愛都是一來一往的遊戲，霧室便為郭靜瑤《女神打排球》的書封之間手工穿上棉線，還可供讀者當作書籤；何佳興讓李雲顥《雙子星人預感》裁切成傾斜的平行四邊形，再裹上薄如蟬翼的純白宣紙；小子讀完伊格言後想讓封面呈現「透光」效果，故以依書名筆劃刀模打洞的方式，讓光真正「穿越」了黑紅對比強烈的每一冊《你是穿入我瞳孔的光》……。有蕭青陽、聶永真、王志弘的成功前例可循，新世代平面設計師更不吝表達自我主張，他們跟詩人溝通時「藝術家VS.藝術家」火花，很可能刺激出全新型態的「詩作」與「詩集」。

　　在凸顯個人品味、精準目光的「獨立選書人」機制外，2011年另一現象為「個性出版開始取代自費出版」，直接跳過「能否被選」的折磨煎熬。譬如陳允元《孔雀獸》與嚴韻《日重光行》，編選製作皆不假手他人，字體、字級、用紙、裝幀完整保留了作者的巧思與堅持，可說作者自己就是出版者，僅委託行人文化實驗室負責發行。著名譯者嚴韻這本《日重光行》，實為2010年大受好評的鑄鉛活字印刷詩集《日光夜景》增訂版；陳允元《孔雀獸》則委由黃瑪琍設計裝幀版型，潘昀珈繪製封面插畫，潘家欣刻印五款版權票，每個步驟皆十分慎重講究。傳統的「自費出版」，作者必須無所不能，書印好後得親自處理託售、送貨、結帳、退貨、倉儲等雜事，尚須各顯神通找管道宣傳曝光，簡直跟沒有經紀約的藝人同病相憐。詩人既想好好創作，又對坊間出版商的品味頗感懷疑，「個性出版」再委託專業發行／經銷，就成為比較理想的選擇。個性出版，他人莫管──保持了高度自主性又相對省力，讓作者更能專注於詩藝，何樂而不為？過去詩人接受國藝會、文建會、各縣市文化局補助後，習慣找唐山、白象、秀威等耕耘詩集自費出版領域多年的出版商合作；今後，出版商極有可能轉為擔任「製作發行」，把「出版」的角色與權力，歸還給生長於數位時代、熟悉編排軟體的詩人們。

　　2011年詩集出版的第四個現象，是重視創作過程的「文本發生學」。文本發生學始於法國，強調具體考察、辨讀與解碼手稿之重要。此種探尋「起點」→「草稿」→「初樣」→「手稿」的文學批評方法，如Gustave Rudler在《文學考證與文學歷史之技術方法》一書中所言：「在將文學作品送去印刷之前，它會經

過許多不同階段：從作品的第一個想法之出現直至最後完成變成定本時。發生校勘（或考證）學旨在揭示作品源出的心靈精神工作，並從中找出規律」（何金蘭，2011：20）。發生學即在揭示作品源出之心靈狀態，並嘗試從中找出某些規律。

李敏勇的手抄詩集《暗房》、洛夫結合書法與詩作的《禪魔共舞》，還都只是詩作定稿後的產物；真正能呈現創作過程的「發生學」軌跡，當屬白靈《五行詩及其手稿》。詩人自序〈五行究竟〉中提到這本詩集「包括若干手稿、殘稿——最多十餘次易稿的過程——一方面保留了當初創作殘留的痕跡，也欲說明改稿對創作者的必要性、偶然性、和趣味性」（白靈，2010：15）。這是繼許悔之《有鹿哀愁》（2000）後，又一冊附上手稿的重要詩集出版，完整呈現出創作者在字句斟酌間的反覆思量與無盡煎熬。2011年4月間另有一個詩的文本發生學案例：由行人文化實驗室策劃、目宿媒體統籌拍攝的《他們在島嶼寫作》。這一系列電影公開播映後，既掀起一陣重溫文學經典風潮，又讓觀眾有機會窺探余光中（《逍遙遊》）、鄭愁予（《如霧起時》）、周夢蝶（《化城再來人》）、楊牧（《朝向一首詩的完成》）四位詩人，創作過程中不同階段的身心靈狀態。

最後一個2011年度重要現象，當屬國內外多語互譯，老中青同台競技。德國漢學家顧彬《白女神・黑女神》是德、英、中、馬四語詩集；美國國家書卷獎得主哈金《錯過的時光》則中譯自Between Silences、Facing Shadows、Wreckage三本詩集——兩者的際遇恰好逆反，一人剛入北京外國語大學任教；一人則上演出中國記，回不去了。諾貝爾文學獎得主辛波絲卡（1996）與托馬斯・特朗斯特羅默（2011），分別由陳黎、張芬齡及馬悅然

中譯後入境台灣。聯經出版北美洲知名女權主義者Adrienne Rich
《芮曲詩選》；人間亦印行費特、安娜‧阿赫瑪托娃、丘特切夫
的三冊俄羅斯詩歌經典。還有兩位女詩人同樣現居「域外」，值
得記上一筆：澳門青年作家袁紹珊及旅居波蘭的台灣詩人林蔚
昀。1985年出生於澳門的袁紹珊，繼首部詩集《太平盛世的形上
流亡》後，2011年在台推出第二本詩集《Wonderland》。書中以
穿梭於北美、中國、台灣、澳門間的經驗，尋找、反思與塑造出
一座新世紀的「盛世荒原」。全書收錄38首詩作及3篇短文，隔
為「和諧之地」、「無用武之地」、「無何有之地」三區，呈現
出對距離／疏離的敏感與了悟。袁紹珊在遠景出版的《Wonder-
land》，是澳門當代文學的一大亮點，對台灣年輕一輩的創作者
也是強力刺激。[18]

　　林蔚昀《平平詩集》用了三種語言：中文（作者母語）、
英文（為了電影《猜火車》而跑到英國）、波蘭文（用平常的語
言說平常的話）。林蔚昀發覺，一開始自己無法用母語「說出最
重要的事」，繞了一大圈，終能從波蘭文的平常語言中，找到自
己跟中文的相處之道。書名為《平平詩集》，作者的經歷卻不
算平凡，連命名過程都很戲劇化──詩集原擬題為《在時間之
前》，後來林蔚昀夢到自己出了一冊《平平詩集》，便動念改為
此名。全書文字淺白但思辨深刻，不時閃現對生活細節與人性本
質的獨特觀察。林蔚昀以中文、英文及波蘭文創作詩、散文及小
說，並譯有安傑‧薩普科夫斯基（Andrzej Sapkowski）奇幻大作
《獵魔士》。旅外的台灣女詩人中，往返台北與柏林間的彤雅立

---

[18] 老牌出版社「遠景」自創辦人逝世後，近年間力圖重振旗鼓、另闢藍海，一
　　邊代理發行多部港澳作家作品集，一邊贊助支持《詩評力免費報》。

同樣擅譯能寫。她出版過兩冊詩集《邊地微光》（2010）與《月照無眠》（2012），並跟音聲創作者王榆鈞在寶藏巖藝術村，合作進行過「詩聲音」的（再）創作。

至於一水之隔的中國當代詩人，楊克、閣志、伊沙、周雲蓬與流亡作家貝嶺近年來陸續在台出版詩集，台灣詩人如何接招？若以世代區隔來觀察，大老與中生代在2011年共出版了：洛夫《禪魔共舞》、向明《閒愁》、非馬《你是那風》、林煥彰《關於貓的詩》、張錯《連枝草》、席慕蓉《以詩之名》、蕭蕭《情無限，思無邪》、陳育虹《之間》、蘇紹連《孿生小丑的吶喊》、孟樊《戲擬詩》、陳黎《我／城》、黃克全《在最深的黑暗，你穿著光》、奎澤石頭《孤獨的幾何》、方群《縱橫‧福爾摩沙》、翁翁《禁忌海峽》、張繼琳《午後》、蔡秀菊《Smangus之歌》、周慶華《飛越抒情帶》、汪啟疆《哀慟有時，跳舞有時》、陳家帶《人工夜鶯》、唐捐《金臂勾》、瓦歷斯‧諾幹《當世界留下兩行詩》、夏宇《這隻斑馬》與《那隻斑馬》、楊平《獨行的歌者》和《空山靈雨》。僅憑出版量而論，並未特別突出（還得扣掉一部分詩集是舊作新編）。

備受期待（與質疑）的六、七年級[19]呢？在前述「黑眼睛」與「逗點」詩人之外，亦有「釀出版」印行謝三進、廖亮羽主編之《台灣七年級新詩金典》。此書堅持由七年級評選七年級，不容其他世代指指點點。兩位主編也各自推出新詩集，謝三進點燃《花火》，廖亮羽生出《羽林》與《Dear L，我定然無法再是一

19　六年級詩人指民國60到69年出生（即西元1971到1980），約莫等於大陸的「七〇後」世代。七年級詩人指民國70到79年出生（即西元1981到1990），約莫等於大陸的「八〇後」世代。

隻被迫離開又因你而折返的魚》。看七年級的「第一本詩集」，
不能漏掉女詩人陳依文《像蛹忍住蝶》，以及張日郡、王珊珊等
五人之詩合集《停頓以前，步行之後》。七年級加速用力追趕，
六年級怎可輕易示弱？事實上，2011年最整齊壯盛的隊伍應該來
自準備「接班執政」[20]的六年級詩人：林婉瑜《可能的花蜜》、
凌性傑《有信仰的人》、吳岱穎《冬之光》、洪書勤《廢墟漫步
指南》、劉哲廷《某事從未被提及》、銀色快手《古事記》、廖
之韻《持續初戀直到水星逆轉》、吳文超《深藍色PUB》、楊瀅
靜《對號入座》、吳奇叡《成為雪》、然靈《鳥可以證明我很
鳥》、王厚森《搭訕主義》、龍青《有雪肆掠》……。紙本詩集
如此噴湧式冒現，從事台灣新詩評論者難道不該加倍關注？面對
這般盛事風景，對台灣新詩的興衰與傳承，又有什麼好悲觀抑或
疑惑呢？

第四節　數位時代：新詩評論的全新挑戰

　　上一節提到眾多台灣「六年級詩人」，筆者認為他們有三
點共通之處：多半兼營散文創作，普遍大學碩博畢業，幾乎都屬
中產階級。處於而立與不惑之年的他們，在紙本詩集出版上比
「七年級」多了分幸運，亦漸漸培養出一批網路讀者乃至粉絲

---

[20] 所謂「準備『接班執政』」，並非本書危言聳聽或詩大其詞。身處新詩評論
　　與文學史的角力場，「典範」本來就是用來超越或修正的，大可不必「敬老
　　尊賢」。詩人的肉體可以（或必然會）衰老；唯有筆力不減、詩魂挺立，最
　　終才能贏得讀者與史家的重視。奇怪的是：因為缺乏淘汰或篩選機制，台灣
　　的「詩壇前輩」往往是以生理年齡而非寫作成績自動晉級——年紀到了，就
　　是你的。少數「前輩」動輒批評「現在的詩都很差」、「文學沒落至此」，
　　其實更加凸顯自己的審美判斷跟當代台灣新詩評論嚴重脫節。

（fans）。他們「接班執政」態勢在數位世界最為明顯——紙本詩集的銷售慘澹，顯然並無太大影響，反正「大家都一樣」。從布告欄BBS、部落格Blog到臉書Facebook，六年級詩人親身經歷了全套的網路革命，並逐漸成為群眾閱讀品味的領航員，乃至愛詩人之間的意見領袖。讀者的好惡是最殘酷的，網路讀者多了強大的互動性，「殘忍度」尤為驚人。換作資深一輩的作家，恐怕不一定能夠承受網友辛辣的指教。[21]「臉友」即時的意見回饋，「分享」、按「讚」、狂「推」或「集氣」……，數位世界將是六年級詩人真正的開心農場，以及必然的革命基地。

要討論數位世界，必得從網際網路（Internet）如何登台談起。林淇瀁（2001：204）指出，1998年「台灣的網路使用者已經突破二百萬大關，這個數據說明了網際網路的虛擬對於台灣社會真實可能產生的影響」。其中的關鍵就是教育部TANet（Taiwan Academic Network，台灣學術網路）及ISP（Internet Server Provider，網路服務供應商）的出現。此時六年級詩人正就讀或即將離開大學，換言之：他們才是第一批伴隨全台網際網路從無到有、逐步發展與普及的「數位時代人」。根據教育部電算中心對網際網路（Internet）的介紹，它實際上並不是獨立與自足的，而是由不同網路連接起來，在其上提供各項服務。所以網際網路最重要的任務就是：讓各種不同網路連接起來，並提供一致性的網路聚合體（metanetwork）服務。網際網路提供給使用者下列四個與眾不同的功能：（一）提供各種不同網路連線的解決方法；（二）連上網際網路即可與其廣大社群（Community）連

---

[21] 這可能也是部分資深作家，遲未進入網路世界的原因。殊不知在某些前輩不勝鄙夷的這個虛擬世界中，其實藏有許多詩的種子，丞待開發與培育。

通；（三）點對點的連線，即使互相連線的兩點不在同一實際的網路上；（四）一致性的服務。對新詩創作或評論者來說，第二點——社群的連通，以及互動——尤為重要。

　　台灣新詩評論界最早觀察到此一趨勢者，當屬傳播科班出身的須文蔚。從〈台灣新世代詩人的處境〉（1997）、〈邁向網路時代的文學副刊〉（1997）、〈網路詩創作的破與立〉（1998）、〈文學上網的觀察〉（1999）到〈新世代詩人的活動場域〉（2000），他在二十世紀最後三、四年的這幾篇文章，成為將「台灣新詩評論」與「網路新世代」結合的先聲，也開啟了日後彙編《台灣數位文學論》（2003）之契機。他在〈新世代詩人的活動場域〉中指出，前述的網際網路第四項功能「一致性的服務」，對以學生為主的新世代詩人提供了絕佳機會與戰場。因為網際網路是由教育與研究部門投注經費，提供學生以低廉（甚至免費）的價格使用。這勢將導致一個「新媒介」的誕生，校園中有志於文學的新世代，亦藉此取得了新的發聲工具。商業傳播環境中，文學或新詩仍現頹勢；但網路這樣的新媒介，展現出的價值卻是和商業傳播迥異的公共傳播性格：

　　　　新世代詩人無力改變商業傳播環境中文學的式微，因此他
　　　　們對出版詩刊、結社等前行代或中生代十分注重的文學儀
　　　　式，多半淺嚐即止，反而越來越多人投身到網路世界中，
　　　　透過像《詩路》、《晨曦詩刊》、《田寮別業》等站台，
　　　　建立一個公共服務的文學傳播架構，隱然形成一個新的文
　　　　學活動場域。（須文蔚，2000：162-163）

　　此一「公共服務」性格，既可視為網路文學傳播模式對傳統文學傳播模式的挑戰，亦可視為商業力量在傾向自由、拒絕壟斷的網路文學社群中確實難以施展。總之，因為網際網路這個新媒介的出現，舊有的文學社群結構已面臨巨大挑戰，紙本「文學副刊」亦得思考如何因應變局。[22]網路上的作者、讀者與批評家透過教育部TANet，集結成新的文學社群，不再獨尊紙本「文學副刊」及其守門人（gatekeeper）的判斷。在全球資訊網（WWW，World Wide Web）之外，台灣學生族群特別偏愛「電子布告欄系統」（BBS，Bulletin Board System）裡的文學討論區。九〇年代末期，許多大專院校的BBS都設有新詩專版（討論區），既供作者發表新作、亦供評論者回饋反應。其中最熱門的莫過於中山大學「山抹微雲藝文專業站」、海洋大學「田寮別業」與政治大學「貓空行館」。由於網路無遠弗屆的特質，1996年從純粹BBS發跡、再跨入紙本出版的《晨曦詩刊》宣告問世。它結合了當時的中興法商（今台北大學）、海洋大學、慈濟大學、中山大學等校BBS詩版上的人才，成為台灣第一本專門引介網路詩人的詩刊。據創辦人高世澤（1996：4）所言，《晨曦詩刊》成立短短五個月之內就累積了千餘首詩作，在版上發表作品的詩人更高達五十餘位。跨入紙本出版的《晨曦詩刊》共有

---

[22] 須文蔚（1997b：254-258）指出，邁向網路時代的「文學副刊」勢得面臨新的文學傳播形式變化：（一）個人化媒介的出現；（二）文學社群重組，以去中心思維挑戰副刊的文化主導權（hegemony）；（三）來自網路世界的多媒體文本，成為一種新文類；（四）閱聽人習慣的改變。林淇瀁（2001：206）亦認為網路「削弱了文學在平面媒介（副刊、雜誌、出版）中的文本象徵權力；除非舊有的文學社群有能力進入新媒介的體系中重新為自己製碼，否則他們的衰頹和沒落便難避免」。

六期，有詩有評，凝聚、整合了大批網路新世代作家。[23]第五期
並有「新詩落網」研討會論文與討論記錄，等於新世代詩人自行
提出對網路文學的當下觀察與針砭，頗具參考價值。它以有別於
傳統平面媒體的編選標準，及迥異於良莠不分的網路詩版管理模
式，建構了一個新的文學社群。但《晨曦詩刊》也並非沒有困
境，誠如論者所言：受限於維繫社群認同感不易，加上大量使用
匿名的緣故，使得討論傾向偏於情緒化，有引發論戰的危機。縱
然《晨曦詩刊》在編輯方針上十分注意避免論戰，可是權力與控
制的安排上過於強調平等，忽略了經營社群仍須有穩固的領導機
制，加上高度去層級化造成的組織渙散，一旦核心成員求去，就
產生無以為繼的窘態。換言之，文學活動既不能免於權力之中
介，亦不能免於社群活動之輔助，故有必要重新檢視網路文學社
群的組織認同與權力分配關係（須文蔚，2003）。

　　《晨曦詩刊》所追求與建構的BBS「網路文學烏托邦」，受
限於本身壽命不長，只能說是成功的帶頭示範。但《晨曦詩刊》
這種先從BBS發跡、繼而聲勢浩大跨入紙本出版的模式，此後難
再。[24]後來雖有「詩路：台灣現代詩路聯盟」及《明日報》「我
們這群詩妖」[25]這類新的網路平台，同樣可以自由張貼新詩與詩

---

[23]　《晨曦詩刊》和傳統同仁詩刊（如《現代詩》、《笠》、《創世紀》或《台
　　灣詩學》）最大不同處，在於並非以紙本刊物為精神象徵，而是以BBS詩版
　　為傳播媒介，提供自由發表的空間，張貼最新作品，討論新詩理論，提出詩
　　作評論。

[24]　目前所知僅有淡江BBS上的蛋捲詩版，曾出過八期單張發行的《蛋捲詩刊》。
　　2010年秋天，田寮詩版的作品精選成一冊《田寮別業詩版自選集01》，共印
　　行200本分送給原作者和有興趣的讀者。兩者都稱不上「聲勢浩大」，且各
　　BBS詩版的作、讀、評者，今日幾乎都改在全台最大站PTT下群聚。

[25]　在網路媒體《明日報》個人新聞台中，有一種「逛陣新聞網」機制，即可以
　　透過幾位「個人新聞台」台長的結盟來組織社團。其中便有「我們這群詩

評，但後兩者皆出自於WWW而非BBS。在須文蔚之外，林淇瀁
（2001：195-233）、林德俊（2002）亦對以新詩及詩評為主的
網路文學社群投以關注，同為早期少數願意涉足此一陌生領域的
評論者。值得一提的是，須文蔚（2009：129-130）在調查與分
析台灣網路作家的特質後發現，網路作家在性別與省籍分佈上都
較傳統作家平均，可望打破過去的侷限，讓網路創作擴大台灣文
學整體創作的語言、內涵及族群觀點上的多樣性。此外，調查中
也發現網路作家積極參與文學社團，文學班底集結的力道強勁，
網路文學社群的互動亦相當頻繁。可見這些悠遊於網路的新世代
作家，必須用心經營傳播社群並迎接各種論戰的挑戰。

　　對本書來說，重要的是：新詩評論者是否做好準備，迎接
WWW或BBS上台灣新詩社群的「挑戰」？別忘了他們的創作傾
向、慣用詞彙及電腦能力，皆有別於絕大多數文學前行代。更要
緊的是：對新一代詩創作中所使用之「超文本」（hypertext）與
「多媒體」（multimedia），台灣的新詩評論者究竟有多少程度
之掌握？[26]若毫無掌握，試問該從何評起（或是否還有資格進行
實際批評）？面對「數位時代」裡成長的新詩創作者，批評家豈
能再用舊尺度去勉強衡量／規矩新世界？從web 1.0時代的個人網
站，到web2.0的網路平台[27]，乃至web3.0的數位生活型態，台灣

妖」，它是由多位年輕新詩創作者（個人新聞台台長）所組成的同盟。

[26] 「超文本」（hypertext）是美國學者Theodor Holm Nelson自創的詞彙，由
"hyper"跟"text"組合而成。"hyper"在古希臘語中有超、上、外、旁等含
意。對Nelson來說，「超文本」是指「非連續著述」（non-sequential writing），
即分叉的、允許讀者作出選擇、最好在螢幕上閱讀的文本（黃鳴奮，2002：
11）。本書則將「超文本詩」定義為：使用「非平面印刷」並以「數位」方式
發表的新型態詩作。

[27] Web 2.0是網路運用的新時代，網路成為了新的平台。其內容是因應每位使用

的新詩評論者是否有意識到網路典範「轉移」已然發生？Flash
等多媒體技術出現多年，詩的表現自此跳脫「純文字」世界，迎
向動畫、互動、視覺美與聲音美的結合──台灣的詩評家，可曾
因此更加重視蘇紹連「Flash超文學」、須文蔚「觸電新詩網」、
白靈「象天堂」、向陽「台灣網路詩實驗室」、李順興「歧路花
園」上的數位詩創作？[28]從僅有的幾篇評論多為「自己人評自己
人」（即數位詩創作者之間互評）來看，答案顯然是「沒有」，
遑論如何建立起一套數位詩批評手法？隨著更年輕的六年級作家
陸續投入數位詩創作，勢將出現更多文類交融的成果。像辛卯中
秋（2011年9月12日）至壬辰元宵（2012年2月6日），每逢月圓
透過網路媒介發刊的六期「《月照無眠》詩聲雜誌」，由彤雅立
選詩、謝杰廷負責音樂及視覺統籌，既開拓了音聲實驗的邊界，
亦透過月亮傳達創作者的家國之思。[29]面對「《月照無眠》詩聲
雜誌」這種獨特的文學─音樂、視覺─聽覺、中文─德文交融體
驗，可視為對台灣新詩評論者的嶄新挑戰。資訊技術日新月異，
文學創作「數位化」必將蔚為風潮。以超文本與多媒體為媒介的
數位詩創作，需要也值得批評家正襟危坐，嚴肅以對。[30]

者的參與而產生的個人化（personalization）內容，藉由分享形成了Web 2.0的
世界。

[28]　這些數位詩網站的網址如下：蘇紹連「Flash超文學」http://home.educities.edu.
tw/poem/，須文蔚「觸電新詩網」http://dcc.ndhu.edu.tw/poem/index01.htm，
白靈「象天堂」http://www.cc.ntut.edu.tw/~thchuang/e/index.htm，向陽「台灣
網路詩實驗室」http://tea.ntue.edu.tw/~xiangyang/workshop/netpoetry/，李順興
「歧路花園」http://benz.nchu.edu.tw/~garden/garden.htm。

[29]　彤雅立、謝杰廷皆為在德國留學的台灣學生。2011年彤雅立已與音聲創作者
王榆鈞在寶藏巖藝術村，合作進行過「詩聲音」的（再）創作。《月照無
眠》詩聲雜誌中文版http://sleeplesssoundmagazine.tumblr.com，英文版http://
fullmoonsoundmagazine.tumblr.com。

[30]　夏志清（1979：241-265）曾公開提倡「正襟危坐讀小說」，筆者亦提倡「正

　　此外，本書認為「電子書」的出現，必將影響未來詩集的構成面貌與新詩的創作思維。「非平面印刷」並以「數位」方式發表的新型態詩作，將隨著「電子書」的技術成熟而日趨增加。自從2007年Amazon推出電子書閱讀器Kindle後，電子書、電子紙張等消費性電子產品邁向高度成長階段。隨著「硬體」變革更新，「文學」亦產生了新的可能性。陳徵蔚（2012）便指出：電子紙張適合戶外閱讀且輕薄的特色，有利於「移動文學」（locative literature）的發展。後者是近年來在英美實驗的文學創作模式，讀者閱讀時需要移動位置，透過衛星定位（GPS）顯示與位置相關的情節內容。這種文學形式可以利用特定城市位置、捷運路網來控制閱讀節奏與情節進行。也有些作品不侷限於任何城市，而是利用相對位置控制敘述路線，在讀者移動特定方向或位置時顯示情節內容。移動文學的發展讓真實城市空間、虛構故事空間以及網路空間三者產生了有趣的連結。電子紙張的發展，有助於此類文學作品的推廣——因為沉重的閱讀設備，以及不適合戶外閱讀的背光螢幕，都可能造成移動閱讀的障礙。

　　台灣身為全球最大的電子紙張製造國，本具有發展數位閱讀產業的絕佳條件。隨著近年讀者消費習慣的明顯改變，台灣出版業者也開始投入並經營電子書與數位閱讀平台。必須注意的是：早期將紙本內容掃描為PDF檔案即被稱為「電子書」；今日的「電子書」或「加值型電子書」卻以更豐富的數位界面設計與服務取勝，讓閱讀一本書不再只能用眼看或用心讀，而是各種感覺的交錯，並加入了強大的社群及互動功能。雖然有硬體發展優勢，但無須諱言，台灣的數位出版囿於規模及收益有限，迄今尚

襟危坐」閱讀及評論（以超文本與多媒體為媒介的）數位詩創作。

未成熟。與其他國家相較,此點更為明顯。行政院新聞局《99年圖書出版產業調查報告》(2011:7-8、130)便指出:中國大陸民眾數位化閱讀不斷成長,手機閱讀比例已達到23%,充分展現數位閱讀在該地市場的潛力;2010年美國圖書出版產業淨收入為279億美元,其中實體銷售金額為244.3億美元,電子書總銷售金額為35億美元,占整體市場12.6%,顯示電子書市場仍在持續成長;2010年度日本電子書的市場規模已達670億日元,預計2014年電子書市場規模將超過1,500億日元。而觀察台灣出版業的收入來源,在比例上,紙本書販售依然是出版業者主要收入來源(佔90.1%),來自數位出版品的收入仍非常微小,只占整體收入的1.4%,顯示台灣數位出版內容市場仍有待耕耘。且據調查,在台灣有出版電子書的業者中,其數位出版品格式以PDF居多,佔73.2%,遠高過ePub和Flash的總和。可惜PDF檔案只是從紙本書過渡到電子書間的權宜之計,無法為數位科技所能提供的特殊閱讀體驗提供多少「加分」。PDF格式畢竟離聲色光影、感覺交錯或感應互動……都太遙遠了。

上述之數位硬體(如電子書、電子紙張)的發展與數位內容(如數位詩作、數位詩集)的貧瘠,其間的落差確實值得深思。無論如何,數位時代的來臨,讓關於詩的創意變得更容易具體實現及快速傳播,並大幅增加了社群集體創作的可能性。當適合閱讀體驗的數位詩作與詩集真正大量出現,聲光、影音、互動、連結等各種技術將成為常態,並融合為台灣新詩創作的一部分。既然身處數位時代,評論者就應該關注數位科技的發達對詩人本身、詩作內容及表達方式產生了什麼影響,並提出相應的評論對策。

第八章

結論

　　我們究竟應該如何描述從日治時期迄今，已發展逾八十年的台灣新詩評論？既期盼能反映眾多評論家的努力成果，卻又不願淪為點名簿般的無高低差別鬧劇；想以歷史的視野觀照全局，但無法接受面面俱到、人人皆好的假象；擺脫殖民／反殖民、外來／本土、現代／現實這類二元對立僵局……。就是因為有上述這些顧慮，促使筆者選擇以「轉型」（transformation）為軸心，試圖建立起一個台灣新詩評論的解釋模型：一邊是「起點」，一邊是「變貌」，兩者間則以「轉型」為中介接點。本書把「新詩評論轉型」定義為新詩評論型態的轉變，即從一種評論型態轉變成另一種評論型態。任何一種成熟的評論型態，皆需具備一定的評論觀念、方法、實踐與典範，後起研究者並可從中尋找其理論

體系與批評模式。當原有的評論型態不足以有效解釋或說明某些文學現象時，轉變的時機就已到來。但必須注意「轉型」並不表示新的評論型態，將完全或立刻取代舊的評論型態——譬如「新詩話」與「詩人批評家」並未因後續的新詩評論「轉型」而立刻終止或全面改變。二十一世紀我們還是可以在讀到瘂弦、張默、向明等人的同類型詩評論著作。

筆者認為台灣新詩評論的變革發展，在某種意義上正可從「評論轉型」的觀察角度來呈現。本書希望能從這個角度出發，確切掌握「起點」、「變貌」及「轉型」三者之面貌，並建立一個可供參考的歷史解釋框架。期待本書所提出的解釋框架可以刺激討論，讓學界加速催生另一部更理想的相關著作。至於本書的可能侷限及後續發展，列舉三項如下：

(一)「轉型」之後新的評論型態雖不會完全或立刻取代舊的評論型態，但應可更詳細追蹤、觀察新／舊評論型態間的「衝突」。呈現並追蹤這些「衝突」的軌跡，當有助於瞭解台灣新詩評論界如何進行權力鬥爭（power struggle）與典範轉移（paradigm shift）。

(二)因為本書對個別詩論家（如李英豪、顏元叔）的探索，目的非在彰顯其個人事功，而是朝向構築並完善預設之解釋模型。對個別詩論家的討論，本書或有不夠細膩之處，有待日後再撰文補充。

(三)台灣新詩評論確立「轉型」趨勢後，各式新興文學理論逐一登陸，在流派上雖不能說已粲然大備，惟就涵蓋面之廣闊多樣，確實堪稱空前。因本書主張「女性詩學」及「後現代詩學」，乃是當代台灣新詩評論性別／性質

上最重要的兩大「變貌」；故不免無法顧及結構主義、符號學、現象學、精神分析、意識批評或新馬克思主義等其他理論。對它們在台灣新詩評論上之實際應用及確切效益，亦有待日後另闢專章，深入探索。

其實，無論選用何種評論方法作為詮釋配置（dispositif）或謀略，新詩評論終究還是文學評論之一環。既然隸屬其中，就得同樣面對台灣各式文學評論的共通問題與挑戰。董崇選在〈我們的文學批評應如何取向？〉中，指出台灣的文學評論有六大傾向，摘錄於下：

一、理論化：重理論、輕實際，不著重在如何確實去了解、欣賞、詮釋或「批評」實際的作品。

二、方法化：在講理論、套理論之餘，解讀實際作品時很講究「讀法」（approach）。而那些「讀法」其實也是某種理論引導出來的方法，如佛洛伊德心理分析式的、神話基型式的、結構主義式的、後結構主義式的……。「理論掛帥」之後，緊接來的便是「方法至上」的觀念。

三、西洋化：「理論與方法」通常是指西洋的理論與方法。大家似乎公認中國的批評傳統比較沒有系統，停留在玄思與印象式批評的階段，沒有外來的理論與方法那麼科學化。

四、新潮化：留學生到了國外投身新理論，返台後便帶了回來，並開始鼓吹「新福音」。整個批評界便有了商場上逐新的作風。

五、術語化：批評變成術語展示會，而念批評便是在學習
　　某種特殊的批評「言說」（discourse）。

六、玄虛化：可悲的是，以應用術語為目的的新潮批評
　　「言說」，卻常常語焉不詳，令人不知所云。（董崇
　　選，1987：13-15）

不難推想作者對當時這六種傾向之厭惡。時至今日，台灣的文學
評論是否已擺脫理論化／方法化／西洋化／新潮化／術語化／玄
虛化的歪風呢？筆者認為，它們的幽靈與餘威猶在盤旋，遲遲不
捨離去。黃維樑就曾發表一篇〈唉，艱難文論〉，直言台灣學界
充斥著「以艱難文飾淺陋」的歪風，中英夾雜、食西不化似乎已
成學術論文寫作常態，文學理論的艱深化與晦澀風更讓人不禁擲
卷長嘆。這位來自香港的學者對現今言必「解構」，文必「後
殖」，什麼都想「文化研究」一番的情況相當感冒，也很擔心台
灣會淪為西方學術文化的半個殖民地。文末不忘提醒：「就文論
而言，顏元叔與歐陽子當年都不前衛地艱難，後來的黃永武、
柯慶明、龔鵬程等等，也都頗能西而化之」（黃維樑，2004：
148）。筆者認為文學理論的日趨艱難當然不是台灣專屬現象，
且文學評論是否完全不可「艱難處理」也尚有討論空間，但這篇
文章對苦啃、硬啃、死啃當代文論的教師、學生或批評家，提供
了反思的可能性。

　　約莫自一九九〇年代開始，西方文學理論在台灣學界內／
外的處境有了劇烈變化。在此之前，文學理論的討論經常跨出學
院圍牆，相關文章則多登於報紙副刊或文學雜誌上，雖然譯名混
亂、術語鬆散，論述格式更多樣到幾無規矩，但影響力確實既深

且廣。九〇年代後，先是文學副刊隨「解嚴」後報禁開放而面臨轉型，性質較嚴肅的文學雜誌也陸續停刊，此類長篇討論在學院外無枝可棲，只好再重回學院體制懷抱。加上學院內部經多年摸索，業已建立起文學理論的討論行規，在學科、術語、譯名、格式等方面要求日趨嚴格，輕忽或破格者便會招來無知之譏。關於文學理論的思索辯難自此盡脫「民間」之江湖味與草莽風，轉而確立其書生氣質與學院性格。與此相繫的是，九〇年代前關於文學理論之研究與應用饒富社會實踐力量，如八〇年代剛冒出頭的新馬克思主義與女性主義，就絕非只甘於蜷伏文字論述、非政治性的「純理論」。這些新登陸造訪的文學理論跟激烈變動的台灣社會之間，彼時維持著相輔相成、支援互助的關係，文論亦從未自外於社會改革議題。九〇年代後文學理論走向專業化，誕生了一批又一批專家學者，高度封閉的社群語言形成一道道厚牆，跟牆外住民連語言都不通，遑論有何互動或影響可能？在「語言不通」的情況下，就算像後殖民這種深具政治性的理論，其研究與運用成果又如何能廣為社會大眾所知？

　　既然知道「語言不通」，嘗試解決問題總比坐以待斃好上許多。筆者可以想到的溝通方法，大抵有三：

　　(一)精要概述：坊間還是有以中文撰寫、份量輕薄並多彙整自二、三手資料的小書（如「文化手邊冊」與「當代大師系列」）。累積之數量雖突破百種，但似已陷入瓶頸，再無新作出版。這類書籍當然只是基礎知識，談不上學術創見或份量，但對搭起學界、批評界與社會大眾間的橋樑，應該還是有所幫助。面對新潮隨時準備撲前取代舊浪的西方文論，本書認為問題不在「我們知道的

太少」，而是有太多基礎知識「我們自以為知道」。假如連基礎都沒處理好，那文學理論的新舊之爭、東西之別、「艱難」與否……等又有何意義？

(二) 翻譯著作：因為台灣的教授升等與學院體制不願將翻譯列入貢獻成果，遂使得有能力者不願意投身其中，書肆可見之西方文論譯本亦多數產自中國大陸。怪的是台灣中／外／台文學界教師對大陸譯本頗多批評，嫌其品質粗糙、術語不確（這麼厲害怎麼不自己翻？），甚至懷疑學西方文論根本不該看中文（難道每個弄佛學者都要先精通梵文？），卻遲遲未見眾師長們有何作為──中國的學術界一向習慣集體合作，這種精神恐怕也是台灣學者欠缺的吧？

(三) 辭典導讀：辭典或導讀不得不提M. H. Abrams的《*A Glossary of Literary Terms*》及Raman Selden的《*A Reader's Guide to Contemporary Literary Theory*》，算是台灣學院體制內／外都很常見的入門書籍。張錯《西洋文學術語手冊：文學詮釋舉隅》（2005）則是少數以中文撰述的同類書籍，觀念清晰且文字通暢，2011年新版又增加了32個條目（總數達141條），甚至為〈新批評〉一條撰寫續篇。懂單一理論毫末的大師易找，通所有理論根基的學者難尋──台灣現在最需要的，可能是後者而非前者。

從台灣各式文學評論的共通問題再拉回「台灣新詩評論」領域，本書認為必須關注當今新詩評論界幾個重要的變化：

(一) 台灣的中生代詩評家紛紛轉進學院體制，以教授或研究員身分安居其間；過去那些來自民間的野草力量與革新

精神，恐怕是一去不復返了。像紀弦和覃子豪這類「非學院」的詩評家，詮釋手法與理論架構雖不盡完備，但哪篇不是生猛有力，而且勇於評價？寫詩評而不敢「評」，寫詩論而不能「論」，論文中添加再多注釋與書目，又有何用？

(二)台灣的外國詩學翻譯極少來自「本土」，偶有零星章節卻嚴重缺乏專書譯本，這對知識傳播相當不利。就算「翻譯成果」迄今仍不被教育部接納為教授升等計分，但對已經沒有升等壓力的正／副教授們，理應對詩學翻譯投入更多心力。大學內的碩、博士班研究生若能在教授領導下，有效率、有組織地投入詩學翻譯工作，其實也是一大貢獻。

(三)詩評家棲身學院者眾多，也不見得都是壞事。畢竟大學體制能提供相對充沛的資源，以支持或輔助詩學刊物的存在。但辦刊物畢竟不是在組織同好會，而是要積極創造影響力──尤其是學院內／社會外的雙重影響力。關於此點，確實需要更多、更大的努力。

(四)海峽兩岸詩學交流多年、互動頻繁，但仍不可不提防「假、大、空」的陷阱。「革命不是請客吃飯」，詩學交流亦然。唯有真槍實彈的詩學交鋒才更讓人期待。

雖然本書主要在探索「過去」，但對於台灣新詩評論的「未來」，筆者還是滿懷期待。詩評家需要守候觀察，需要保持敏感，需要在詩學交鋒中吸納更多「域外」視野。詩評家更需要讓新詩評論走出學院的圍牆，讓它跟「當代」持續未完的對話。

引用書目

一、中文書（依序為：單篇文章與專書、學位論文、詩集、
　　網站）

A、單篇文章與專書

丁威仁（2005），〈台灣當代網路百大詩人票選活動〉，見「eWriter」
　　http://ewriter.com.tw/story/story3_content.asp?TD=31667&P=21
丁威仁，〈典律（CANON）的製造與傾斜──論台灣詩壇的「詩人」票
　　選〉，《文學新鑰》第7期（2008年6月），頁1-16。
丁福保編，《歷代詩話續編》（台北：木鐸，1988）。
子宛玉編，《風起雲湧的女性主義批評（台灣篇）》（台北：谷風，
　　1988）。
方羊芬，〈有關台灣文學研究的碩博士論文分類目錄（1960～2000）〉，
　　《文訊》第185期（2001年3月），頁53-66。

王岳川，《後現代主義文化研究》（台北：淑馨，1993）。

王政、杜芳琴編，《社會性別研究選譯》（北京：三聯，1998）。

王禮溥，〈與詩人和權談詩〉，《聯合日報・耕園副刊》，2012年1月24日。

古遠清，《台灣當代文學理論批評史》（武漢：武漢，1994）。

古遠清，《台灣當代新詩史》（台北：文津，2008）。

古繼堂，《台灣新文學理論批評史》（瀋陽：春風文藝，1993）。

司馬長風，《中國新文學史》（台北：傳記文學，1991）。

本社（1976a），〈創刊號前言〉。《長廊詩刊》創刊號（1976年5月），
　　頁4。

本社（1976b），〈編者的話〉，《長廊詩刊》第2號（1976年11月），
　　頁80。

向明，〈詩的奧義與典範──溫習覃子豪先生的五本詩集〉，《乾坤》第8
　　期（1988年10月），頁9-14。

向明編，《七十九年詩選》（台北：爾雅，1991）。

向明，《客子光陰詩卷裏》（台北：耀文，1993）。

向明，《新詩五十問》（台北：爾雅，1997）。

向明，《新詩後五十問》（台北：爾雅，1998）。

向明（2002a），《走在詩國邊緣》（台北：爾雅，2002）。

向明（2002b），《窺詩手記》（台北：禹臨，2002）。

向明，《詩來詩往》（台北：三民，2003）。

向明，《我為詩狂》（台北：三民，2005）。

向明，《詩中天地寬》（台北：商務，2006）。

向明，《無邊光景在詩中》（台北：秀威資訊，2011）。

向陽，〈戰爭・和平・蝕──讀林燿德詩輯「人類家族遊戲」〉，柯順
　　隆、陳克華、林燿德、也駝、赫胥氏，《日出金色：四度空間五人
　　集》（台北：文鏡，1986），頁99-106。

向陽，〈五○年代台灣現代詩風潮試論〉，《靜宜人文學報》第11期
　　（1999年7月），頁45-61。

向陽，〈歷史論述與史料文獻的落差〉，《聯合報・聯合副刊》，2004年6
　　月30日。

向陽（2005），〈通往夢想的道路〉，見「經緯向陽」http://tea.ntue.edu.
　　tw/~xiangyang/hiongyong/a1.htm

朱光潛編譯，《柏拉圖文藝對話集》（台北：駱駝，1992）。

朱光潛，《詩論》（台北：正中，2002），二版。

朱自清，《朱白清古典文學論文集》（台北：源流，1982）。

朱炎，〈評顏元叔的「談民族文學」〉，《中外文學》第2卷第10期（1974
　　年3月），頁130-153。

羊子喬，《蓬萊文章台灣詩》（台北：遠景，1983）。

何文煥編，《歷代詩話》（台北：漢京，1983）。

何金蘭，《法國文學理論實踐》（台北：秀威，2011）。

余光中譯，《英美現代詩選》（台北：大林，1970）。

呂秀蓮，《新女性主義》（台北：幼獅，1974）。

呂秀蓮，〈拓荒者的故事：從「新女性」到「民主人」〉，《中國時報》
　　第27版，1993年7月27日。

呂嘉鴻（2002），〈高醫阿米巴　以詩替社會看病〉，見「生命力新聞」
　　http://www.newstory.info/2002/05/_.html

李元貞，《女性詩學：台灣現代女詩人集體研究》（台北：女書，2000）。

李正治，〈四十年來文學研究理論之探討〉，《文訊》革新號第40期（1992
　　年5月），頁5-13。

李志銘，《裝幀時代》（台北：行人，2010）。

李志銘，《裝幀台灣》（台北：聯經，2011）。

李癸雲，《朦朧、清明與流動：論台灣現代女性詩作中的女性主體》（台
　　北：萬卷樓，2002）。

李癸雲，《結構與符號之間：台灣女性詩作之意象研究》（台北：里仁，
　　2008）。

李英豪編，《沙特戲劇選》（台北：開拓，1965）。

李英豪，《批評的視覺》（台北：文星，1966）。

李英豪等，《從流動出發：現代小說批評》（台中：普天，1972）。

李健吾，《咀華集・咀華二集》（上海：復旦大學，2005）。

杜國清，《艾略特文學評論選集》（台北：田園，1969）。

杜國清，《西脇順三郎的詩與詩學》（高雄；春暉，1980）。

沈謙，《期待批評時代的來臨》（台北：時報，1979）。

周棄子，〈說詩贅語〉，《文學雜誌》第1卷第6期（1957年2月），頁4-11。

孟樊，〈後現代之後：瀕臨死亡的現代詩壇〉，《現代詩》復刊第13期（1988年12月），頁3-6。

孟樊，《後現代併發症：當代台灣社會文化批判》（台北：桂冠，1989）。

孟樊，〈台灣後現代詩的理論與實際〉，孟樊、林燿德編，《世界末偏航——八〇年代台灣文學論》（台北：時報，1990），頁143-221。

孟樊，〈書寫台灣新詩史的問題——簡評古繼堂的《台灣新詩發展史》〉，《中國論壇》第32卷第9期（1992年6月），頁73-76。

孟樊，《當代台灣新詩理論》（台北：揚智，1995）。

孟樊，《台灣後現代詩的理論與實際》（台北：揚智，2003）。

孟樊，〈中國大陸的台灣新詩史觀〉，《當代詩學》第1期（2005年4月），頁119-141。

林以亮編，《美國文學批評選》（香港：今日世界，1961）。

林亨泰（1957a），〈關於現代派〉，《現代詩》第17期（1957年3月），頁32-34。

林亨泰（1957b），〈符號論〉，《現代詩》第18期（1957年5月），頁30-31。

林亨泰，《林亨泰全集五：文學論述卷2》（彰化：彰化縣立文化中心，1998）。

林秋芳，〈節奏的理論及實踐——覃子豪大陸時期的詩論及詩作〉，《南亞學報》第26期（2006年12月），頁339-350。

林淇瀁，《書寫與拼圖：臺灣文學傳播現象研究》（台北：麥田，2001）。

林淇瀁編，《台灣現當代作家研究資料彙編5：楊熾昌》（台南：台灣文學館，2011）。

林淑貞，《詩話論風格》（台北：文津，1999）。

林德俊，〈校園詩社／刊的跨世紀走向〉，《文訊雜誌》第213期（2003年7月），頁76-85。

林黛嫚編，《台灣現代文選：小說卷》（台北：三民，2005）。

林燿德，《一九四九以後》（台北：洪範，1986）。

林燿德，《不安海域》（台北：師大書苑，1988）。

林燿德，《觀念對話》（台北：漢光，1989）。

林燿德，《重組的星空：林燿德論評選》（台北：業強，1991）。

林燿德，《世紀末現代詩論集》（台北：羚傑，1995）。

青空律（紀弦），〈詩論三題〉，《詩誌》第1期（1952年8月），頁3。

侯文詠，《在生命轉彎的地方》（台北：皇冠，1994）。

姚榮松、李豐楙記錄，〈談詩之夜〉，《噴泉詩刊》第1期（1968年1月），頁37。

柯慶明，〈六十年代現代主義文學？〉，張寶琴編，《四十年來中國文學》（台北：聯合文學，1995），頁87-103。

洛夫，〈與顏元叔談詩的結構與批評──並自釋「手術台上的男子」〉，《中外文學》第1卷第4期（1972年9月），頁40-52。

洛夫，《詩的探險》（台北：黎明，1979）。

紀弦，〈宣言〉，《現代詩》第1期（1953年2月），頁1。

紀弦，《紀弦詩論》（台北：現代詩社，1954）。

紀弦（1956a），《新詩論集》（高雄：大業書店，1956）。

紀弦（1956b），〈現代派信條釋義〉，《現代詩》第13期（1956年2月），頁4。

紀弦（1956c），〈談談林亨泰的詩〉，《現代詩》第14期（1956年4月），頁66-69。

紀弦（1956d），〈對「所謂『現代派』」一文之答覆〉，《現代詩》第14期（1956年4月），頁70-73。

紀弦（1956e），〈不跟他們爭一日之短長〉，《現代詩》第15期（1956年10月），頁80。

紀弦，〈回到自由詩的安全地帶來吧〉，《葡萄園》第1期（1962年7月），頁3-6。

紀弦，〈「現代詩」是邪惡之象徵〉，《葡萄園》第17期（1966年7月），頁2-3。

紀弦，《紀弦論現代詩》（台中：藍燈，1970）。

紀弦，〈何謂現代詩？〉，《新大陸》第58期（2000年6月），頁38-39。

風球詩社，〈來自風球詩社與風球詩雜誌的引力〉，《風球詩雜誌》第1期
　　（2009年3月），頁59。

夏志清，〈追念錢鍾書先生——兼談中國古典文學研究之新趨向〉，《中
　　國時報・人間副刊》，1976年2月9日。

夏志清，〈勸學篇——專覆顏元叔教授〉，《中國時報・人間副刊》，
　　1976年4月16-17日。

夏志清，《人的文學》（台北：純文學，1977）。

夏志清，《新文學的傳統》（台北：時報，1979）。

夏濟安，〈評彭歌的《落日》兼論現代小說〉。《文學雜誌》第1卷2期
　　（1956年10月），頁32-40。

夏濟安（1957a），〈白話文與新詩〉，《文學雜誌》第2卷第1期（1957年
　　3月），頁4-16。

夏濟安（1957b），〈對於新詩的一點意見〉，《自由中國》第16卷第9期
　　（1957年5月），頁20-22。

夏濟安（1957c），〈兩首壞詩〉，《文學雜誌》第3卷3期（1957年11
　　月），頁9-21。

奚密，〈邊緣・前衛・超現實：對台灣五、六十年代現代主義的反思〉，文
　　訊雜誌社編，《台灣現代詩史論》（台北：文訊，1996），頁247-264。

奚密，《現當代詩文錄》（台北：聯合文學，1998）。

奚密，〈在我們貧瘠的餐桌上——五〇年代的《現代詩》季刊〉，周英
　　雄、劉紀蕙編，《書寫台灣：文學史、後殖民與後現代》（台北：麥
　　田，2000），頁197-229。

徐杏宜，〈台灣當代文學研究之碩博士論文分類目錄（1999～2002）〉，
　　《文訊》第205期（2002年11月），頁36-42。

徐復觀（1979a），〈從顏元叔教授評鑑杜甫的一首詩說起〉，《中國時
　　報・人間副刊》，1979年3月12-13日。

徐復觀（1979b），〈敬答顏元叔教授〉，《中國時報・人間副刊》，1979
　　年7月16-17日。

桓夫，〈台灣現代詩的演變〉，《自立晚報・自立副刊》，1980年9月2日。

翁秀琪，〈我國婦女運動的媒介真實和「社會真實」〉，《新聞學研究》
　　第48期（1994年1月），頁193-236。

高世澤，〈序〉，《晨曦詩刊》第2期（1996年7月），頁1-5。

高全之，〈顏元叔的文學與文化關係層面——評「文學的玄思」〉，《書評書目》第1期（1972年9月），頁38-47。

張一兵，《問題式症候閱讀與意識形態：關於阿爾都塞的一種文本學解讀》（北京：中央編譯，2003）。

張光直編，《張我軍詩文集》（台北：純文學，1989），二版。

張崇仁編，《99年圖書出版產業調查報告》（台北：行政院新聞局，2011）。

張漢良、蕭蕭（1979a），《現代詩導讀：導讀篇一》（台北：故鄉，1979）。

張漢良、蕭蕭（1979b），《現代詩導讀：導讀篇二》（台北：故鄉，1979）。

張漢良、蕭蕭（1979c），《現代詩導讀：導讀篇三》（台北：故鄉，1979）。

張漢良、蕭蕭（1979d），《現代詩導讀：理論、史料篇》（台北：故鄉，1979）。

張漢良、蕭蕭（1979e），《現代詩導讀：批評篇》（台北：故鄉，1979）。

張錯，《西洋文學術語手冊：文學詮釋舉隅》（台北：書林，2011），二版。

張默，《現代詩的投影》（台北：商務，1967）。

張默，《飛騰的象徵》（台北：水芙蓉，1976）。

張默（1996a），〈偏頗・錯置・不實？——古繼堂著《台灣新詩發展史》初探筆記〉，《台灣詩學》第14期（1996年3月），頁37-45。

張默（1996b），《台灣現代詩編目》（台北：爾雅，1996），二版。

張默、瘂弦編，《六十年代詩選》（高雄：大業書店，1961）。

張雙英，《二十世紀台灣新詩史》（台北：五南，2006）。

梁文星，〈現在的新詩〉，《文學雜誌》第1卷第4期（1956年12月），頁18-22。

莫渝，《走在文學邊緣》（台北：商務，1981）。

許世旭，《新詩論》（台北：三民，1998）。

許津橋、蔡詩萍編，《一九八六台灣年度評論》（台北：圓神，1987）。

瘂弦，《記哈客詩想》（台北：洪範，2010）。

陳光興，〈炒作後現代：評孟樊、羅青、鍾明德的後現代觀〉，《自立早報・自立副刊》，1990年2月23日。

陳明台，《台灣文學研究論集》（台北：文史哲，1997）。

陳芳明，《詩與現實》（台北：洪範，1977）。

陳芳明，《台灣新文學史》（台北：聯經，2011）。

陳國球，〈香港五、六十年代現代主義運動與李英豪的文學批評〉。《中外文學》第34卷第10期（2006年3月），頁7-42。

陳義芝（1999a），《從半裸到全開：台灣戰後世代女詩人的性別意識》（台北：學生書局，1999）。

陳義芝（1999b），〈台灣女性詩學的建立〉，《中外文學》第28卷第4期（1999年9月），頁82-105。

陳義芝，〈台灣後現代詩學的建構〉，國立台灣師範大學國文系編，《解嚴以來台灣文學國際學術研討會論文集》（台北：萬卷樓，2000），頁384-419。

陳義芝，《聲納：台灣現代主義詩學流變》（台北：九歌，2006）。

陳徵蔚（2012），〈不只是電子書 電子紙張所帶來的文化創意啟示〉，見「聯合新聞網」http://mag.udn.com/mag/digital/storypage.jsp?f_ART_ID=371108

傅東華編，《文學百題》（台北：文鏡，1985）。

游喚，〈有問題的台灣新詩發展史〉，《台灣詩學》第1期（1992年12月），頁22-27。

無人，〈綠崗詩之華〉。《復興崗詩刊》第6期（1976年8月），頁74。

琦君，《琦君讀書》（台北：九歌，1987）。

華岡詩社，〈本年度大事記〉，《華岡詩刊》創刊號（1968年5月），頁30。

覃子豪，《詩的解剖》（台北：藍星，1958）。

覃子豪，《論現代詩》（台北：藍星，1960）。

覃子豪，《覃子豪全集Ⅰ》（台北：覃子豪全集出版委員會，1965）。

覃子豪，《詩的表現方法》（台中：普天，1967）。

覃子豪，《覃子豪全集Ⅱ》（台北：覃子豪全集出版委員會，1968）。

覃子豪，《世界名詩欣賞》（台中：普天，1969），二版。

覃子豪，《覃子豪全集Ⅲ》（台北：覃子豪全集出版委員會，1974）。

覃子豪（1976a），《詩的表現方法》（台中：普天，1976）。

覃子豪（1976b），《詩的解剖》（台中：普天，1976）。

覃子豪（1976c），《論現代詩》（台中：普天，1976）。

須文蔚（1997a），〈台灣新世代詩人的處境〉，中國青年寫作協會編，《林燿德與新世代作家文學論》（台北：行政院文化建設委員會，1997），頁141-175。

須文蔚（1997b），〈邁向網路時代的文學副刊：一個文學傳播觀點的初探〉，瘂弦、陳義芝編，《世界中文報紙副刊學綜論》（台北：行政院文化建設委員會，1997），頁251-279。

須文蔚，〈網路詩創作的破與立〉，《創世紀》第117期（1998年12月），頁80-95。

須文蔚，〈文學上網的觀察〉，《1998台灣文學年鑑》（台北：行政院文化建設委員會，1999），頁112-120。

須文蔚，〈新世代詩人的活動場域：從商業傳播市場轉向公共傳播環境的變貌〉，代橘編，《詩路1999年詩選》（台北：台明文化：2000），頁160-182。

須文蔚，〈台灣網路文學社群特質之初探——以《晨曦詩刊》為例〉，《東華人文學報》第4期（2002年7月），頁181-211。

須文蔚，《台灣數位文學論》（台北：二魚，2003）。

須文蔚，《台灣文學傳播論》（台北：二魚，2009）。

須文蔚編，《台灣現當代作家研究資料彙編9：紀弦》（台南：台灣文學館，2011）。

黃青選，〈批文入情〉，《中央日報·中央副刊》，1976年6月11日。

黃宣範，〈從印象式批評到語意思考〉，《中國時報·人間副刊》，1976年6月24日。

黃英哲編（2006a），《日治時期台灣文藝評論集：雜誌篇一》（台南：國家台灣文學館，2006）。

黃英哲編（2006b），《日治時期台灣文藝評論集：雜誌篇二》（台南：國家台灣文學館，2006）。

黃維樑，〈中國歷代詩話、詞話和印象式批評〉，《中國時報·人間副刊》，1976年6月6-8日。

黃維樑，《中國文學縱橫論》（台北：東大，1988）。

黃維樑，《中國古典文論新探》（北京：北京大學，1996）。

黃維樑，《期待文學強人：大陸台灣香港文學評論集》（香港：當代文藝，2004）。

黃鳴奮，《超文本詩學》（廈門：廈門大學，2002）。

楊宗翰，《將軍的版圖：林德俅文選Ⅳ》（新北：華文網，2001）。

楊宗翰（2002a），《台灣現代詩史：批判的閱讀》（台北：巨流，2002）。

楊宗翰（2002b），《台灣文學的當代視野》（台北：文津，2002）。

楊宗翰（2004a），〈台灣新詩史：一個未完成的計畫〉，《台灣史料研究》第23期（2004年8月），頁121-133

楊宗翰（2004b），〈台灣新詩史：書寫的構圖〉，《創世紀》第140、141期合刊（2004年10月），頁111-117。

楊宗翰，〈關於詩的二三事〉，《自由時報·自由副刊》，2005年9月7日。

楊宗翰，〈殊途不必同歸——與古遠清談台灣新詩史的書寫問題〉，《創世紀》第155期（2008年6月），頁184-188。

楊松年，《中國文學評論史編寫問題論析——晚明至盛清詩論之考察》（台北：文史哲，1988）。

楊照，《夢與灰燼——戰後文學史散論二集》（台北：聯合文學，1998）。

楊熾昌，《水蔭萍作品集》（台南：台南市立文化中心，1995）。

萬胥亭，〈日常生活的極限〉，《商工日報·春秋副刊》，1985年11月24日。

葉嘉瑩（1973a），〈漫談中國舊詩的傳統（上）〉，《中外文學》，第2卷4期（1973年9月），頁4-24。

葉嘉瑩（1973b），〈漫談中國舊詩的傳統（下）〉，《中外文學》，第2卷5期（1973年10月），頁30-61。

葉維廉，〈艾略特方法論序說〉，《創世紀》第22期（1965年6月號），頁17-20。

葛賢寧、上官予，《五十年來的中國詩歌》（台北：正中，1965）。

董崇選，〈我們的文學批評應如何取向？〉，《文訊月刊》第33期（1987
　　年12月），頁13-16。。

路平，〈編後贅言〉，《青潮》革新號（1954年6月），封底。

廖咸浩，〈離散與聚焦之間：八十年代後現代詩與本土詩〉，文訊雜誌社
　　編，《台灣現代詩史論》（台北：文訊雜誌社，1996），頁437-450。

廖咸浩，〈悲喜未若世紀末〉，林水福編，《兩岸後現代研討會論文集》
　　（台北：輔仁大學外語學院，1998），頁33-56。

廖炳惠，〈台灣：後現代或後殖民？〉，林水福編，《兩岸後現代文學研
　　討會論文集》（台北：輔仁大學外語學院，1998），頁107-125。

趙友培編，《大學文學教育論戰集》（台北：中華日報，1973）。

趙滋蕃，〈平心論印象批評〉，《中央日報‧中央副刊》，1976年8月
　　14-16日。

趙滋蕃，《文學原理》（台北：東大，1988）。

趙毅衡，《新批評──一種獨特的形式主義文論》（北京：中國社會科
　　學，1986）。

趙毅衡編，《新批評文集》（天津：百花文藝，2001）。

齊邦媛，《一生中的一天──齊邦媛散文集》（台北；爾雅，2004）。

劉正忠，〈主知‧超現實‧現代派運動〉，陳大為、鍾怡雯編，《20世紀
　　台灣文學專題Ⅰ：文學思潮與論戰》（台北：萬卷樓，2006），頁
　　193-220。

劉紀蕙，《孤兒‧女神‧負面書寫──文化符號的的徵狀式閱讀》（台
　　北：立緒，2000）。

劉德重、張寅彭，《詩話概說》（北京：中華書局，1990）。

潘麗珠，〈新詩版圖的擴增──一九九八新詩的活動與創作〉，《文訊》
　　第163期（1999年5月），頁52-57。

編輯室，〈誰是大詩人：青年詩人心目中的十大詩人〉，《陽光小集》第
　　10期（1982年10月），頁81-83。

蔡源煌，《當代文學論集》（台北：書林，1986）。

蔡鎮楚，《中國詩話史》（湖南：湖南文藝，1988）。

蔡鎮楚，《詩話學》（湖南：湖南教育，1990）。

鄭明娳，〈當代台灣文藝政策的發展、影響與檢討〉，鄭明娳編，《當代台灣政治文學論》（台北：時報，1994），頁13-68。

鄭炯明編，《台灣精神的崛起：「笠」詩論選集》。高雄：文學界，1989。

魯迅，《魯迅書信集（上）》（北京：人民文學，1976）。

蕭蕭，〈談「備忘錄」〉，《文訊》第16期（1985年2月），頁115-118。

應鳳凰，《五○年代台灣文學論集》（高雄：春暉，2007），二版。

鍾明德，《在後現代主義的雜音中》（台北：書林，1989）。

鍾玲，《現代中國繆司：台灣女詩人作品析論》（台北：聯經，1989）。

簡政珍，《語言和文學空間》（台北：漢光，1989）。

簡政珍，《詩的瞬間狂喜》（台北：時報，1991）。

簡政珍，《詩心與詩學》（台北：書林，1999）。

簡政珍，《放逐詩學》（台北：聯合文學，2003）。

簡政珍，《臺灣現代詩美學》（台北：揚智，2004）。

簡政珍、林燿德編，《台灣新世代詩人大系》（台北：書林，1990）。

顏元叔（1970a），《文學的玄思》（台北：驚聲文物，1970）。

顏元叔（1970b），《文學批評散論》（台北：驚聲文物，1970）。

顏元叔（1972a），《文學經驗》（台北：志文，1972）。

顏元叔（1972b），〈颱風季〉，《中外文學》第1卷第2期（1972年7月），頁4-5。

顏元叔（1976a），《何謂文學》（台北：學生，1976）。

顏元叔（1976b），《文學的史與評》（台北：四季，1976）。

顏元叔（1976c），〈印象主義的復辟〉，《中國時報・人間副刊》，1976年3月10-11日。

顏元叔，《社會寫實文學及其他》（台北：巨流，1978）。

顏元叔（1984a），《談民族文學》（台北：學生，1984），三版。

顏元叔（1984b），《鳥呼風》（台北：時報，1984），九版。

魏子雲，〈梨花一枝春帶雨——讀顏作「分析長恨歌」〉，《中華日報・中華副刊》，1973年6月29日。

羅任玲，〈二十一世紀新詩探勘〉，文訊雜誌社編，《台灣現代詩史論》（台北：文訊雜誌社，1996），頁705-707。

羅門，〈一個作者自我世界的開放——與顏元叔教授談我的三首死亡詩〉，《中外文學》第1卷第7期（1972年12月），頁32-47。

羅青，〈後現代狀況出現了〉，柯順隆、陳克華、林燿德、也駝、赫胥氏，《日出金色：四度空間五人集》（台北：文鏡，1986），頁3-19。

羅青，《詩人之燈》（台北：光復，1988）。

羅青，《什麼是後現代主義》（台北：五四，1989）。

羅青，〈古今中外二十年〉，《曼陀羅》第8期（1990年3月），頁68-72。

羅根澤，《中國文學批評史》（上海：古典文學，1957）。

蘇紹連（2005），〈台灣大學今昔曾經兩個詩社〉，見「意象轟趴密室」http://blog.sina.com.tw/poem/article.php?pbgid=3187&entryid=13054

顧燕翎，〈從週期理論與階段理論看我國婦女運動與女性意識的發展〉，《中山社會科學譯粹》第2卷第3期（1987年7月），頁37-59。

顧燕翎，〈台灣婦運的開展〉，《女性人》第1期（1989年 2月），頁264-270。

龔顯宗，〈發刊辭〉，《華岡詩刊》創刊號（1968年5月），頁3。

B、學位論文：

王文仁，〈光與火：林燿德詩論〉（嘉義：南華大學文學研究所碩士論文，2001）。

王正良，〈戰後台灣現代詩論研究〉（台中：國立中興大學中國文學系所博士論文，2006）。

王國安，〈李魁賢現代詩及詩論研究〉（高雄：國立高雄師範大學國文學系碩士論文，2003）。

王嘉鈴，〈現代詩的魔幻寫實技巧；以台灣現代詩為例〉（台北：國立台北教育大學台灣文化研究所碩士論文，2007）。

王麗雯，〈笠詩社戰後世代八家研究〉（高雄：國立中山大學中國文學系研究所碩士論文，2006）。

朱天，〈詩與美感的交輝：葉維廉、杜國清詩學理論研究〉（台北：國立台灣大學台灣文學研究所碩士論文，2009）。

李癸雲，〈朦朧、清明與流動：論台灣現代女詩人作品中的女性主體〉（台北：國立臺灣師範大學國文研究所博士論文，2000）。

林于弘，〈解嚴後台灣新詩現象析論（1987～2000）〉（台北：國立台灣
　　師範大學國文研究所博士論文，2000）。

林立強，〈臺灣八〇年代政治詩研究〉（台北：國立台北教育大學台灣文
　　化研究所碩士論文，2007）。

林貞吟，〈現代詩的街頭運動：《陽光小集》研究〉（新竹：玄奘人文社
　　會學院中國語文研究所碩士論文，2003）。

林婉筠，〈風車詩社：美學、社會性與現代主義〉（台北：國立政治大學
　　台灣文學研究所碩士論文，2011）。

林德俊，〈台灣網路詩社區的結構模式初探〉（台北：國立政治大學社會
　　學研究所碩士論文，2002）

徐錦成，〈台灣兒童詩理論與批評發展之研究（1945～2000）〉（台東：
　　國立台東師範學院兒童文學研究所碩士論文，2000）。

陳全得，〈台灣《現代詩》研究〉（台北：國立政治大學中國文學系博士
　　論文，1998）。

陳怡瑾，〈李魁賢的詩與詩論〉（台中：靜宜大學中國文學研究所碩士論
　　文，2005）。

陳思嫻，〈台灣現代圖象詩研究〉（嘉義：南華大學文學研究所碩士論
　　文，2003）。

陳政彥，〈戰後台灣現代詩論戰史研究〉（桃園：國立中央大學中國文學
　　研究所博士論文，2006）。

陳政彥，〈蕭蕭詩學研究〉（桃園：國立中央大學中國文學研究所碩士論
　　文，2001）。

陳義芝，〈台灣現代主義詩學流變析論〉（高雄：國立高雄師範大學國文
　　學系博士論文，2004）。

陳巍仁，〈台灣現代散文詩研究〉（台北：國立台灣師範大學國文研究所
　　碩士論文，1998）。

曾琮琇，〈嬉遊記：八〇年代以降台灣「遊戲」詩論〉（台南：國立成功
　　大學中國文學系碩士論文，2006）。

解昆樺，〈論台灣現代詩典律的建構與推移：以創世紀、笠詩社為觀察核
　　心〉（嘉義：國立中正大學中國文學系碩士論文，2003）。

解昆樺，〈傳統、國族、公眾領域：台灣一九七○年代新興詩社研究〉（台北：國立台灣師範大學國文學系博士論文，2007）。

劉正忠，〈軍旅詩人的異端性格：以五、六十年代的洛夫、商禽、瘂弦為主〉（台北：國立台灣大學中國文學研究所博士論文，2000）。

劉正偉，〈早期藍星詩社（1954-1971）研究〉（宜蘭：佛光大學文學系博士論文，2011）。

劉志宏，〈一九五○、六○台灣軍旅詩歌的空間書寫：以洛夫、瘂弦、商禽為考察對象〉（宜蘭：佛光大學文學系博士論文，2009）。

蔡明諺，〈龍族詩刊研究──兼論七○年代台灣現代詩論戰〉（新竹：國立清華大學中國文學研究所碩士論文，2001）。

蔡欣純，〈論杜國清現代詩創作、翻譯與詩論〉（台北：國立台灣師範大學台灣文化及語言文學研究所碩士論文，2008）。

蔡哲仁，〈白萩的詩與詩論〉（台南：國立成功大學台灣文學研究所碩士論文，2003）。

盧苒伶，〈爾雅版年度詩選研究〉（台北：國立台北教育大學語文與創作學系碩士論文，2010）。

顏秀芳，〈戰後台灣情色詩研究（1950-2010）〉（彰化：國立彰化師範大學台灣文學研究所碩士論文，2010）。

羅任玲，〈台灣現代詩自然美學：以楊牧、鄭愁予、周夢蝶為中心〉（台北：國立台灣師範大學碩士論文，2004）。

蘇益芳，〈夏志清與戰後台灣的現代文學批評〉（台北：國立政治大學中國文學系碩士論文，2004）。

C、詩集：

方群，《縱橫‧福爾摩沙》（台北：糜研齋，2011）。

木焱，《毛毛之書》（吉隆坡：有人，2007）。

王志元，《葬禮》（桃園：逗點，2011）。

王厚森，《搭訕主義》（台北：秀威資訊，2011）。

王離，《遷徙家屋》（桃園：逗點，2010）。

代橘編，《詩路1999年詩選》（台北：台明文化：2000）。

瓦歷斯‧諾幹，《當世界留下兩行詩》（新北：布拉格，2011）。

白靈，《五行詩及其手稿》（台北：秀威，2010）。

伊格言，《你是穿入我瞳孔的光》（桃園：逗點，2011）。

向明，《閒愁》（台北：釀出版，2011）。

何雅雯等，《畢業紀念冊：植物園六人詩選》（台北：台明文化，1998）。

吳文超，《深藍色PUB》（台中：白象，2011）。

吳奇叡，《成為雪》（高雄：松濤文社，2011）。

吳岱穎，《冬之光》（台北：馥林，2011）。

宋尚緯，《輪迴手札》（桃園：逗點，2011）。

彤雅立，《邊地微光》（台北：女書，2010）。

彤雅立，《月照無眠》（台北：南方家園，2012）。

李格弟、夏宇（2011a），《這隻斑馬》（台北：作者自印，2011）。

李格弟、夏宇（2011b），《那隻斑馬》（台北：作者自印，2011）。

李敏勇，《暗房》（高雄：春暉，2010）。

李雲顥，《雙子星人預感》（桃園：逗點，2011）。

汪啟疆，《哀慟有時，跳舞有時》（高雄：春暉，2011）。

周禹含，《抽取式森林》（桃園：逗點，2011）。

周慶華，《飛越抒情帶》（台北：秀威資訊，2011）。

孟樊，《戲擬詩》（台北：秀威資訊，2011）。

林立婕，《色難》（新北：角立，2011）。

林婉瑜，《可能的花蜜》（台北：馥林，2011）。

林煥彰，《關於貓的詩》（台北：釀出版，2011）。

林達陽，《誤點的紙飛機》（桃園：逗點，2011）。

林維甫，《歧路花園》（桃園：逗點，2010）。

林蔚昀，《平平詩集》（台北：唐山，2011）。

林燿德，《都市終端機》（台北：書林，1988）。

枚綠金，《聖謐林》（桃園：逗點，2010）。

阿米，《要歌要舞要學狼》（台北：秀威資訊，2011）。

非馬，《你是那風》（台北：秀威資訊，2011）。

侯馨婷，《小人書》（桃園：逗點，2011）。

哈金，《錯過的時光》（台北：聯經，2011）。

奎澤石頭，《孤獨的幾何》（台北：唐山，2011）。

洪書勤，《廢墟漫步指南》（台北：釀出版，2011）。

洛夫，《禪魔共舞》（台北：釀出版，2011）。

紀弦，《檳榔樹乙集》（台北：現代詩社，1967）。

凌性傑，《有信仰的人》（台北：馥林，2011）。

唐捐，《金臂勾》（新北：蜃樓，2011）。

夏宇，《備忘錄》（台北：作者自印，1984）。

席慕蓉，《以詩之名》（台北：圓神，2011）。

翁翁，《禁忌海峽》（新北：上揚國際，2011）。

袁紹珊，《Wonderland》（台北：遠景，2011）。

袁紹珊，《太平盛世的形上流亡》（香港：kubrick，2008）。

崔香蘭，《虹 In Rainbow》（台北：夢幻仙境工作室，2010）。

張日郡等，《停頓以前，步行之後》（新北：角立，2011）。

張錯，《連枝草》（台北：書林，2011）

張默、張漢良、辛鬱、菩提、管管編，《中國當代十大詩人選集》（台北：源成，1977）。

張繼琳，《午後》（台北：唐山，2011）。

許悔之，《有鹿哀愁》（台北：大田，2000）。

郭靜瑤，《女神打排球》（台北：田園城市，2011）。

陳允元，《孔雀獸》（台北：行人，2011）。

陳克華、湯明哲編，《桂冠與蛇杖──北醫詩人選》（台北：九歌，2005）。

陳育虹，《之間：陳育虹詩選》（台北：洪範，2011）。

陳依文，《像蛹忍住蝶》（台北：心靈工坊，2011）。

陳家帶，《人工夜鶯》（台北：書林，2011）。

陳素琰編，《蓉子詩選》（北京：中國友誼，1993）。

陳黎，《我／城》（台北：二魚，2011）。

然靈，《鳥可以證明我很鳥》（新北：角立，2011）。

黃克全，《在最深的黑暗，你穿著光》（台北：漢藝色研，2011）。

楊小濱，《為女太陽乾杯》（台北：作者自印，2011）。

楊平（2011a），《空山靈雨》（台中：白象，2011）。

楊平（2011b），《獨行的歌者》（台中：白象，2011）。

楊瀅靜，《對號入座》（台北：麥田，2011）。

葉青（2011a），《下輩子更加決定》（台北：黑眼睛，2001）。

葉青（2011b），《雨水直接打進眼睛》（台北：黑眼睛，2001）。

廖之韻，《持續初戀直到水星逆轉》（台北：聯合文學，2011）。

廖亮羽（2011a），《Dear L，我定然無法再是一隻被迫離開又因你而折返的魚》（新北：風球，2011）。

廖亮羽（2011b），《羽林》（新北：風球，2011）。

蓉子（1995a），《千曲之聲：蓉子詩作精選》（台北：文史哲，1995）。

蓉子（1995b），《蓉子詩選》（北京：中國社會科學，1995）。

銀色快手，《古事記》（新北：布拉格，2011）。

劉欣蕙，《金色蝴蝶》（桃園：逗點，2011）。

劉哲廷，《某事從未被提及》（台北：秀威資訊，2011）。

蔡秀菊，《Smangus之歌》（台北：玉山社，2011）。

鄭聿，《玩具刀》（桃園：逗點，2010）。

翰翰（2011a），《打擾了》（桃園：逗點，2011）。

翰翰（2011b），《惡露》（桃園：逗點，2011）。

蕭蕭，《情無限，思無邪》（台北：釀出版，2011）。

貓王阿圖，《九份‧貓體詩》（桃園：逗點，2011）。

龍青，《有雪肆掠》（台北：釀出版，2011）。

謝三進，《花火》（台北：寶瓶，2011）。

謝三進、廖亮羽編，《台灣七年級新詩金典》（台北：釀出版，2011）。

謝予騰，《請為我讀詩》（台北：逗點，2011）。

隱匿，《怎麼可能》（新北：有河，2011）。

羅青，《吃西瓜的方法》（台北：幼獅，1972）。

羅智成，《寶寶之書》（台北：少數，1989）。

嚴韻，《日光夜景》（台北：行人，2010）。

嚴韻，《日重光行》（台北：行人，2011）。

蘇紹連，《變生小丑的吶喊》（台北：爾雅，2011）。

顧彬，《白女神‧黑女神》（台北：釀出版，2011）。

D、網站：

《月照無眠》詩聲雜誌　中文版http://sleeplesssoundmagazine.tumblr.com

《月照無眠》詩聲雜誌　英文版http://fullmoonsoundmagazine.tumblr.com

中山大學　現代詩社　部落格http://mypaper.pchome.com.tw/108ps

台灣師範大學《海岸線詩刊》電子版http://www.ntnucla.com/main/index.
php?option=com_content&task=category&sectionid=14&id=29&Itemid=56

台灣師範大學　噴泉詩社　部落格http://www.wretch.cc/blog/ntnupoetry

台灣詩學・吹鼓吹　詩論壇http://www.taiwanpoetry.com/phpbb3/index.php

白靈「象天堂」http://www.cc.ntut.edu.tw/~thchuang/e/index.htm

向陽「台灣網路詩實驗室」http://tea.ntue.edu.tw/~xiangyang/workshop/netpoetry/

李順興「歧路花園」http://benz.nchu.edu.tw/~garden/garden.htm

風球詩雜誌　部落格http://www.wretch.cc/blog/windsphere

高雄師範大學　風燈詩社　部落格http://mypaper.pchome.com.tw/nice0989991002

高雄醫學大學　阿米巴詩社　部落格http://amoeba-poem.blogspot.com

教育部電算中心　網際網路（Internet）簡介http://www.edu.tw/MOECC/content.
aspx?site_content_sn=1725

然詩社 部落格http://www.wretch.cc/album/poemcivic

須文蔚「觸電新詩網」http://dcc.ndhu.edu.tw/poem/index01.htm

蘇紹連「Flash超文學」http://home.educities.edu.tw/poem/

二、外文書（含英文書、日文書與中譯）

Abrams, M. H. & Geoffrey Galt Harpham. *A Glossary of Literary Terms*. Boston: Wadsworth Cengage Learning, 2009. (9th ed.)

Althusser, Louis & Étienne Balibar著，李其慶、馮文光譯，《讀〈資本論〉》（*Lire "Le Capital"*），北京：中央編譯，2000。

Aristotle著，姚一葦譯，《詩學箋註》（*On Poetics*），台北：中華書局，1992，十版。

Bachelard, Gaston著，劉自強譯，《夢想的詩學》（*La Poétique de la Rêverie*），北京：三聯，1996。

Bachelard, Gaston著，龔卓軍、王靜慧譯，《空間詩學》（*La Poétique de L'espace*），台北：張老師，2003。

Barrett, William著，彭鏡禧譯，《非理性的人：存在哲學研究》（*Irrational Man: A Study on Existential Philosophy*），台北：立緒，2001。

Baym, Nina. et al. eds. *The Norton Anthology of American Literature.* New York and London: W. W. Norton & Company, 1994. (4th ed.)

Beauvoir, Simone de. *The Second Sex.* Trans. and ed. H. M. Parshley. New York: Knopf, 1953.

Beauvoir, Simone de著，南珊譯，《第二性——女人》（台北：晨鐘，1972）。

Beauvoir, Simone de著，桑竹影、南珊譯，《第二性——女人》（長沙：湖南文藝，1986）。

Bourdieu, Pierre. *The Field of Cultural Production: Essays on Art and Literature.* Ed. Randal Johnson. Cambridge: Polity Press, 1993.

Butler, Judith. *Bodies That Matter: On the Discursive Limits of "Sex".* New York: Routledge, 1993.

Butler, Judith. *Gender Trouble: Feminism and the Subversion of Identity.* New York: Routledge, 1990.

Cowan, Louise. *The Southern Critics: An Introduction to the Criticism of John Crowe Ransom, Allen Tate, Donald Davidson, Robert Penn Warren, Cleanth Brooks, and Andrew Lytle.* Irving: University of Dallas Press, 1971.

Crane, R. S., ed. *Critics and Criticism: Ancient and Modern.* Chicago: University of Chicago Press, 1952.

Eagleton, Terry著，吳新發譯。《文學理論導讀》（*Literary Theory: An Introduction*）。台北：書林，1993。

Eliot, T. S. *The Sacred Wood: Essays on Poetry and Criticism.* London: Methuen, 1957. (7th ed.)

Eliot, T. S. "Hamlet and His Problem." *Critical Theory since Plato.* Ed. Hazard Adams. New York: Harcourt Brace Jovanovich, Inc. 1971. pp.788-90.

Eliot, T. S. *Selected Prose of T. S. Eliot.* Ed. Frank Kermode. London: Faber and Faber, 1987.

Frank, Joseph. "Spatial Form in Modern Literature." *Critiques and Essays in Criticism 1920-1948.* Ed. Robert Wooster Stallman. New York: Ronald Press Co., 1949. pp.315-328.

Friedman, Susan Stanford. *Mappings: Feminism and the Cultural Geographies of Encounter.* Princeton, N.J. : Princeton University Press, 1998.

Gilbert, Sandra & Susan Gubar. *The Madwoman in the Attic: The Woman Writer and the Nineteenth-Century Literary Imagination.* New Haven: Yale University Press, 1979.

Greene, Gayle & Coppélia Kahn, eds. *Making a Difference: Feminist Literary Criticism.* London: Methuen, 1985.

Hassan, Ihab著，劉象愚譯，《後現代的轉向：後現代理論與文化論文集》（ *The Postmodern Turn: Essays in Postmodern Theory and Culture* ）。台北：時報，1993。

Hobsbawm, Eric J.等著，陳思文等譯，《被發明的傳統》（ *The Invention of Tradition* ），台北：貓頭鷹，2002。

Hulme, T. E. 著，莊信正譯，〈浪漫主義與古典主義〉（ "Romanticism and Classicism." ），《文學雜誌》第3卷第5期（1958年1月），頁33-46。

Liu, James J. Y.（劉若愚）著，杜國清譯，《中國文學理論》（ *Chinese Theories of Literature* ），台北：聯經，1981。

Jameson, Fredric. *The Political Unconscious: Narrative as a Socially Symbolic Act.* Ithaca, N.Y: Cornell University Press, 1981.

Jameson, Frederic著，唐小兵譯，《後現代主義與文化理論》（台北：合志，1989）。

Lentricchia, Frank. *After the New Criticism.* Chicago: University of Chicago Press, 1980.

Millet, Kate. *Sexual Politics.* Garden City, N.Y. : Doubleday, 1970.

Moi, Toril. *Sexual / Textual Politics: Feminist Literary Theory.* London: Methuen, 1985.

Ransom, John Crowe. *The New Criticism.* Norfolk, CN: New Directions, 1941.

Richards, I. A. *Principles of Literary Criticism.* New York: Harcourt, Brace & Co., 1924.

Selden, Raman & Peter Widdowson, Peter Brooker. *A Reader's Guide to Contemporary Literary Theory.* New York: Harvester Wheatsheaf, 1997. (4th ed.)

Showalter, Elaine. *A Literature of Their Own: British Women Novelists from Brontë to Lessing.* Princeton, N.J. : Princeton University Press, 1977.

Showalter, Elaine, ed. *New Feminist Criticism: Essays on Women, Literature, and Theory.* New York: Pantheon Books, 1985.

Showalter, Elaine著，張小虹譯，〈荒野中的女性主義批評〉（"Feminist Criticism in the Wilderness."），《中外文學》第14卷第10期（1986年3月），頁77-113。

Spingarn, J. E. 著，吳魯芹譯，〈新批評〉（"The New Criticism."），《文學雜誌》第2卷第3期（1957年5月），頁4-18。

Tate, Allen. *Essays of Four Decades.* Wilmington, Delaware: ISI Books, 1999.

Wellek, René & Austin Warren著，王夢鷗、許國衡譯，《文學論：文學研究方法論》（*Theory of Literature*），台北：志文，1976。

Wellek, René.著，楊自伍譯，《近代文學批評史（第六卷）》（*A History of Modern Criticism 1750-1950. Vol. VI*），上海：上海譯文，2005。

Welmsatt, William K. & Cleanth Brooks.著，顏元叔譯，《西洋文學批評史》（*Literary Criticism: A Short History*），台北：志文，1972。

西脇順三郎，《Ambarvalia：西脇順三郎詩集》（東京都：日本近代文學館，1981）。

新銳文叢21　AG0147

新銳文創
INDEPENDENT & UNIQUE

台灣新詩評論：
歷史與轉型

作　　者	楊宗翰
責任編輯	黃姣潔
圖文排版	楊家齊
封面設計	王嵩賀

出版策劃	新銳文創
發 行 人	宋政坤
法律顧問	毛國樑　律師
製作發行	秀威資訊科技股份有限公司
	114 台北市內湖區瑞光路76巷65號1樓
	電話：+886-2-2796-3638　傳真：+886-2-2796-1377
	服務信箱：service@showwe.com.tw
	http://www.showwe.com.tw
郵政劃撥	19563868　戶名：秀威資訊科技股份有限公司
展售門市	國家書店【松江門市】
	104 台北市中山區松江路209號1樓
	電話：+886-2-2518-0207　傳真：+886-2-2518-0778
網路訂購	秀威網路書店：http://www.bodbooks.com.tw
	國家網路書店：http://www.govbooks.com.tw

出版日期	2012年12月　BOD一版
定　　價	320元

國家圖書館出版品預行編目

台灣新詩評論：歷史與轉型 / 楊宗翰著. -- 一版. -- 臺北
市：新銳文創, 2012.12
　　面；　公分. -- (語言文學類；AG0147)
　BOD版
　ISBN　978-986-5915-32-2(平裝)

　1. 台灣詩　2. 新詩　3. 詩評

863.21　　　　　　　　　　　　　　101021063

讀者回函卡

感謝您購買本書，為提升服務品質，請填妥以下資料，將讀者回函卡直接寄回或傳真本公司，收到您的寶貴意見後，我們會收藏記錄及檢討，謝謝！如您需要了解本公司最新出版書目、購書優惠或企劃活動，歡迎您上網查詢或下載相關資料：http:// www.showwe.com.tw

您購買的書名：＿＿＿＿＿＿＿＿＿＿＿＿＿＿＿＿＿＿＿＿＿＿

出生日期：＿＿＿＿＿年＿＿＿＿＿月＿＿＿＿日

學歷：□高中 (含) 以下　　□大專　　□研究所 (含) 以上

職業：□製造業　□金融業　□資訊業　□軍警　□傳播業　□自由業
　　　□服務業　□公務員　□教職　　□學生　□家管　　□其它＿＿＿＿

購書地點：□網路書店　□實體書店　□書展　□郵購　□贈閱　□其他

您從何得知本書的消息？

　□網路書店　□實體書店　□網路搜尋　□電子報　□書訊　□雜誌
　□傳播媒體　□親友推薦　□網站推薦　□部落格　□其他＿＿＿＿＿＿

您對本書的評價：（請填代號　1.非常滿意　2.滿意　3.尚可　4.再改進）

　封面設計＿＿＿　版面編排＿＿＿　內容＿＿＿　文／譯筆＿＿＿　價格＿＿＿

讀完書後您覺得：

　□很有收穫　□有收穫　□收穫不多　□沒收穫

對我們的建議：＿＿＿＿＿＿＿＿＿＿＿＿＿＿＿＿＿＿＿＿＿＿

＿＿＿＿＿＿＿＿＿＿＿＿＿＿＿＿＿＿＿＿＿＿＿＿＿＿＿＿＿＿

＿＿＿＿＿＿＿＿＿＿＿＿＿＿＿＿＿＿＿＿＿＿＿＿＿＿＿＿＿＿

＿＿＿＿＿＿＿＿＿＿＿＿＿＿＿＿＿＿＿＿＿＿＿＿＿＿＿＿＿＿

11466
台北市內湖區瑞光路 76 巷 65 號 1 樓

秀威資訊科技股份有限公司 　　收

BOD 數位出版事業部

....

（請沿線對折寄回，謝謝！）

姓　　名：_____　年齡：_____　性別：□女　□男

郵遞區號：□□□□□

地　　址：_____

聯絡電話：(日) _____　(夜) _____

E-mail：_____